기념스탬프를 조심하라

기념스탬프를 조심하라

초판 1쇄 | 인쇄 2024년 8월 5일
초판 1쇄 | 발행 2024년 8월 15일

지은이 | 차선우
펴낸이 | 권영임
편 집 | 윤서주, 김형주
디자인 | 사과나무

펴낸곳 | 도서출판 바람꽃
등 록 | 제25100-2017-000089(2017. 11. 23)
주 소 | (03387) 서울시 은평구 연서로22길 16-5, 501호(대조동, 명진하이빌)
전 화 | 02-386-6814
팩 스 | 070-7314-6814
이메일 | greendeer@hanmail.net / windflower_books@naver.com
홈페이지 | https://blog.naver.com/windflower_books

ISBN 979-11-90910-15-6 03810

값 16,000원

기념스탬프를 조심하라

차선우 장편소설

차 례

기념스탬프를 조심하라

두렵고 낯선 상황

땡, 땡, 땡, 땡. 생쇠를 때리는 듯 경박한 소리가 들렸다. 싸늘한 기운에 무심코 몸을 뒤채던 중이었다. 못 듣던 소린데, 생각한 순간 폭력적인 소리가 귓전을 뚫었다. 온몸으로 진동이 느껴졌다. 보름은 깜짝 놀라서 눈을 떴다. 낯선 방의 낯선 침대에 누워 있는 자신에 더 놀라 벌떡 일어났다.

콰르르르르 쿠르르르르.

레일에 바퀴 굴러가는 소리가 이어졌다. 보름은 좁은 침대에 앉아 겁먹은 눈을 굴렸다. 빗물이 샜는지 누렇게 얼룩진 벽과 오래된 작은 탁자, 등받이가 없는 파란색 플라스틱 의자가 눈에 들어왔다. 작은 냉장고와 문이 삐뚤어진 간이 싱크대도 보였다. 침대 위쪽에서 냉기를 뿜고 있는 누레진 에어컨과 그 아래의 B4 용지 두 장만한 유리창, 그 창에 반 뼘 간격으로 박힌 알루미늄 창살과 바깥에서 창살을 따라 올라간 덩굴풀도 보였다.

여긴 어디지? 내가 왜 여기에 있지? 혹시, 꿈인가?

순간 코끝으로 곰팡이 냄새가 스몄다. 쥐오줌 냄새 같기도 했다. 온몸이 뻐근했고 왼쪽 광대뼈는 얼얼했다. 보름은 광대뼈에 손을 댔다. 가볍게 누르자 통증과 함께 지난밤이 선명하게 떠올랐다. 심장박동이 빨라지면서 숨이 차올랐다. 기침이 쏟아지기 시작했다. 보름은 진땀을 흘리며 뱃살이 아프도록 기침을 했다. 격한 기침과 순한 기침 사이로 강비가 끼어들었다. 어제저녁, 마르고 건조한 인상의 그는 자신의 슈퍼카를 가리키며 말했다. "타세요" 보름은 순순히 차에 올랐고 오늘 이 누추한 방에서 눈을 떴다.

그 상황에 잠이 들다니. 보름은 자신을 한심해하며 여행 가방에서 감기약을 찾아 먹었다. 이어 휴대폰을 찾았다. 몇 시나 됐는지, 누구에게 어떤 연락들이 왔는지 궁금했다. 휴대폰은 그새 배터리가 방전되어 있었다. 차라리 잘됐다 싶었다. 이번에야말로 진짜 거짓말을 해야 할 터였다.

보름은 출입문 앞으로 갔다. 조심스럽게 손잡이를 돌리자 의외로 문이 쉽게 열렸다. 보름은 조금 전 눈을 떴을 때와 또 다른 충격에 빠졌다. 문밖에는 하늘이 가득 차 있었다. 도배를 하려고 개놓은 풀죽 같은 하늘이었다. 그 밑으로는 거친 풀밭이 넓게 펼쳐져 있었다. 눈 닿는 곳이 전부 회색 하늘과 짙은 녹색의 풀 뿐이었다. 무성하고 무질서하게 자란 풀도 낯설지만 이렇게 무겁고 역동적인 하늘은 처음이었다. 마치 거대한 시멘트 장벽이나 넓은 풀밭을 감싼 반구형 지붕 같았다. 답답하고 무서웠다.

보름은 신발을 찾아 신고 밖으로 나왔다. 몇 년 동안 인간의 손길이 닿지 않았을 듯한 땅 위로 내려섰다. 몇 발짝 아래로 걸어가 주변을 살폈다.

보름이 잠을 잔 곳은 컨테이너 박스였다. 곳곳에 붉은 녹이 앉은 컨테이너로부터 이십 미터쯤 떨어진 데에 박공지붕 집이 보였다. 넓은 덱이 딸린 기역 자형 집은 새것의 느낌이 물씬 났다. 이곳에 옮겨진 지 얼마 되지 않은 것 같았다.

저곳에 강비가 있을까? 그 생각을 하자 가슴이 세차게 뛰었다. 보름은 잠시 숨을 고르다 이동식 주택을 향해 걸어갔다. 어쨌든 그를 만나야 했다.

오전인데도 후끈한 열기가 온몸을 휘감았다. 위에서는 먹장구름이 무겁게 내리눌렀고 바람은 존재를 증명할 어떤 노력도 하지 않았다.

보름은 이동식 주택의 나무 마당 위로 올라섰다. 무거운 마음으로 현관문을 두드렸다. 안에서는 아무 소리도 나지 않았다. 틈을 두고 다시 두드렸지만 마찬가지였다. 보름은 넓은 거실 창에 얼굴을 대고 안을 보았다. 안쪽으로 이 인용 소파와 싱크대만 놓여 있을 뿐 사람은 보이지 않았다. 자리를 옮겨서 방으로 짐작되는 곳의 창을 두드렸다. 거기에도 강비의 기척은 없었다. 그가 어디에 있는지 무슨 목적으로 자신을 이곳에 데려왔는지 알 수 없었다. 보름은 더욱 무거워진 마음을 안고 컨테이너로 왔다.

수풀이 무성한 밭은 아래쪽으로 약간 경사가 져 있었다. 그래서 문을 열었을 때 하늘이 가득 차 보였던 것 같았다. 풀밭 너머는 지대가 낮은 논이었다. 벼가 자라는 논이 몇 개 이어지다 멀리 키 큰 작물이 심어진 밭이 보였다. 마을은 그 뒤에 있는 것 같았다. 몇 개의 활엽수들 사이로 주황과 파란 지붕들이 띄엄띄엄 보였다. 밭 오른쪽에는 손질이 안 된 가시나무가 불길한 기운을 뿜으며 하늘로 치솟고 왼쪽에는 논이, 뒤쪽으로는 철길이 길게 누워 있었다.

밭은 공식적인 진입로가 없어 보였다. 멀리 마을이 보이는데도 완전히 고립된 느낌이었다. 세상으로부터 격리된 느낌이었다. 불순한 인간이 다른 인간을 죽여서 던져 놓으면 한동안 시신도 찾지 못할 것 같았다. 햇빛과 바람과 비가, 흙과 벌레가 시신을 빠르게 훼손하겠지. 시간이 가면 밭 여기저기에 해골과 뼈다귀만 뒹굴겠지. 그럴 목적으로 나를 이곳에 데려왔나? 두 팔에 소름이 돋았다. 빨리 이곳을 벗어나야 했다.

컨테이너 뒤로는 좁고 긴 밭이 있었다. 갈치처럼 좁고 긴 밭 너머에는 철길 진입을 방해할 목적으로 만든 것이 분명한 작은 도랑이 있고 그 도랑 뒤에 철길이 뻗어 있었다. 그 뒤로는 역시 철길 진입을 방해할 목적으로 만든 작은 도랑이 있고 그 도랑 너머에 오래된 시멘트길이 철길과 같은 방향으로 누워 있었다.

보름은 물이 없는 작은 도랑과 발밑에서 파쇄석이 와그락대는 철길을 지나 또 다른 도랑을 뛰어넘어 시멘트 길에 내려섰다. 좌우를 둘러보다 멀리 보이는 마을을 향해 뛰었다. 어쨌든 그 길이 집으로 데려다줄 것 같았다. 백 미터쯤 달렸을까. 강비의 말이 날아와 뒤통수를 쳤다. 보름은 그 자리에 박힌 듯이 섰다. 가쁜 숨을 몰아쉬며 길가에 주저앉았다. 멀리서 흰색 승용차가 달려왔지만 보름은 꼼짝하지 못했다. 태워달라고 손을 들지 못했다.

보름은 다시 컨테이너로 돌아왔다.

어제저녁, 정확히는 오늘 새벽, 강비는 잠에 취한 보름을 방에 내려놓고 말했다.

“가고 싶으면 언제든 가도 좋습니다. 하지만 그 뒤에 생길 어떤 일에도 내 탓은 하지 마십시오. 분명한 건 노보름 씨가 한 모든 일을 내 차와 노보름 씨 차의 블랙박스 그리고 저 가로등 옆의 CCTV가 전부 봤다는 것입니다. 내 폰에 저장된 것도 있고…….”

보름은 침대에 털썩 몸을 부렸다. 꾸욱 꾸꾸꾸 꾹 꾸꾸 어디선가 크고 기분 나쁜 소리가 들려왔다.

즐거운 여행의 시작이

공항 터미널은 혼잡했다. 보름은 큰 가방을 끌고 넓고 환하고 반짝거리는 공간으로 들어섰다. 기대와 설렘이 뒤엉킨 얼굴들 속으로 걸어갔다. 옆에서 윤주가 나란히 걸음을 옮겼다.

둘은 화장실에 들렀다가 체크인 카운터로 갔다. 꼬불꼬불한 줄의 끝에 가서 섰다. 키오스크에서 탑승권을 발급받고 자동 수화물 위탁서비스를 이용하면 편하지만 짐의 무게가 애매해서 직원이 있는 창구로 갔다.

지루한 시간과 함께 길었던 줄이 당겨졌다. 윤주가 먼저 체크인을 했다. 뒤이어 보름이 여직원 앞에 여권과 신분증을 내밀었다. 하드 스프레이로 머리카락을 매끈하게 정리한 직원이 찬찬히 여권을 넘겨 보았다. 다른 나라도 아니고 우리나란데, 또 입국이 아니고 출국인데 뭘 그리 꼼꼼히 보나, 다시 길어진 줄이 신경 쓰이지 않나? 보름이 입을 내밀 때 직원이 고개를 들었다. 선이 깔끔한, 새빨간 입술로 물었다.

"이거 어디서 찍은 거예요?"

주의 깊게 들여다본 것치곤 하찮은 질문이었다. 보름은 어이없어하며 대꾸했다.

"도쿄에서요. 대학생 때 찍은 건데요."

직원이 이마를 살짝 찌푸렸다.

"이것 때문에 문제가 생길 수도 있어요."

그것이 문제가 된 적은 한 번도 없었다. 보름은 자신 있게 말했다.

"그건 그냥 방문 기념스탬프예요. 지하철역에 비치돼 있어서 찍은 건데, 그때 친구들이랑 다른 관광객들도 많이 찍었고……."

"어쨌든, 저쪽에서 이걸 문제 삼을 수도 있어요."

"설마요. 그 뒤로 여러 나라를 다녀왔는데 아무렇지 않았고, 지금은 베트남도 입국 심사가 간편해지지 않았나요?"

"간편해지긴 했는데, 아직 사회주의인 나라라 괜한 걸로 트집을 잡을 때가 있어요."

먼저 수화물을 부치고 발권까지 마친 윤주가 거들었다.

"모르는 척 그냥 가면 어떻게 되는데요?"

"여권 심사하는 사람이 스탬프를 보지 않거나 보고서도 문제를 삼지 않으면 괜찮지만, 만약 태클을 걸면 공항에서 바로 돌아와야 해요. 다시는 그 나라에 못 갈 수도 있고……."

복불복이라는 말이었다. 그제야 심각성을 눈치챈 보름이 물었다.

"그렇게 해서 되돌아온 사람이 있었나요?"

"최근엔 없는데 작년에 한 사람 있었어요."

항공사 직원이 없는 말을 지어낼 리는 없고. 요즘 들어 왜 자꾸만 일이 꼬이지? 보름은 짜증이 났다. 쉽게 말을 잇지 못하는 보름 대신 윤주가 물었다.

"이럴 땐 어떻게 해야 돼요?"

"여권 민원센터에 가서 임시여권을 발급받으면……."

"바로 탑승이 가능하다는 말이죠?"

당장 달려갈 듯이 보름이 물었다. 직원이 안타깝다는 표정으로 대답했다.

"그렇긴 한데 지금은 업무 시간이 지나서……."

"내일은 일요일이잖아요."

"일요일에도 발급은 해요."

"둘이 상의를 좀 해도 될까요?"

보름의 물음에 직원이 흔쾌히 고개를 끄덕거렸다. 상의를 하나 마나 결론은 한 가지였다. 조언을 무시하고 비행기를 탔다가 입국이 거절되면 돈만 날리고 여행 전부를 망친다.

하지만 임시여권을 받아서 하루 늦게 가면 남은 시간을 예정대로 보낼 수 있다. 얘기를 마치기 무섭게 윤주가 자신의 여권과 보딩패스를 내밀었다.

"조금 전에 들어간 짐 다시 빼주실 수 있죠? 이 표는 취소해주시고 되도록 내일 아침 일찍 가는 걸로 잡아주세요."

"아니에요. 내 것만 취소해주세요."

창구 앞에서 때아닌 실랑이가 벌어졌고 결국 보름이 이겼다. 윤주가 마지못해 검색대 안으로 들어갔다.

보름은 공항 창가 쪽 빈자리를 찾아 앉았다. 밖은 이미 어두컴컴해져 있었다. 팔 년 전에 찍은 스탬프 하나가 이렇게 발목을 잡다니. 어이가 없으면서 우습기도 했다. 갑자기 얼굴이 달아올랐다. "출발 전에는 무조건 김치찌개지." 하면서 윤주가 저녁 식사 때 찌개와 같이 시킨 맥주 때문인 것 같았다. 아니면 이 어처구니없는 상황 때문일 수도 있었다.

해든에게 얘기를 해야겠다는 생각이 들었다. 보름은 휴대폰을 꺼내 자판을 눌렀다. 오빠, 나 오늘 호찌민 못 가게, 까지 쓰다가 주춤했다.

대학병원 레지던트 이 년 차인 해든은 늘 바빴다. 먹고 자고 씻고 할 시간도 없던, 등 붙일 곳만 있으면 아무 데나 쓰러져 자던 일 년 차에 비하면 많이 나아졌다고는 하지만 지금도 눈코 뜰 새 없이 바쁘긴 마찬가지였다. 오늘도 보름이 간간이 보낸 '지금 집에서 출발했어', '윤주랑 김치찌개 먹고 있어', '공항에 도착했어' 같은 문자에 짧은 답만 뒤늦게 보내왔다. 어제 낮 근무를 하고 밤새 당직을 선 다음에 다시 낮 근무를 하느라, 삼십육 시간을 연속해서 일하는 탓에 몹시 피곤할 터였다. 그런 사람에게 못 가게 된 이유를 시시콜콜 설명해서 신경 쓰게 하고 싶지 않았다. 다녀와서 얼굴을 보고 말해도 늦지 않을 것이다. 허무맹랑하게 들리는 이 이야기에 해든은 길고 가지런한 이를 드러내며 웃겠지. 환하게 웃을 그의 얼굴을 생각하자 기분이 좋아졌다. 보름은 부지런히 자판을 눌렀다. '좀 전에 비행기 탔어, 잘 다녀올게. 그동안 오빠도 즐겁게 지내고 있어'

보름은 자리를 털고 일어났다. 캐리어 손잡이를 잡고 한 발을 떼다 멈칫했다. 지금 집에 가도 괜찮을까? 결혼식이 연기된 보름이 해외로 놀러 간다고 했을 때 어머니는 무척 기뻐하였다. 그런데 밤중에 들이닥치면 많이 놀랄 것이다. 공무원 준비를 하는 동생의 주의도 잠시나마 흩뜨릴 것이다.

"엄마, 파혼이 아니라 연기야. 어쩔 수 없는 연기…… 이번에 여행 다녀와서 다시 날 잡을 거야. 선선해지면 바로 결혼식 올릴 거고……."

몇 번을 말해도 어머니는 걱정을 지우지 못했다. 두 번이나 식이 연기된 딸에게 불안한 눈빛을 감추지 못했다. 보름은 고개를 흔들었다. 결혼식 연기에 누구의 의도나 과실은 없었다. 불가항력적인 상황에 적절한 대처를 했을 뿐이었다.

파혼한 건 윤주였다. 본격적으로 결혼 얘기가 오갈 때 깨졌으니 파혼은 아닌가? 아무튼 결혼 말이 오갈 때쯤 윤주가 말했다. "나 동혁 씨랑 결혼 못 하겠어." 동혁은 좋은 대학을 나와서 대기업에 다니는, 외모도 능력도 괜찮은 사람이었다. 무엇보다 윤주를 많이 아끼고 사랑하는 사람이었다. 그런 남자와 결혼을 못 하겠다니. 보름과 친구들이 놀라서 외쳤다.

"미쳤니? 그보다 좋은 남자가 세상에 어디 있다고!"

윤주는 조용히 고개를 저었고 결국 헤어졌다. 자상했던 전 남자 친구는 악질 스토커가 되었다.

보름과 윤주가 톡으로 하소연할 때 호찌민에 장기출장 중인 혜진이 말했다.

"교사인 너네는 방학이라도 있지. 친구랑 가족도 다 옆에 있고. 우리 사무실에 한국인은 나 하나뿐이야. 나는 여기서 날마다 의자가 되고 전화기가 되고 포스트잇이 되어 가고 있어. 그래서 말인데 너네 방학하면 여기 와서 외노자인 나 좀 위로해 줘라. 너네도 쉬었다 가고."

보름과 윤주는 방학 다음 날 바로 공항으로 갔다.

임시여권을 받으려면 어떤 것들이 필요하지? 보름은 휴대폰

검색창에 임시여권 발행이라고 써넣었다. 친절한 사람들이 그럴 땐 여권 발급 신청서와 긴급여권신청사유서, 여권용 사진과 항공권 복사본이 필요하다고 앞다투어 적어 놓았다. 발급받는 데는 한 시간 삼십 분 걸렸다는 사람이 있고 세 시간 걸렸다는 사람이 있는가 하면 십오 분 만에 마쳤다는 사람도 있었다. 신청서를 작성하고 즉석에서 사진을 찍어 제출하는 데 시간이 걸리고 서류를 접수한 다음에는 밀리지 않으면 십오 분 만에도 가능하다는 말 같았다. 준비해 둘 것은 따로 없어 보였다.

문제는 민원센터가 문을 열 때까지 열두 시간 이상 남았다는 것이었다. 그때까지 터미널에서 지내기는 무리였다. 한밤중에 집으로 가서 어머니를 놀라게 하는 일도 내키지 않았다. 보름은 생각하다 자리에서 일어섰다.

가방을 끌고 안내표지판을 따라 걷다 에스컬레이터를 탔다. 일 층으로 가서 구석 쪽에 위치한 캡슐 호텔로 갔다. 캡슐 호텔은 작년 태국에서 돌아올 때 이용한 적이 있었다. 공항에 내리자마자 해든의 어머니가 전화를 걸어와서였다. 일요일이니 같이 교회에 가면 어떻겠냐는. 좋다고 대답은 했지만 꼴이 말이 아니었다, 집에 가서 씻고 교회까지 갈 시간도 부족했다. 같이 있던 친구가 캡슐 호텔이 어떻겠냐고 했다. 보름은 참새 콧잔등만 한 욕실에서 씻고 화장을 한 뒤 남은 깨끗한 옷으로 갈아입었다. 공항 우체국에 가서 여행 가방을 부치고 해든 어머니가 다니는 교회로 갔다. 예비며느리 역할을 흡족하게 해냈다. 그때를 떠올리며 보름은 유리문을 밀었다. 프런트에 섰던 키가 큰 직원이 상냥하게 인사를 한 뒤 물었다.

"예약은 되셨나요?"

아니라는 보름의 말에 직원이 덧니를 드러내며 말했다.

"강풍으로 일본행 비행기가 결항 되는 바람에 현재 만실입니다."

보름은 하는 수 없이 밖으로 나왔다. 몇몇 친구를 떠올렸지만 그들에게는 가족이 있거나 남편이 있었다. 여행을 가려다 늦춰졌다고 하룻밤 신세 지자고 할 형편이 못되었다. 혼자 자취하는 친구는 집이 너무 멀었다. 꼼짝없이 노숙을 해야 되나? 아무래도 내키지 않았다. 집이 편할 것 같았다.

집 쪽으로 가는 공항버스는 막 떠나고 없었다. 난감한 보름의 앞에 세 가지 귀가 코스가 놓였다. 한 시간 이상 기다렸다가 다음 버스를 타고 가는, 가장 쉽고 편한 첫 번째 코스와 기다리지 않고 바로 공항철도를 탄 다음 김포에서 9호선으로 갈아타고 신목동역에서 내려 캐리어를 끌고 십오 분을 걸어가는 두 번째 코스, 그리고 공항철도와 9호선 지하철을 이용해 염창역에서 내린 다음 이십 킬로가 넘는 캐리어를 불끈 들고 마을버스를 타는 세 번째 코스가 그것이었다. 어느 것 하나 쉽지 않았다. 다행히 오늘은 한 코스가 더 있었다. 윤주네 아파트까지 가서 자 차로 움직이는 것. 오늘처럼 배차 간격이 뜰 때를 대비해 보름은 윤주네 아파트까지 차를 타고 가서 같이 지하철로 움직였다.

보름은 윤주네 아파트로 갔다. 주차장에서 자신의 아반떼를 찾아 캐리어를 실었다. 운전석에 앉아 시동을 걸고 기어를 바꾸다 생각했다. 아, 맥주를 마셨지, 해든이 알면 싫어할 텐데.

세상에는 두 종류의 인간이 있다. 돌다리도 무조건 두드려 보고 건너는 사람과 물이 불어 위험한 다리를 괜찮다며 성큼성큼 건너는 사람. 해든은 단연코 전자에 속했다. 그런 부류의 사람이 흔히 그렇듯 해든은 매사에 반듯하고 성실했다. 지나치다 싶을 정도로 도덕적이고 양심적이기까지 했다. 보름이 운전하면서 내비게이션의 안내로 속도를 줄이면 왜 양심을 속이냐고, 차라리 벌금을 내라고 할 만큼.

그런 해든은 아무리 길이 막히거나 옆 차선에서 난폭하게 끼어들어도 절대 화내거나 욕하지 않는다. 언젠가 어떤 건물에서 갑자기 오토바이가 튀어나온 적이 있었다. 충돌 직전에 급정거를 한 해든이 쏜살같이 내빼는 오토바이 꽁무니를 안 부딪쳐서 얼마나 다행인가, 사고 후의 복잡한 과정을 생략해 줘서 얼마나 고마운가, 하는 표정으로 보았다. 조수석에 앉았던 보름이 긴박했던 순간의 긴장을 풀려고 "짜식, 길도 아닌

데서 그렇게 튀어나오면 어떡하냐"하고 말했다. 그러자 해든이 "그렇게 말하면 기분이 좋아지니? 그 아저씨 너보다 훨씬 나이가 많아 보이던데……." 하고 말했다. 마치 나쁜 사람은 갑자기 끼어들어 여럿의 생명을 위태롭게 하고 시간과 재산의 손실을 가져올 뻔한 오토바이 운전자가 아니라 부적절한 언어를 사용한 보름이라는 듯이. 그런 웃지 못할 촌극의 당사자인 해든은 보름에게 자주 말하곤 했다. 방어운전을 해라. 음주운전은 절대 안 된다.

하지만 오늘은 딱 맥주 한 잔이었다. 시간이 많이 지났고 취기도 없었다. 보름은 기어를 바꾸고 라디오를 켰다. 기상캐스터가 하이톤으로 말했다.

"내일부터 낮 최고 기온이 삼십오 도가 넘는 불볕더위가 기승을 부릴 전망입니다. 이 같은 이상기온은 일주일 내내 지속될 것이며 주말에는 폭우가 쏟아지겠습니다."

휴가 가기 딱 좋은 날씨네. 보름은 브레이크에서 발을 뗐다. 액셀러레이터를 밟으며 천천히 주차장을 빠져나왔다.

주파수를 변경해놓고 집 방향으로 주저 없이 핸들을 꺾었다. 카오디오에서 격정적인 바이올린 곡이 흘러나왔다. 대담하고 거친 선율이 차 안을 가득 채웠다. 파비오 비욘디가 연주하는 비발디의 사계 중 여름 3악장.

음악 좋고, 엄마가 조금 걱정되지만 어쩔 수 없잖아. 기분이 나아진 보름은 액셀러레이터를 힘주어 밟았다. 폭풍이 몰아치는 듯한 바이올린 연주는 계속되었다. 보름과 해든에게 의미가 남다른.

사 년 전, 파비오 비욘디와 그가 이끄는 에우로파 갈란테 공연에서 보름은 해든을 처음 보았다. 해든은 바쁜 시간을 쪼개 친구와 같이 왔고, 친구의 동생이 그날 같이 간 보름의 친구였다. 연주가 끝나고 사람들 속을 빠져나오다 만난 그들은 함께 커피숍으로 갔다. 바로크 특유의 정서를 과감하게 해체하고 재해석한 비욘디와 그가 선물한 감동을 오래 나눴다.

보름은 액셀을 더 깊숙이 밟았다. 한참을 달려 동네 가까이 갔을 때 불쑥 다른 생각이 들었다.

'그래, 그 집이 있었지. 여기서 멀지도 않고, 거기로 가면 되겠다.'

결혼이 연기될 때마다 많은 것을 취소했지만 신혼집은 그대로 두었다. 그럴 수밖에 없기도 했지만. 몇 군데 손을 보고, 깨끗하게 도배를 한 집은 새 가구와 새 가전제품, 새 침구와 식기를 들여놓고도 식을 올린 뒤에 들어가 살려고 계속 비워 두었다. 가끔 보름이 시간을 내서 청소를 하고 왔다.

보름은 차를 돌렸다. 계속 달리다 샛길로 빠지려 할 때 옆 차선에서 차들이 빠르게 달려왔다. 밤이라 무리해서 끼어들기도 조심스러웠다. 차선을 바꾸지 못한 탓에 나갈 기회를 놓쳤다. 다음 길로 진입해서 돌아가면 될 것 같았다. 보름은 미리 바꾸어 달리다 때를 놓치지 않고 우회전을 했다. 한참을 더 갔다. 이쯤이면 거의 왔겠지 싶은데 신혼집이 보이지 않았다. 전혀 다른 동네가 나왔다. 길이 낯설고 주변의 건물들도 생경했다. 보름은 길 한쪽에 차를 세우고 내비게이션을 켰다. 신혼집 주소를 입력하고 다시 액셀러레이터를 밟았다.

집에 도착하면 씻고 바로 자자. 내일 새벽에 근처의 교회나 갔다 올까. 예배를 마치고 바로 공항으로 가면 시간이 맞을 것 같다. 나중에 해든의 어머니가 들으면 좋아하시겠지. 보름은 페달에 힘을 실어 내비게이션이 안내하는 도로를 질주했다.

보름은 계속 달려갔다. 낯선 길을 가다 보니 상가주택이 이어진 4차선 도로가 나왔다. 가게들은 대부분 셔터를 내렸고 거리는 고요했다. 간간이 반대편에서 차들이 나타났다가 분주하게 사라졌다. 보름은 힘주어 액셀을 밟았다.

그때였다. 검은 개 한 마리가 차 앞으로 뛰어들었다. 보름은 깜짝 놀라서 핸들을 꺾었다. 브레이크를 깊이 밟았다. 그리고 멈칫멈칫 가던 그 개가 바람에 날린 비닐봉지였다는 걸 알았을 때 사태는 돌이킬 수 없었다. 쿵, 날카로운 소리가 밤공기를 찢었다. 보름은 큰 충격에 싸였다.

예기치 않은 사고, 예상치 못한 전개

겨우 정신을 차린 보름이 차 밖으로 나왔다. 겁을 잔뜩 먹은 채 조금 전 자신이 받은 차를 보았다. 땅바닥에 납작 달라붙은 매끈한 초록색 차. 존재 자체로 많은 운전자에게 경외감과 두려움을 안기는 슈퍼카. 그 차의 리어 펜더와 범퍼가 찌그러져 있었다. 정신이 아득했다.

보름이 어찌할 줄 모르고 있을 때 한 사내가 다가왔다. 사십 후반이나 오십 초반쯤? 작은 키에 배 나온 사람이었다. 슬리퍼를 끌며 다가온 그가 슈퍼카를 앞뒤로 보더니 말했다.

"신고해야겠네."

그 말에 보름은 정신이 번쩍 들었다. 얼굴이 훅 달아올랐다. 아, 술을 마셨지. 순간, 걱정하던 어머니 얼굴이 떠올랐고 해든과 해든의 부모 얼굴이 스쳐 지나갔다. 음주운전 교사

중징계, 라는 최근 교육청 특별 지시사항과 감봉, 정직 등의 단어가 떠올랐다. 보름은 다급하게 말했다.

"잠깐만요. 정말 미안한데 사고 신고를 하지 않으면 안 될까요?"

어떻게든 이 난관을 벗어나야 한다는 생각, 혼자서 조용히 해결해야 한다는 생각만 머리에 가득했다. 엄마와 해든, 또 해든의 부모님이 모르게. 학교와 교육청에서 알지 못하게.

사내가 뭔 말 같잖은 소리냐는 듯 보름을 쓱 보더니 휴대폰을 꺼내 번호를 눌렀다. 더 급해진 보름이 사내의 팔을 붙잡았다.

"제발 신고만 하지 말아주세요. 제발, 제발요."

사내가 보름의 팔을 떨쳤다. 당황한 보름이 두 손을 비비며 간청했다.

"어떻게든 고쳐드릴게요. 제발, 제발 신고만 하지 말아주세요."

저절로 목소리가 울먹여졌다. 눈물이 사내를 움직였을까, 그가 동작을 멈췄다. 주위를 둘러보고 보름을 보다 휴대폰을 반바지 주머니에 넣었다. 그 행동이 뜻하는 바가 분명했다. 보름은 고개를 숙여 사내에게 거듭 인사했다.

"고맙습니다, 정말 고맙습니다. 정말, 정말 고맙습니다."

감격으로 목이 멘 보름에게 사내가 말했다.

"일단 차를 한쪽으로 빼세요."

사내의 마음이 바뀔까 두려워 보름은 재빨리 몸을 돌렸다. 우측 보닛이 찌그러진 차에 올라탔다. 다행히 시동이 걸렸다. 보름은 조금 전 자신이 들이받은 슈퍼카 뒤에 이 미터쯤의 거리를 두고 나란히 세웠다. 시동을 끄고 운전석에서 나왔다.

사내가 감사한 마음을 감추지 못하는 보름에게 다가왔다. 거칠게 팔을 잡더니 뒷문을 열고 차 안으로 밀었다. '수리나 보상 얘기는 밖에서 해도 되는데…….' 뒷자리에 엉거주춤 앉게 된 보름은 생각했다.

뒤따라 들어온 사내가 보름을 덮쳤다. 순간 보름은 알았다. 사내가 원하는 게 뭔지. 반사적으로 팔다리를 휘두르면서 보름은 이 상황을 어떻게 해석해야 할지 몰라 어리둥절했다. 조금 전 자신의 간절한 부탁을 수용했던, 부자이면서 너그럽기까지 한 사람이 갑자기 변한 것이, 자신을 욕보이려 한다는 것이 이해되지 않았다. 세상에 공짜는 없다지만 이런 식의 거래는 예상하지 못했다.

"잠깐, 잠깐만요. 이건 아니잖아요."

보름이 소리쳤다. 사내는 아랑곳하지 않고 보름의 가슴을 거칠게 잡아당겼다. 북, 소리를 내며 원피스 앞자락이 찢어졌다. 장식 단추가 떨어졌다.

"이러지 마시라고요. 차라리 신고를 하세요."

보름은 온 힘을 다해 사내를 밀쳤다. 사내가 축축하고 거친 손으로 보름을 찍어누르며 다른 손으로는 원피스 자락을 걷어 올리려 애썼다.

"비키세요. 비켜요. 비키라고요."

보름이 발을 오므렸다가 힘껏 사내를 찼다. 기습을 당한 사내가 멈칫하더니 욕설과 함께 주먹을 휘둘렀다. 순간 보름의 눈앞에서 불이 번쩍 튀었다. 사내의 주먹이 다시 날아왔고 보름은 두 팔로 얼굴을 가렸다. 연거푸 쏟아지는 주먹을 막았다. 몇 번의 주먹을 내지른 사내가 다시 보름의 원피스를 올렸다. 팬티를 끌어 내리려 힘썼다.

"안 돼요. 제발 이러지 마세요. 제발……."

강비는 자신의 차 쪽으로 걸어가다 주춤했다. 먼 데서 봐도 뭔가 달라져 있었다. 길 한쪽에 얌전히 세워둔 차의 앞머리가 도로 쪽으로 튀어나와 있었다. 그는 걸음을 빨리했다. 차의 뒤쪽으로 가서 휴대폰 불빛을 비췄다. 그가 편의점에 다녀온 사이 슈퍼카는 훼손되어 있었다.

그는 어리둥절해서 주변을 둘러보았다. 다행히 멀지 않은 곳에 가해 차량으로 보이는 차가 있었다. 우측 보닛이 찌그러진 차는 사고 뒤에 옮겨진 것이 분명했다. 그는 "제가 그랬어요" 하고 열심히 외치고 있는 차를 향해 걸어갔다.

운전석에 사람이 보이지 않았다. 방심의 결과에 겁을 먹었거나 음주로 인한 뺑소니가 분명했다. 강비는 휴대폰을 꺼냈다. 망설이지 않고 1을 두 번 눌렀다. 이어서 2를 누르려는 순간 옆의 차가 움찔했다. 그는 손을 멈추고 차를 보았다. 아무 움직임이 없었다. 그가 다시 휴대폰으로 시선을 옮기자 차가 또 움찔했다.

강비는 홀린 듯이 차로 다가갔다. 차창에 얼굴을 대고 안을 보았다.

보름은 정신을 놓지 않으려고 안간힘을 썼다. 온몸을 비틀며 사력을 다해 저항했다. 격한 실랑이가 이어질 때 차창으로 검은 그림자가 비쳤다. 이어 똑똑, 소리가 들렸다. 보름이 남은 힘을 모아 사내를 찼고 분개한 사내가 다시 주먹을 쳐들었다. 보름이 놀라 얼굴을 가릴 때, 벌컥, 차 문이 열렸다. 길쭉한 팔이 들어와 사내의 쳐든 팔을 잡았다. 보름으로부터 안 떨어지려고 버티는 사내의 목덜미를 잡아끌었다. 사내가 딸려 나가지 않으려고 힘을 쓰다 어쩔 수 없다는 듯이 몸을 일으켰다. 바지를 추스르고 좁은 차 안에서 이리저리 엉덩이를 돌려가며 슬리퍼를 찾아 신었다. 차 문을 열고 밖으로 나갔다. 보름이 황급히 옷을 가다듬었다. 키가 크고 마른 남자가 차에서 두어 걸음 뒤로 물러섰다.

강비는 사내가 차를 돌아 제 앞에 오기를 기다렸다. 자신이 벌인 상황을 정리하고 인내한 그에게 예의를 다하기를 바랐다. 하지만 사내는 그럴 생각이 없는 것 같았다. 조금씩 걸음을 빨리하더니 그대로 달아나기 시작했다.

"거기 안 서?"

강비는 손에 든 봉투를 놓고 쫓아갔다. 얼마 안 가서 머리숱 적고 배 나온 사내의 목덜미를 잡았다. 미끄덩한 불쾌감을 끌어다 보름의 앞에 패대기쳤다.

"남의 차를 부숴놓고 할 짓 다 하더니 달아나기까지 해?"

남의 차? 저 인간 차가 아니었어? 보름은 충격으로 쓰러질 듯 휘청거리는 몸을 간신히 차에 기댔다. 한여름이라지만 밤중이라 공기가 서늘했다. 입은 원피스가 얇기도 했다. 보름은 이가 맞부딪칠 정도로 심하게 떨면서 분노와 경멸이 뒤섞인 눈으로 사내를 보았다.

"내가 안 했어. 내가 안 그랬다고."

마우스피스를 문 것처럼 입이 튀어나온 사내가 반복해서 외쳤다.

"뭔 개소리야. 저렇게 증거도 빤하고만……."

강비가 사내의 목을 잡고 윽박질렀다. 갑자기 기침이 쏟아졌다. 보름은 바닥에 쪼그려 앉아서 고통스럽게 기침을 쏟아냈다. 땀으로 번들거리는 사내가 신경질적으로 내뱉었다.

"내가 안 했어. 저 여자 차여. 저 여자가 받았다고!"

사내가 보름을 가리키며 다시 소리쳤다.

"나는 아무 상관없다고……."

강비가 사내의 목을 잡은 채 보름을 보았다. 허물어지듯 엉덩이를 바닥에 내려놓음으로써 보름은 사내의 말을 시인했다. 강비가 움켜쥔 손을 놓았다. 사내가 뒤도 돌아보지 않고 달아났다. 강비는 어이없어하며 그 모양을 빤히 바라보았다.

꽁무니가 빠져라 달아나던 사내가 갑자기 깨금발을 두어 번 짚더니 몇 걸음 되돌아왔다. 어둠 속에서 슬리퍼를 찾아 신고 다시 달아났다.

결혼만 해주면

차들이 불빛을 앞세우고 달려왔다 빠르게 지나갔다. 노란 불빛이 청소차처럼 길을 쓸며 지나갔다. 불빛이 지나간 자리를 눅눅하고 흐리멍덩한 어둠이 메웠다.

차에 기대앉은 보름은 거의 넋이 나갔다. 발작적으로 뱉어내던 기침은 멎어 있었다. 지진이나 쓰나미로 온 가족을 잃으면 저런 표정일까? 보름을 일별한 강비가 주머니에서 휴대폰을 꺼냈다. 천천히 번호를 누르고 신호가 가기를 기다렸다. 마침내 신호가 떨어졌다.

"여……."

강비가 입을 떼는 순간 보름이 달려들었다. 조금 전까지 세상을 다 잃은 듯 좌절하던 사람이 맞나 싶을 정도로 빠르게 달려들어 강비의 손에서 휴대폰을 쳐냈다. 휴대폰이 바닥으로 떨어졌다. 보름이 허둥거리며 주워서 종료 버튼을 눌렀다. 어이없어하는 강비에게 말했다.

"잠깐, 잠깐만요, 신고는 말아주세요. 제발 부탁드릴게요."

강비는 보름을 바라보았다. 서른은 안 넘어 보였다. 빼어난 미인은 아니지만 비겁한 중늙은이를 애인으로 두기에 어울리지 않을 만큼은 예뻤고, 사려 깊은 눈을 갖고 있었다. 묘한 부조화였다. 하지만 사고를 냈고 그 차 안에서 추잡한 짓까지 벌인 사람이었다. 신고를 미룰 이유가 없었다. 강비는 안 놓으려고 버티는 보름의 손을 비틀어 휴대폰을 빼냈다. 주저하지 않고 버튼을 눌렀다.

"제발, 신고만 말아주세요. 제가 어떻게든 고쳐드릴게요."

보름은 미친 듯이 휴대폰을 뺏으려 들었다. 강비가 몸을 돌려 피하자 이번에는 그의 다리를 붙잡고 늘어졌다. 처절하게 매달리며 신고를 방해했다.

심술궂은 호기심이 강비를 부추겼다. 그는 휴대폰의 녹음 버튼을 눌러 놓고 물었다.

"신고를 안 하면 어떻게 할 건데요?"

"어떻게 해서든 고쳐드릴게요."

그때 보름의 머릿속으로 티비에서 본 뉴스가 떠올랐다. 코너링을 하다 슈퍼카를 살짝 받은 버스 기사가 수리비로 팔천만 원을 청구 당했다는…… 저건 그보다 훨씬 더 나오겠지.

눈앞이 캄캄했다. 하지만 음주운전도 부족해서 처음 본 사내와 차 속에서 실랑이까지 벌였다. 성폭행 직전까지 몰렸다. 해든이 모르게, 교육청에서 모르게 어떻게 해서든 신고만은 막아야 한다. 생각에 빠진 보름에게 강비가 으스대듯 말했다.

"저 차가 얼마짜린 줄은 알아요?"

보름은 고개를 끄덕거렸다. 몇 달 전, 웨딩드레스 숍에서 잡지를 보던 해든이 말했다.

"이 차 정말 멋지지 않니? 람보르기니 아벤타도르야. 찻값만 칠억이 넘는대. 문이 이렇게 위로 올라가면서 열려. 그 모양이 가윗날 같다고 해서 시저도어라고 부르지."

국산 SUV를 타는 해든에게 아니 거의 모든 남자들에게 람보르기니는 꿈의 차인 것 같았다. 그 차의 주인이 물었다.

"범퍼에 펜더에 사이드실까지, 수리비가 장난 아니겠는데……, 당신 돈 많아?"

"아뇨."

"아버지가 부자야?"

아버지는 돌아가셨다. 칠 년 전에. 시립 도서관 사서로 근무하는 어머니는 보름의 결혼 자금에 보태느라 여윳돈이 없다. 갑자기 사고를 쳐놓고 뒷수습을 해달라고 하기 힘들다. 그래도 지금 상황에서 기댈 곳은 어머니밖에 없다. 어머니를 통해서 얼마든 대출을 받고 조금씩 갚아나가면 되지 않을까?

생각하는 보름에게 강비가 다시 말했다.

"아까 달아난 놈팽이도 보태줄 것 같진 않던데……."

그 말에 보름의 얼굴이 사납게 일그러졌다. 천하의 불한당. 처음 봤을 때 통통하고 비루한 외모가 차와 어울리지 않는다, 싶었다. 인상이 너무 추레하다 싶었다. 하지만 세상에는 말만 앞세운 이론가보다 무식해도 돈 냄새만큼은 기가 막히게 잘 맡는 사람이 있지 않은가. 또 한밤에 사고 난 차를 보러오면서 턱시도를 입고 올 순 없지 않은가. 그래서 속았다. 신고한다고 설치길래 그 머저리가 차주인 줄 알았다. 보름은 분노에 떨면서도 당장 할 일은 잊지 않았다. 애처로운 표정으로 강비에게 사정했다.

"신고를 하지 않으면 어떻게 해서든 고쳐드릴게요."

"그래놓고 안 고쳐주면?"

"그런 일은 절대 없을 거예요. 절대로, 믿어주세요."

강비가 덜덜 떠는 보름의 가늘고 긴 팔을 내려다보다 조롱하듯이 물었다.

"술은 몇 잔이나 마셨어요?"

"……."

"솔직히 안 마신 거 아니잖아요."

"맥주 한 잔 마셨어요. 그런데 마신 지 한참 돼서 다 깼어요. 지금은 아무렇지도 않아요. 하나도 안 취했어요."

"그건 경찰서에 가봐야 알고."

경찰서란 말에 보름은 찔끔했다. 강비가 팔짱을 끼고 서서 거만하게 물었다.

"면허증은 가지고 있죠?"

"네."

"가져오세요. 블랙박스 칩도 빼오고……."

안도감 섞인 기쁨이 보름을 사로잡았다. 보름은 큰 숨을 내쉬며 제 차로 갔다.

그사이 강비는 휴대폰으로 사진을 찍었다. 장난감 차의 실사판 같은 슈퍼카의 옆구리와 후미를 여러 각도로 찍은 다음 번호를 알아보기 힘들 정도로 전면이 일그러진 보름의 차도 찍었다.

보름이 면허증과 블랙박스 칩을 내밀었다. 휴대폰 불빛에 면허증을 보던 강비가 고개를 들고 물었다.

"결혼은, 했어요?"

"아뇨."

"남자친구는?"

"있어요."

"아, 아까 그……."

"아니에요, 그 사람."

저도 모르게 목소리가 커졌다. 강비가 어이없다는 표정으로 보름을 보다 물었다.

"혹시 나와 결혼해줄 수 있어요?"

보름은 깜짝 놀라서 강비를 보았다. 우리 악수나 한 번 하자는 말투고 표정이었다.

"결혼을 해주면 수리비는 없던 걸로 해주고, 잘하면 저 차를 그냥 줄 수도 있고……."

이번엔 사이코패스인가? 달아난 사내 때와 다른 두려움이 보름을 휩쌌다. 보름은 가로등 밑에 선 강비를 조심스레 보았다.

180에서 182쯤? 키는 해든보다 조금 컸고 동글납작한 편인 해든에 비해 폭이 좁은 타원형 얼굴이고 숱 많은 눈썹과 쌍꺼풀 없는 차가운 눈 밑으로 오뚝한 코가 뻗어 있었다. 사소한 일에도 편하게 웃는 해든에 비해 평생 한 번도 안 웃었을 것 같은 딱딱한 인상이었다. 눈빛도 해든의 따뜻하면서 부드럽고 총기가 느껴지는 것에 비해 거칠고 도전적이었다. 삐뚜름히 서서 보름의 눈길을 받던 강비가 다시 말을 건넸다.

"정식 결혼을 하자는 건 아니고 그냥 혼인신고만……."

"그게 그거잖아요."

보름이 작고 단호하게 대답했다.

"같이 살지 않아도 되고 아내로서 해야 할 어떤 의무나 행동은 안 해도 돼요. 혼인 중에 다른 남자를 만나고 싶으면 그래도 좋고 원하면 생활비를 따로 줄 수도 있어요."

그럼 뭣 때문에 결혼을 해? 혹시 재벌 3세인가? 어떤 드라마에서처럼 회장 할아버지가 한 달 안에 결혼을 안 하면 상속권을 박탈한다고 했나? 재산을 하나도 안 물려준다고 했나? 그것도 아니면, 잡은 쥐를 놀리는 고양이 심정? 이리저리 머리를 굴리던 보름이 물었다.

"이런 장난이 재밌어요?"

"나 장난 아닌데, 진짜로 혼인신고 하자는 건데……."

강비의 입꼬리가 슬쩍 올라갔다. 표정으로 봐선 장난인 것도 같고 아닌 것도 같았다. 말투는 처음보다 부드러워져 있었다.

"사람 잘못 봤어요."

"난 아주 잘 본 것 같은데. 얼굴 되고 몸매 좀 되는데 대책이 없는 사람. 그에 비해 욕정은 매우 넘치는 사람."

"그런 사람한테 지금 결혼하자는 거예요?"

"그래서 하자는 건데."

보름은 기가 차서 강비를 보았다. 강비가 어깨를 으쓱했다.

"저 결혼할 사람 따로 있어요. 그 사람과 두 달 후에 식 올릴 거예요."

"그러면 결혼할 상대가 있는 처녀가 한밤중에, 차 안에서 다른 남자랑 그런 짓을 벌였다고? 그것도 슈퍼카를 받아놓고 간도 크게?”

“그건…….”

“아, 두 사람 사이의 사정은 내가 더 알 필요 없고.”

강비가 손을 펴서 보름의 말을 막았다. 어차피 설명해도 믿어줄 것 같지 않았다. 구차함만 커질 것 같았다.

“아까 차 속에서 아무 일 없었어요.”

“이예, 그러셨어요?”

강비가 비꼬듯 말꼬리를 길게 끌었다.

“그래서 몹시 서운했구나. 그때 내가 문을 열지 말았어야 했는데, 그 인간을 끌어내지 말았어야 했는데, 눈치가 없었지.”

강비가 제 이마를 때리는 시늉을 했다.

“그게 아니에요.”

“아주 격렬하고 치열하던데. 참 대범하기도 하지. 나는 처음에 정신이 나간 놈들인 줄 알았어. 마약을 했거나 색정광들인 줄 알았지. 아니면 돈이 아주 많은 또라이들이거나. 그렇지 않고서야 저렇게 비싼 차를 받아놓고 섹스에 몰두할 수 있겠어?”

“그런 사람한테 혼인신고 하자는 사람도 제정신은 아니죠.”

“하긴 그러네. 나도 확실히 제정신은 아니네.”

강비가 기분 나쁜 웃음을 흘리다 정색을 하고 말했다.

"그래서 나랑 혼인신고를 할 거요, 말 거요."

"안 해요."

"나 생각보다 돈 많아요. 이 정도면 인물도 나쁘지 않고."

인물은 나쁘지 않은 정도를 넘어서 매우 훌륭하다. 웬만한 남자 탤런트 뺨을 왕복으로 후려칠 만큼 준수하다.

"우리 오늘 처음 본 사이잖아요. 그것도……."

"그게 뭐 어때서? 교통사고 가해자와 피해자, 만난 지 삼십 분 만에 결혼하다. 쇼킹하면서 재밌잖아."

쇼킹하고 재밌다고? 도망친 인간은 섹스에 미친 놈이더니 이 인간은 결혼에 미친 놈인가?

해든 어머니를 따라 교회에 갔을 때 더 간절하게 기도를 드렸어야 했다. 세상의 모든 악을 멀리하게 해달라고. 보름의 속을 알리 없는 강비가 태평하게 말을 이었다.

"좋은 기회가 될 수 있는데, 당신한테……."

"……."

대꾸가 없자 강비가 짧게 지시했다.

"그럼 차에 타시죠."

"왜, 왜요? 어디 가는데요?"

보름이 깜짝 놀라서 물었다. 심장박동이 빨라지고 다시금 불안과 공포가 밀려왔다.

"사고 신고도 혼인신고도 하기 싫다면서요?"

어처구니없다는 표정으로 강비가 말했다. 할 말이 없었다. 보름은 꼴깍, 침만 삼켰다.

"저 비싼 차를 부숴놓고 그냥 갈 생각이었어요? 그럼 안 되지. 이대로 당신이 잠수 타버리면 나만 골치 아프잖아."

"저 그런 사람 아니에요. 절대로 잠수 타지 않아요."

"그걸 어떻게 믿어."

강비가 코웃음을 쳤다. 어떻게 믿냐고? 뭘로 증명하지? 교사라고, 근무하는 학교의 이름을 알려주면 믿어줄까? 그러다 윤주의 전 남자 친구처럼 학교까지 찾아오면…… 보름은 세차게 고개를 저었다.

"어디 가는데요?"

강비가 차갑게 말했다.

"일단 타세요."

잠시 머뭇거리다 보름은 제 차에서 여행용 가방을 꺼냈다. 손잡이를 뽑아 끌자 작은 바퀴가 사납게 돌돌거렸다. 보름은 가방을 번쩍 들어 강비의 차에 실었다. 어둠 속으로 날카롭게 이빨을 박아넣던 가방이 순간 조용해졌다.

보름이 차에 올랐다. 강비가 액셀러레이터를 밟자 차가 조용히 앞으로 나갔다. 한동안 정면을 바라보던 강비가 물었다.

"여행 갔다 오는 길인가요?"

"아니요."

"그럼 가출하던 길?"

보름은 대꾸하지 않았다. 불안한 눈빛으로 창밖만 보았다. 앞으로 어떤 일이 벌어질지, 무사히 집에 갈 수 있을지 두려웠다.

얼마나 갔을까. 창밖에 어둠만 묵묵히 흘러갔다. 가끔 작은 불빛들이 동물의 눈처럼 어둠 속에서 반짝거렸다.

쓸모없는 학력과 경력

강비는 대체 어디에 있을까? 어쩌자고 나를 이곳에 데리고 왔을까? 땡, 땡, 땡, 땡, 종소리가 들려왔다. 사나운 소리를 끌며 기차가 지나갔다.

왼쪽 광대뼈는 아직도 얼얼했다. 이게 다 그 놈팽이 때문이다. 사고 상황에 쩔쩔매는 나를 보고 허겁지겁 달려들어 제 욕정을 채우려던, 그게 여의치 않자 차는 저 여자가 받았다며 뭐 빠지게 달아나던. 사고는 어쩔 수 없다 해도 일이 검불덤불 꼬이도록 만든 건 어쨌건 그놈이다.

하지만 누굴 탓하랴. 사람을 잘못 본 내 탓이지. 보름은 분노와 수치심으로 얼굴을 붉히며, 심한 두려움에 떨며, 강비가 빨리 나타나기를 기다렸다. 빨리 와서 제 비극의 정도를 알려주기 바랐다. 한편으로는 늦게 오거나 아주 오지 않기를 바랐다. 비극을 조금이라도 유예하거나 피하고 싶었다. 째깍 째깍. 작은 탁자 위에 놓은 시계가 신경을 건드렸다.

보름은 충전기에서 휴대폰을 뺐다. 밤새 윤주의 톡이 많이 와 있었다.

지금 비행기 탔어. 여권 만드는 대로 바로 와라. 혜진이 집에 도착했어. 출발했니? 몇 시에 도착하는지 시간 찍어줘. 마중 나갈게.

해든의 톡도 있었다.

이제 겨우 시간이 났어. 출발했니? 호찌민은 여기보다 훨씬 덥고 습할 텐데 컨디션 조절하면서 즐겁게 놀다 와.

어머니 역시 문자를 남겼다.

잘 도착했니? 친구들이랑 재밌게 잘 지내고 궁금하니까 자주 소식 줘라.

온몸에 끈끈하게 들러붙던 공기가 간간이 부는 바람에 서늘해졌다. 어느 순간 사방이 컴컴해지더니 굵은 비가 쏟아지기 시작했다. 천둥을 동반한 비였다. 쿠르르릉. 멀리서 허공을 가르며 달려온 소리가 귀 옆에서 멈추더니 빠지지직, 하고 굉음으로 찢어졌다. 수박 쪼개지듯 세상이 박살 날 것 같았다. 극도의 공포가 밀려왔다. 사람들이 모두 돌아간 밤, 비 오는 놀이동산에 혼자 남겨지면 이런 기분일까?

보름은 방문을 잠갔다. 가방에서 후드점퍼를 꺼내 둘러쓰고 몰아치는 번개와 천둥소리에 질겁하며, 천둥소리가 잦아질 때마다 공포에 찬 의문들을 허공에 던졌다.

강비는 왜 안 나타나는 거지? 나는 어떻게 되는 거지?

외딴 밭에서 시신 발견. 미라 시신 방치 같은 뉴스 헤드라인이 떠올랐다. 생각만으로도 끔찍했다.

괴수가 포효하듯 천둥이 또 한 차례 허공을 갈랐다. 예전에 본 영화가 떠올랐다. 여자를 납치, 감금해놓고 성을 착취하던 변태의 얘기. 영화뿐 아니라 현실에서도 그런 얘기는 심심치 않게 등장했다. 이 사람도 그럴 목적으로 나를 데려온 건가? 그는 돈을 잃는 대신 쾌락을 얻고 나는 수치를 버리는 대신 돈을 얻게 되나? 수리비를 갚게 되나? 그렇게 되면 교사를 계속하기 힘들 텐데, 해든과의 결혼도 힘들 텐데…… 보름이 우울한 생각에 빠져있을 때 윤주의 톡이 왔다.

몇 시에 도착하니?

뭐라고 할지, 고민하는데 배터리가 나갔다. 제대로 충전이 안 된 모양이었다. 보름은 금방이라도 떨어져 나갈 것 같은 콘센트에 다시 휴대폰 잭을 연결했다. 침대 위에 무릎을 감싸고 앉아 불안을 떨쳐내려 애썼다.

클라이언트는 설계변경을 요구했다. 대지가 네모반듯하지

않은 데다 땅밑으로는 언제 묻었는지 모를 낡은 하수관이 지나가고 전면은 도시미관 지역에 해당되어 여러모로 신경 쓸 일이 많은 작업이었다. 그 땅에 클라이언트는 일 층에 상가를 넣고 이삼 층에는 다가구 주택, 그리고 사 층에 주인세대를 넣은 이백칠십 평짜리 복합건물을 짓겠다고 했다.

강비는 클라이언트의 의견을 적극 수용해서 가설계를 냈다. 충분히 소통한 뒤에 보완하고 몇 번이나 수정해서 도면을 완성했다. 일주일 전에는 건축허가까지 나왔다. 그런데 클라이언트가 엊그제 한 층을 낮춰 짓겠다며, 설계변경을 해달라고 했다. 그래야 수익률이 높고 관리도 편하면서 매매할 때 유리하다는 것이었다. 겉으로는 단순히 한 층을 잘라내는 일이지만 전체 세대 수와 구조가 바뀌는 작업이었다. 평면도와 측면도, 단면도가 달라지고 가스와 난방, 오수 배관 들이 달라져야 한다. 전기와 설비, 창호도 마찬가지였다. 소장이 난색을 표하자 건축주는 추가 설계비용을 부담하겠다고 했다. 장고 끝의 선택이라는데 소장도 아닌 그가 무슨 말을 하겠는가. 덕분에 강비가 야근을 해가면서 완성한 B4 용지 육십팔 매짜리 설계도는 폐기되었다. 그만큼 그의 퇴사도 늦어졌다.

강비는 다시 컴퓨터 앞에 앉았다. 많은 시간을 보낸 뒤 마침내 작업을 마쳤다. 건축법상 문제가 되지 않는 범위에서 클라이언트 요구를 최대한 수용한 뒤였다. 그는 건물의 미적, 실용적 가치를 우선해서 선을 그었고 건축 경험이 많은 의뢰인은 그 선 하나하나가 갖는 공간과 동선을 고민했다. 효율성을 높여 상업적 가치를 높이려고 애썼다. 몇 번이나 재작업하는 과정이 짜증 났지만 어차피 돈을 받고 능력을 서비스하는 직업인이므로 강비는 견뎠다. 설계 용역의 단순 수행자이며 자본가의 생각을 현실화하는 도구로의 역할을 충실히 했다. 며칠 전에 만난 선배의 영향도 없지 않았다.

같은 사무실에 있다가 소도시로 독립한 그는 그동안 알게 모르게 가졌던 자만심이랄까, 작업에 대한 지나친 긍지를 버리기로 했다며 웃었다. 이 고상하면서 복잡한 작업이 결국 동전을 넣어야 돌아가는 오르골처럼 의뢰인의 발주가 있어야 가능한 일이며 대단한 미학적 소신은 의뢰인의 경제 논리에 무릎을 꿇을 수밖에 없다고, 고집대로 밀어붙였다가는 일이 끊기고 결국 사무실 문을 닫아야 한다고 덧붙였다. 말을 할 때 입을 거의 벌리지 않고 말하는 선배는 감각 있는 건축사보다 친절한 건축사가 되기로 했다는 말도 했다. 예술혼을 불태우는 건축사보다 살아남는 건축사가 되겠다는 뜻이었다. 건축사의 전문성에 절대적인 신뢰나 지지를 보내는 의뢰인이 예전처럼 많지 않고 무엇보다 경기가 최악이며 수요보다 공급이 많은 현실을 생각하면 나쁜 선택도 아니었다.

강비는 의뢰인의 요구에 맞게 작성한 파일을 소장에게 넘겼다. 지난 이틀 동안 밤을 새우다시피 해서 만든 결과물이었다. 사무실을 나설 때 소장이 말했다.

"갑자기 일이 생겨서 쉰다니까 강요는 못 하지만, 다시 하고 싶으면 언제든 나와."

차에 짐을 싣고 가면서 강비는 보름을 생각했다. 자신의 팔을 붙들고 신고하지 말아 달라고 애원하던. 겁에 질린 탓인지 유난히 흰 얼굴과 흔들리던 큰 눈, 그리고 웨이브 있는 긴 갈색 머리와 작은 꽃무늬가 든 감색 원피스. 앞섶이 좀 찢겼지만 단아해 보였다. 겉모습만으로는 차 안에서 이상한 짓을 할 여자로 보이지 않았다.

하긴 건물도 보는 위치에 따라 모습이 달라진다. 같은 건물의 평면도와 측면도, 조감도가 다르다. 또 유명 건축상을 받은 건축물을 직접 찾아가 보면 그럴듯한 겉모습에 비해 공간이 효율적이지 못하고 동선이 불편하거나 유지관리가 어렵게 설계된 경우도 많지 않은가.

강비는 편의점 앞에 차를 세웠다. 두 개의 봉투에 식료품과 생필품을 나누어 담았다.

천둥이 또 한 차례 허공을 갈랐다. 보름은 귀를 막았다. 머리가 지끈지끈 아팠고 배도 고팠다. 배가 고프다는 사실에 보름은 깜짝 놀랐다. 해든과 가족을 다시 못 볼지 모르는데, 미래가 어떻게 될지 모르는데 허기를 느끼다니. 어이가 없었다. 작은 냉장고에 시선이 갔지만 보름은 움직이지 않았다. 주인의 고통에 공감하지 못하는 위장이라면 같은 농도의 고통이 마땅했다. 허기는 한번 시작되자 좀체 가라앉지 않았다. 끈질기게 보름을 괴롭혔다. 아버지가 갑자기 세상을 떠났을 때도 이 위장만큼은 게으르지 않았다. 보름은 견디다 못해 모멸감과 함께 제 입에 밥을 밀어 넣었다. 시간이 지나자 다시 배가 고파왔고 나중에는 그것이 보름을 더 슬프게 했다. 괴로움을 가중시켰다. 허기를 견디는 일이 육체적 고통일까, 정신적 고통일까 생각하다 판단이 흐려질 때쯤 보름은 냉장고의 문을 열었다. 안은 텅 비어 있었다. 허무하게 문을 닫는데 노크 소리가 들렸다. 강비의 소리도 들렸다.

"문 좀 열어보세요."

보름은 숨을 크게 들이쉬었다. 세차게 뛰는 가슴에 손을 얹고 출입문을 열었다. 물 빠진 밤색 바지에 검정 폴로 티셔츠를 입은 강비가 거침없이 안으로 들어왔다. 보름은 경계하며 한 발 물러섰다. 표정 없는 얼굴에서 어떤 단서를 찾으려고 애썼다. 강비가 묵직한 비닐봉지를 바닥에 놓으며 말했다.

"당장 필요한 것들을 좀 샀는데……."

당장? 여기에 오래 있어야 한다는 얘긴가? 보름의 얼굴이 급격히 어두워졌다.

“서서 얘기하기는 그렇고 우선 앉아 보세요.”

강비가 등받이 없는 플라스틱 의자에 앉았다. 보름은 출입문이 마주 보이는 쪽 침대에 엉덩이를 걸쳤다. 여차하면 뛰쳐나갈 태세를 하고 강비를 보았다. 강비가 탐색하듯이 방 안을 둘러보다 말했다.

“정말 나와 결혼할 생각은 없습니까?”

애정이나 호의라곤 눈곱만치도 없는 표정이었다. 진짜로 결혼에 미친놈인가? 혹시 보험을 들어놓고 죽이려고 그러나? 이럴 땐 뭐라고 해야 하지? 보름은 직접적인 위해가 오지 않을까, 두려워하면서 대답했다.

“없어요.”

예상한 답변이라는 듯이 강비가 음, 하고 미간을 좁히며 말했다.

“노보름 씨가 원하는 대로 사고 신고는 하지 않기로 했습니다.”

보름은 긴장을 풀지 않은 채 고개를 끄덕거렸다. 조용히 다음 말을 기다렸다. 강비가 보름을 물끄러미 보다 다시 입을 열었다.

“그렇다고 수리비를 받지 않을 수는 없는데 어떻게 했으면 좋겠어요? 노보름 씨 생각은 어때요?”

어제 다 말했는데 이제 와서 어떻게 했으면 좋겠냐고? 설마 내 입으로 몸이라도 팔겠다는 말을 하라는 건가? 아니면 간이나 신장을 팔겠다고 하라고?

보름은 재빨리 머리를 굴렸다. 지금이라도 사고 신고를 하고 보험처리를 하는 게 낫지 않을까? 녹음된 내용이 있다 해도 시간이 지나서 음주운전으로 처벌은 힘들 것이다. 하지만 성폭행 직전까지 갔던 상황이 걸린다. 성품이 정갈한 해든과 그의 부모님이 알아서 절대 좋을 일은 아니다. 과정이 명쾌하거나 순수하지 못해서 더욱 그렇다. 생각을 정리한 보름이 입을 열었다.

"솔직히 제가 지금 당장은 수리비를 지불할 형편이 안 돼요."

강비가 보름을 빤히 보았다. 그의 불거진 목젖으로 시선을 옮기며 보름이 말을 이었다.

"그렇다고 떼어먹겠다는 얘기는 절대 아니고, 그러니까 제 생각으론 그쪽에서 형편이 좀 되는 것 같으니까 먼저 차를 고치고 대금을 천천히 나눠 갚도록 해주면 정말 고맙겠다는……."

강비가 선선히 고개를 끄덕거렸다. 이것도 충분히 예상했다는 표정이었다. 보름의 조였던 가슴이 스르르 풀렸다. 확실히 돈이 많은 사람은 다르구나. 말도 안 되는 상상으로 오해를 한 것이 미안할 정도였다. 그러고 보니 차분하고 건조한 인상이 무분별하게 색을 밝힐 사람처럼 보이지는 않았다. 막돼먹은 무뢰한 같지도 않았다. 속으로 미안해하는 보름에게 강비가 말했다.

"할부로 해달라는 얘기 같은데…… 몇 달? 아니면 몇 년? 그러다 돈이 잘 안 들어오면 내가 노보름 씨 사는 곳까지 찾아가서 수금을 하고?"

"아뇨. 정말 맹세코 그렇게 오래 걸리지 않아요. 제때 입금도 잘할 거고요."

"그런데 일을 그렇게 복잡하게 할 필요가 있나?"

"……."

"내가 여러모로 생각해봤는데 이건 어때요. 힘은 좀 들겠지만, 아니 오히려 더 쉽고 편한 길일 수도 있고……."

보름은 기대에 찬 눈으로 강비를 보았다. 그가 윤곽이 뚜렷한 입술로 말했다.

"노보름 씨가 아직 젊으니까 몸을 좀 쓰는 게……."

몸? 뭐, 몸을 쓰라고? 보름의 얼굴이 하얘졌다. 동시에 싸늘한 배신감이 온몸을 휘감았다. 그래, 그거였어. 너도 남자였지. 너도 별수 없는 수컷이었어. 결혼만 하면 아무것도 안 해도 된다며, 맘대로 바람피워도 된다며, 그 말은 그냥 한 헛소리였어? 보름은 자신의 예상이 맞은 게 슬프면서 대단한 통찰력이라도 생긴 듯 우쭐한 기분도 들었다. 그 많은 빚을 탕감하려면 결국 성노예가 되어야 한다는 사실과 자신에게 선택권이 없다는 자각은 씁쓸했다. 씁쓸하다 못해 비참했다. 처참했다.

강비가 무슨 말인가를 더 했지만 보름의 귀에는 들리지 않았다. 많은 생각이 한꺼번에 머릿속을 휘저었다. 해든을, 직장을 잃지 않으려고 선택한 결과가 그것들을 잃게 하는 아이러니라니. 내 인생 여기서 끝인가? 이 상황을 어떻게 돌파하지? 돌파가 가능하기나 한가? 행복으로 점철될 미래는 끝내 사라진 건가? 그렇다면…… 보름은 이를 악물고 그의 말을 끊었다.

“우선 가격부터 정하죠.”

강비가 보름을 빤히 바라보다 말했다.

“이 밭의 정확한 평수는…….”

“느닷없이 밭은 무슨…… 바로 본론을 말하세요.”

짜증을 내며 보름이 덧붙였다.

“보다시피 나는 아직 젊고 얼굴도 몸매도 나쁘지 않아요. 학력과 직업이 이 일에 큰 연관은 없겠지만 알만한 대학을 나와서 괜찮은 직업도 있고요.”

“여기선 아무 쓸모가 없는 학력과 경력이네요.”

“그래도 나쁠 건 없잖아요.”

"좋을 것도 없고……."

"하고 싶은 말은 내가 그렇게 쉽고 값싼 여자가 아니라는 거예요."

그 말에 강비가 콧방귀를 세게 뀌었다.

"그래요? 얼마나 비싼데요."

보름은 선뜻 대답하지 못했다. 강비가 경멸 가득한 표정으로 말을 이었다.

"어제 보니까 그리 비싸 보이지도 않던데, 내가 이 두 눈으로 똑똑히 봤잖아요."

모욕감으로 보름의 얼굴이 붉어졌다. 눈물이 차올랐다. 잠시 강비를 노려보던 보름이 말했다.

"제대로 알지 못하면서 함부로 말하지 마세요. 세상일이 눈으로 본 게 다는……."

"아, 됐고."

더 들을 필요도 없다는 듯이 강비가 손을 펴서 보름의 말을 막았다. 그리고 준열한 목소리로 말했다.

"노보름 씨가 그 비싸고 잘난 몸을 이용해서 어떻게 살아왔는지 그건 내가 알 바 아니고…… 아무튼 낮에 봤으면 알겠지만 여기는 원래 밭이었는데 지금은 온통 풀밭이 되었어요. 그래서 지금부터는 노보름 씨가 이 밭의 풀을 뽑아주었으면 하는데, 이 밭의 풀을 다 뽑는 날 빚이 상환된 걸로 하겠습니다. 하기 싫으면 안 하거나 천천히 해도 되지만 그러면 영원히 못 돌아가거나 돌아가는 데 몇 달이 걸릴 수도 있겠죠. 괴력을 발휘해 이삼일 안에 다 뽑는다면 그다음 날 바로 돌아갈 수 있고…… 단 농약이나 기계 사용은 안 됩니다. 풀을 뽑는데 필요한 농기구는 이 컨테이너 모퉁이를 돌아가면 비료포대가 있는데 그 안에 있습니다."

악의 없는 거짓말

"저 풀만 뽑으면 된다고요? 이 밭이 그냥 풀밭이 아닌가요? 뭔가 엄청난 꼼수가 ……."

강비가 짙은 눈썹을 치켜올렸다. 몹시 불쾌하다는 표정이었다. 꼼수는 없는가? 밭에 시체 같은 것도 없는가? 강비의 표정을 살피던 보름은 고개를 갸웃했다. 거짓이 아닌 것 같았다.

보름은 그의 남다른 배짱에 감격했다. 가진 자의 관대함에 감동했다. 보름이 강비의 파격적인 제안에 놀라는 동안 호의에 도사린 맹점이 드러났다. 간과했던 사실이 수면으로 드러났다. 풀을 다 뽑을 때까지 이곳에 있어야 한다는 것이었다. 호찌민은커녕 집에도 갈 수 없다는 것이었다. 눈치를 살피다 보름이 다시 입을 열었다.

"좀 미안하고 염치없지만……."

강비가 미간을 모았다. 또 무슨 황당한 소리를 하려고, 하는 표정이었다.

"일주일 뒤부터 일을 시작하면……."

강비의 눈빛이 사납게 변했다. 소시지를 줬더니 손까지 물어버린 개를 보는 표정이었다. 정도를 벗어났구나. 보름은 재빨리 덧붙였다.

"그러면 안 되겠죠?"

강비가 눈을 가늘게 뜨고 불신에 찬 표정으로 보름을 보았다. 선의를 감사히 수용할 여자인지 배덕으로 갚을 여자인지, 한마디로 소시지를 주다 손까지 물리지 않을지 생각하는 눈치였다. 보름은 어깨를 좁히고 온순한 표정을 지었다. 강비가 차가운 눈길로 쏘아보다 밖으로 나갔다.

온몸의 맥이 풀렸다. 긴장이 풀리면서 보름은 비로소 안도의 숨을 내쉬었다. 조금 전까지는 한 치 앞이 안 보였는데 이제 희망의 빛이 보였다. 방금 최선의 해결책이 생겼다.

저 풀을 며칠 만에 다 뽑을 수 있을까? 한 번도 해보지 않은 일이라 가늠하기 어려웠다. 지도 속의 등고선을 보는 것처럼 막연했다. 온 힘을 다해 죽기 살기로 달려들면 일주일 안에 끝낼 수 있지 않을까. 호찌민에서 돌아오기로 한 날에는 집에 갈 수 있지 않을까. 안 되더라도 어떻게든 되게 만들어야지. 보름은 각오를 다졌다.

창밖으로 해가 기울고 있었다. 아직 빛은 남아 있었다. 한시라도 빨리 시작하자. 보름은 충전케이블에서 휴대폰을 빼냈다. 휴대폰에 윤주와 혜진으로부터 온 사진과 호들갑스러운 톡이 여럿 올라와 있었다. 보름은 그것들을 빠르게 넘겼다. 호찌민에서의 첫 식사. 혜진이 사는 동네. 비행기는 탔니? 몇 시에 도착해? 빨리 와, 보고 싶다, 같은.

호찌민에 갈 수 없다는 것은 자명했다. 그렇다고 사실을 말할 수도 없었다. 서사가 워낙 독특하고 방대해서 톡이나 국제전화로 한참을 떠들어야 하고 또 얘기를 다하면 윤주의 여행까지 망칠 가능성이 컸다. 윤주가 가는 관광지마다, 커피숍이나 식당마다 풀밭에 갇힌 보름이 따라다닐 터였다. 또 발설 자체가 위험하기도 했다. 파장이 커지다 해든까지 알게 될 가능성을 배제할 수 없었다. 먼저 윤주가 납득할 핑계가 있어야 했다. 갈 수 없게 된, 의심받지 않을 그럴듯한 이유를 만들어야 했다. 보름은 일단 일을 하면서 생각하기로 했다. 그러나 오래 생각할 필요는 없었다.

운동화를 신고 문을 나서다 발을 삐끗했다. 두어 달 전에 친한 선배가 보내온 사진이 떠올랐다. 모처럼 집 근처의 산에 갔다가 발을 접질렸다는 사진 속 선배의 발은 퉁퉁 부은 데다 발등이 시퍼렇다 못해 검보라색 멍으로 가득했다.

보름은 선배가 보내준 사진을 찾아서 윤주에게 보냈다. 그런 다음 빠르게 자판을 눌렀다. 나 발 다쳤어. 차에서 캐리어를 꺼내다 삐끗해서. 무서울 정도로 멍이 심하고 붓기도 많이 했는데 생각보다 아프진 않아. 그래도 여행은 무리래. 아쉽지만 너라도 잘 놀다 와. 사진 많이 보내주고.

어머니와 해든에게는 윤주가 보내온 호찌민 사진을 전송한 뒤, 잘 도착했다고 친구들과 맛난 것 먹으며 여행을 하고 있다고 썼다.

그사이 윤주와 혜진에게서 많은 톡이 날아왔다. 어쩌다 그랬니! 조심하지 그랬어. 많이 아프진 않니? 병원은 가봤어? 깁스도 했어? 따위의.

보름은 병원에 갔고 깁스는 안 했으며 인대가 늘어나서 이 주쯤 지나야 낫는다고 말했다. 윤주가 매우 안타까워하며 말했다. 어제 나도 같이 미뤘어야 했는데…… 이제 와서 어쩔 수 없지만, 사진 많이 보내줄게. 병원 잘 다니고 있어.

가장 가까운 사람들에게 뜻하지 않게 거짓말을 했다. 사실을 알게 되면 그들은 어떻게 반응할까. 어쩔 수 없지 않았냐고, 어머니와 윤주는 금방 이해해 줄 것이다. 얼마나 놀랐냐고, 얼마나 힘들었냐고 등을 토닥여 줄 것이다. 해든은? 처음엔 화를 내겠지. 그래도 본성이 어질고 선한 사람이므로 곧

풀릴 것이다. 고생 많았다고 안아줄 것이다. 그들을 생각하자 보름은 가슴이 뭉클해졌다. 어서 빨리 그들에게 가야겠다고 생각했다.

강비가 가져온 봉투가 눈에 들어왔다. 보름은 묵직한 봉투를 탁자 위에 올렸다. 그 안에서 편의점 도시락과 삼각김밥, 라면, 물과 김치, 커피와 참외를 꺼내 냉장고에 넣었다.

보름은 냉장고 문을 닫다 다시 열었다. 방금 넣었던 도시락 중의 하나를 꺼내서 선 채 먹기 시작했다. 차갑고 단단한 밥알을 천천히 씹었다. 볶은 김치와 벌건 양념에 쌓인 돼지고기를 먹었다.

고개를 젖히고 물을 마시다 주춤했다. 풀을 다 뽑았는데 가지 못하게 하면 어쩌지, 하는 생각이 들었다. 처음부터 약속 같은 건 없었다고, 다른 일을 더 하라고 하면 어쩌지 하는. 강비에게는 차의 블랙박스와 음성녹음이 있지만 보름에겐 아무것도 없었다. 보름은 젓가락을 놓고 차가운 물을 한 모금 더 마셨다. 입안에 남은 밥알을 씹으며 안타까이 강비의 인상을 되살렸다.

차갑고 신랄하지만 몰상식하거나 비열해 보이지는 않았다. 학식과 교양이 아주 없는 것 같지도 않았다. 하지만 처음 본 사람에게 대뜸 결혼하자고 한 사람이다. 엄청난 수리비 대신 풀을 뽑으라고 한 사람이다. 상식이나 통념 따위 수

챗구멍에 진즉 처박은 사람일지 모른다. 뭔가 대책을 세워야 할 것 같았다.

보름은 크로스백에서 수첩과 볼펜을 꺼냈다. 탁자 위에 수첩을 놓고 생각에 골몰했다. 꽤 긴 시간을 보낸 뒤, 흡족한 표정으로 자리에서 일어섰다. 수첩을 들고 문을 열었다.

눈앞이 캄캄했다. 방에서 흘러나간 약간의 불빛을 빼곤 사방이 새까맸다. 밤이 되면 어두워진다는 사실을 모르지 않지만 태어나서 이렇게 짙고 단단한 어둠은 처음이었다. 이 캄캄한 속을 뚫고 저쪽까지 갈 수나 있을지. 두려움으로 심장이 오그라들었다.

보름은 숨을 크게 쉰 다음 밖으로 나갔다. 총알처럼 달려서 이동식 주택까지 갔다. 강비의 집에선 불빛 하나 새어 나오지 않았다. 집은 완벽한 어둠과 침묵에 싸여 있었다. 벌써 잠들었나? 보름은 조심스레 그의 창문을 두드렸다. 안에서는 아무 소리도 들리지 않았다. 다시 문을 두드렸지만 역시 소리가 없었다. 보름은 한 번 더 노크를 한 뒤에 소리쳤다.

"박강비 씨, 박강비 씨, 안에 없어요?"

보름의 떨리는 목소리와 문 두드리는 소리만 허공으로 흩어질 뿐, 사위는 조용했다.

어디 간 거지? 이 인간 여기 살지 않는 거였어? 이 무서운 곳에 나 혼자 있으라고?

순간 어둠이 보름의 몸을 더듬었다. 이빨 없는 괴물이 덥석 덥석 살점을 물었다. 등 뒤에서는 고양이가 괴기스러운 울음을 울었다. 저절로 몸서리가 쳐졌다. 보름은 현관 쪽으로 가서 미친 듯이 문을 두드렸다. 여보세요. 여보세요. 박강비 씨. 박강비 씨. 부서져라 문을 두드려도 안에서는 반응이 없었다. 어둠 속에서 고양이가 다시 울었다. 극심한 공포가 등줄기를 훑었다. 보름은 길게 비명을 질렀다. 몸을 돌려 죽을힘을 다해 컨테이너까지 달렸다. 오십 걸음 남짓한 거리가 영원인 것처럼 멀었다.

보름은 문을 열고 안으로 뛰어 들어갔다. 주황색 젤리슈즈가 허공으로 날았고 따라오던 어둠이 문밖에서 굳었다. 누군가가, 정체 모를 생명체가 금방이라도 문을 밀고 들어설 것 같았다. 보름은 덜덜 떨며 문을 잠갔다. 침대로 뛰어 들어가 울음을 터트렸다. 풀과 어둠이 무성한 들판 가운데 혼자 버려졌다는 사실이 끔찍했다.

보름은 정신을 차리고 살금살금 걸어가서 문고리를 비틀어보았다. 문이 잘 잠겼는지 확인했다. 세면실 쪽의 문과 창문에 반 뼘 간격으로 붙은, 믿음직스럽지 못해 보이는 알루미늄 창살도 흔들어보았다.

갑자기 호러물의 주인공이 된 것 같았다. 즐겁게 피크닉을 나섰던 친구들은 비명과 함께 모두 죽고, 깊은 산속에 혼자만 살아남아서, 언제 닥칠지 모르는 살인마와 대치 중인 것 같았다. 호러물의 주인공은 어떻게든 살아남지만 지금은 영화가 아니었다. 현실이었다. 혼자 남겨졌다는 공포로 보름은 금방이라도 숨이 넘어갈 것 같았다. 풀 뽑는 일로 큰돈을 대신하라는 친절 이면에 이런 함정이 있을 줄은 꿈에도 몰랐다.

보름은 두려움에 떨며, 밖에서 나는 작은 소리에도 소스라치게 놀라며 종류를 바꿔 나타나는 고난에 대해, 허들 경주의 장애물처럼 자꾸 나타나는 불운에 대해 생각했다. 생각을 거듭하던 보름은 한 가지 결론을 도출했다. 불행이라는 놈은 눈이 나쁘거나 아예 없다. 도덕도 양심도 없고 멍청하기까지 하다. 그렇지 않으면 죄 없는 어린애나 성실하고 착한 사람이 무자비한 고통에 내던져지거나 특정한 사람이 지속적으로 고통에 노출되는 이유를 설명할 길이 없다. 자신이 불행의 표적이 된 것을 알아챈 사람들이 흔히 그렇듯 보름은 자신에게 계속 질문을 던졌다. 대체 내가 뭘 잘못했지? 그동안 성실하게, 열심히 살아왔잖아. 크게 죄지은 적 없잖아.

쿠르르르르 콰르르르르.

절규하며 기차가 지나갔다.

오래된 시멘트 길로 엔진 소리를 내며 차가 지나갔고 도살장에 걸린 고깃덩어리 같은 밤이 깊어갔다. 보름은 오래 잠들지 못했다.

계약은 확실하게

참새들이 설익은 새벽을 쪼아댔다. 무리 지어 짹짹거리며 새벽녘에야 겨우 잠든 보름의 아침을 날카롭게 찍었다. 보름은 힘겹게 눈을 떴다. 창문 밖에 다가온 새벽을 보며 공포에 떨었던 지난밤을 떠올렸다. 그런 밤을 몇 번이나 보내야 집에 갈 수 있을지, 머리가 띵했고 쇠뭉치를 얹은 듯 가슴이 답답했다.

보름은 자리에서 일어났다. 어쨌거나 일을 해야 했다. 오랜만에 맞는 새벽은 전혀 산뜻하지 않았다. 신비롭거나 희망적이거나 씩씩하지도 않았다. 보름은 무겁고 축축한 공기를 호흡하며 컨테이너 옆으로 갔다. 그곳에 전날 강비가 말한 대로 연장이 담긴 비료포대가 있었다. 손바닥에 빨갛게 고무코팅된 목장갑도 보였다. 보름은 목장갑을 들고 달라붙은 손가락들을 하나씩 뗐다. 멀리서 해가 멀끔하고 붉은 얼굴을 내밀었다. 아직 열기는 없었다. 보름은 연장 포대를 들고 컨테이너 앞으로 왔다.

아침인데도 기분이 으스스했다. 불량한 인간이 맘먹고 덮치면 꼼짝 못 하고 당할 것 같았다. 결정적인 순간에 호미나 낫을 무기로 쓸 생각을 하며 보름은 장갑을 꼈다. 무심히 이동식 주택으로 시선을 던졌다가 깜짝 놀랐다. 덱 위에 강비가 서 있었다. 저 인간, 지난밤에 어디 있었지? 어디 있다 갑자기 나타난 거지? 보름의 머릿속이 뒤죽박죽되었다.

강비는 고양이에게 밥을 주고 있었다. 부스스한 몰골에 슬리퍼 차림인 걸 보면 방금 잠에서 깬 것 같았다. 저기서 잤나? 어제 그 시간에는 대체 어디에 있었어? 그가 있는 걸 알았다면 지난밤 그렇게까지 무서워하진 않았을 것이다. 사자 우리에 떨어진 것처럼 겁을 먹진 않았을 것이다. 괜히 화가 치밀었다. 보름은 씨영씨영 걸어가서 시비조로 불렀다.

"저기요."

강비가 참치캔에 고개를 박은 고양이에게서 시선을 돌렸다. 날이 서지 않은 눈빛이었다. 불러놓고 보니 할 말이 없었다. 어젯밤에 어디 갔었냐고 따져 물을 수는 없는 일. 보름은 스스로 생각해도 싱거운 질문을 던졌다.

"그 고양이, 거기서 키우는 건가요?"

"아뇨."

강비가 짧게 대답하고 다시 고양이에게 눈을 돌렸다. 젊은 여자가 애완동물에게 갖는 호기심 정도로 생각하는 눈치였다. 보름은 돌아서다 지난밤에 찾아갔던 이유가 생각났다.

"잠깐 여기 있어 보세요. 꼭 할 얘기가 있으니까."

궁금해하는 강비를 두고 보름은 컨테이너로 달려갔다. 어제 공들여 적은 수첩을 들고 덱으로 올라섰다.

"여기 서서 얘기할까요? 어디 앉아서 해도 괜찮은데……."

"이쪽으로 오세요."

강비가 앞장서서 자기 집으로 들어갔고 보름이 뒤따라 갔다. 둘은 거실의 회색 가죽 소파에 나란히 앉았다.

"계약 조건을 확실히 해두는 게 좋을 것 같아서요."

보름이 먼저 입을 열었다.

"이미 확실하게 한 걸로 아는데요."

"그렇게 구두로 대충 말고 간단하게나마 문서로 만들어두면 더 좋지 않을까요?"

강비의 의구심 가득한 얼굴에 대고 말했다.

"읽어보시고 이의가 없으면, 물론 당연히 없겠지만 서명하고 사인까지 해줬으면 좋겠습니다."

강비가 수첩을 받아들고 소파에 등을 기댔다. 긴 다리를 꼬고 보름이 작성한 문서를 읽기 시작했다.

"약속이행각서?"

첫 줄을 읽은 강비가 기가 막힌다는 듯이 보름을 보았다. 계속 읽으라는 표시로 보름이 고개를 끄덕였다.

"나 아무개는 아무 날 아무 시 아무 곳에서 본인의 차 람보르기니를 노보름에게 추돌당했다. 쌍방 합의하에 사고 신고는 하지 않기로 하였으며 수리비 및 배상금은 ㅁㅁ 시 ㅁㅁ 동 ㅁㅁ 번지에 소재한 밭의 풀을 전부 뽑는 걸로 대신하기로 하였다. 아무개가 보관 중인 블랙박스 칩은 풀을 다 뽑는 날 노보름에게 반환하고 휴대폰의 녹음기록이나 동영상은 전부 삭제하기로 한다. 이에 이의가 없으며 서명한다."

"그 밑에 따로 표시한 것도 읽어주세요."

"부가조건으로 노동을 공여받는 쪽에서 숙식을 제공하기로 한다."

다 읽은 강비가 고개를 들었다. 보름이 그의 앞에 볼펜을 내밀었다.

"빈칸의 이름과 번지 등은 직접 써 주면 좋겠어요."

강비가 얼굴을 찌푸리며 물었다.

"내가 왜 그래야 되는데?"

"앞일은 모르니까 정확히 해두는 게 서로 좋지 않겠어요?"

"앞일을 모른다고? 무슨, 어떤 앞일?

"그럴 리가 없겠지만 혹시라도 약속이 충분히 이행되었는데 나는 그런 일 시킨 적 없다고 그쪽에서 오리발을 내밀 수도 있고, 다시 돈을 내라고 할 수도 있고……."

"내가 안 한다면? 여기에 서명하기 싫다고 하면?"

"안 할 이유가 없잖아요."

"할 이유도 없고."

"지금 이 각서가 내게만 유리하다고 생각하는 거죠?"

"그럼 아닌가?"

보름이 그럴 줄 알았다는 듯 조소한 뒤에 말했다.

"나중에 내가 나가서 이곳에 일방적으로 납치 감금당했다고, 수시로 공갈과 협박을 당하고 심지어 살해 위협까지 받았다고 주장하면 어떡할래요? 거기다 성적 모욕까지 당했다고 하면…… 지속적인 성착취가 있었다고 하면?"

말을 마친 보름이 턱을 치켜들었다. 눈짓으로 사인을 종용했다. 강비가 보름의 당돌한 눈을 빤히 보다 볼펜을 받았다. 서명을 하려고 다시 수첩을 보다 코웃음을 쳤다.

"여기 이거, 노동을 공여받는 쪽에서 숙식을 제공한다니, 누구 맘대로?"

"그건 당연히 그쪽에서…… 근데 왜 자꾸 반말을 하세요?"

강비의 차고 무심한 눈이 미세하게 흔들렸다. 그러더니 금방 냉정을 찾고 말했다.

"밥을 주는 게 왜 당연합니까. 방이야 어차피 빈 게 있으니까 쓰도록 한다 쳐도 노보름 씨가 할 노동이 내 이익을 위한 것이 아닌데, 그쪽 편의를 위한 건데, 왜 내가 밥까지 먹여줘야 한다는 겁니까?"

"그러니까, 밥값은 따로 내야 한다 그말인가요?"

"물론이죠. 노보름 씨가 먹은 건 노보름 씨가 내야 맞죠. 그리고 이후로 발생하는 비용들도 전부……."

보름은 입술을 내밀었고 강비가 말을 이었다.

"일단 오늘 산 식품값부터…… 지금 계산해도 좋고 나중에 한 번에 해도 괜찮고……."

"달러로 계산해도 되나요?"

"지금 내 말이 우습게 들립니까?"

"왜 화를 내세요? 지갑에 현금은 얼마 없고 달러가 좀 있어서 그러는데……."

원화를 동으로 바꾸는 것보다 달러로 환전한 뒤에 바꾸는 게 더 이익이라고 해서 준비했던 것이었다. 보름을 쏘아보던 강비가 으르렁거리듯이 말했다.

"폰뱅킹은 안 하세요?"

"나중에 이체할 테니까 통장 번호나 알려주세요. 그리고 지금은 서명부터 하세요."

보름의 재촉이 기분 나빴는지 강비가 얼굴을 더 찌푸렸다. 볼펜을 쥔 손에 힘을 주어 수첩에 죄죄 줄을 긋기 시작했다.

노동을 공여받는 쪽에서 숙식을 제공하기로 한다는 글자들을 지운 뒤 밑에 '밥값은 먹은 사람이 낸다' 라고 직접 썼다. 그런 다음 이름과 주소와 주민등록번호를 쓰고 사인했다.

나보다 한 살 많네. 몽환 시라면, 목동에서 한 시간 반 정도 거린데…….

강비가 사인을 끝냈다. 기다렸던 보름이 말했다.

"똑같은 내용이 뒤에 한 장 더 있으니까 그것도 하세요."

수첩을 건네받은 보름은 앞 장을 뜯어 강비에게 주었다. 강비가 그것을 받아들고 말했다.

"이제 됐나요?"

"한 가지 더 있어요."

강비가 이번엔 또 뭐가 문젠데, 하는 눈빛으로 보았고 보름이 말했다.

"컨테이너에 전자레인지가 없던데…… 도시락을 그냥 먹기엔 너무 차가워서요."

"그러면 두 가지 중에 편한 걸 선택하세요. 첫 번째는 새 전자레인지를 산다. 물론 노보름 씨 돈으로…… 두 번째는 왔다 갔다 하기는 좀 귀찮지만 저기 있는 걸 사용한다."

강비가 싱크대 한쪽에 있는 전자레인지를 가리켰다. 며칠 쓰겠다고 새로 사기는 아까웠다. 갈 때 가져갈 것도 아니고.

"저기 있는 걸 쓰겠어요."

고난의 시작

준비는 완벽하다. 이제 풀만 없애면 된다. 저 풀만 다 없애면 바로 집에 갈 수 있다. 보름은 얼굴과 목덜미와 손등에 선크림을 듬뿍 발랐다. 호찌민에서 쓰려고 샀던 차양이 긴 모자를 쓰고 밖으로 나갔다.

비료포대 안에는 삽과 낫, 호미와 곡괭이가 있었다. 해는 허공에 붉은 얼굴을 내밀었고 아직 뜨겁지는 않았다. 보름은 포대 안에서 호미를 꺼내 들었다. 끝이 지나치다 싶을 정도로 뾰족했지만 가장 다루기 쉽고 만만해 보여서였다.

보름은 호미를 들고 앞에 놓인, 그냥은 절대 물러나지 못하겠다는 듯이 버티고 선 풀들을 보았다. 워낙 잘 자란 데다 그 양이 많아 어디서부터 손을 대야 할지 엄두가 나지 않았다.

어제 봤을 때는 그저 키가 크고 억센 풀들이었다. 그런데 가까이 보니 모양과 크기가 제각각 달랐다. 땅바닥에 납작 붙은 것이 있고 키가 일 미터가 넘는 것이 있었다. 잎도 둥근 것, 길쭉한 것, 넓적한 것에 두텁게 살찐 것, 얇고 작은 것, 둥글면서 넓적하고 매끈한 것, 가늘고 길고 뾰족한 것 등 다양했다. 둥글면서 넓적하고 매끈한 것, 가늘고 길면서 뾰족한 것, 톱니처럼 뾰족뾰족한 것도 있었다. 풀의 종류가 생각보다 많다고 놀라고 있을 수만은 없었다. 보름은 하늘 높은 줄 모르고 자란 가시나무 앞으로 걸어갔다. 그 앞에서부터 뽑아나갈 생각이었다.

보름은 허리를 구부리고 땅바닥에 납작 붙은 풀의 옆구리를 호미로 찍었다. 생각보다 쉽게 풀이 찍혔다. 집에 가는 길이 몇억만 분의 일쯤 당겨진 것 같았다. 이번에는 발부리 앞의 다른 풀을 찍었다. 작아서인지 그것 또한 쉽게 뽑혔다. 대기는 견딜 수 없을 만치 후텁지근했고 두어 개밖에 뽑지 않았는데도 허리가 뻐근했다. 이마에선 땀이 돋았다. 보름은 다리를 접고 쪼그려 앉았다. 또 다른 풀의 엉덩이를 찍었다. 뽑은 풀을 옆에 던져 놓고 앉은걸음을 걸어서 옆의 풀을 찍었다. 그 옆의 것, 또 그 옆의 것을 찍었다.

열 개나 겨우 뽑았을까. 허벅지와 종아리가 터질 듯이 부풀었다. 어깨와 팔은 떨어져 나갈 것 같았다. 호미를 쥔 아귀와 손가락도 아팠다. 벌써 이렇게 힘든데 이 많은 걸 어떻게 다 뽑지? 언제 다 뽑지? 걱정이 커지면서 마음이 무거웠다. 보름은 일어서서 다리의 긴장을 풀었다. 왼손으로 호미를 쥔 오른쪽 팔을 주물렀다. 다시 허리를 굽히고 엉덩이를 쳐들었다. 그렇게 몇 개의 풀을 뽑고 나니 다시 허리가 아팠다.

보름은 다리를 쪼그렸다가 폈다가 다시 쪼그리기를 반복했다. 어느 자세도 편하지 않았다. 연장 포대를 깔고 앉아서도 해봤지만 그것도 잠시뿐이었다. 불편하고 힘들었다.

다시 호미질을 하는데 앞섶으로 뭔가 휙 달려들었다. 보름은 깜짝 놀라 비명을 질렀다. 기겁하고 일어서다 뒤로 엉덩방아를 찧었다. 얼룩덜룩한 개구리가 풀쩍 뛰어 달아났다.

창문 너머로 강비의 얼굴이 나타났다. 보름은 바닥에 주저앉은 채 벌렁거리는 가슴을 진정시켰다. 창가에서 강비의 모습이 사라졌다.

보름은 울 것 같은 표정으로 쪼그려 앉았다. 다시 땀을 흘리며 호미질을 하다 얼마 안 가 또 비명을 질렀다. 이번에는 다른 것이었다. 후드득 날아가는 것이 메뚜기 같았다. 잠시 넋을 놓은 보름의 뺨을 모기가 공략했다. 보름은 반사적으로 제 뺨을 때렸다.

보름이 낯선 일과 상황에 고전하는 동안 노르스름해진 태양이 가시나무 위로 솟아 올라왔다.

일을 시작한 지 한 시간도 안 되어서 보름은 큰 난관에 부뒤쳤다는 것을 알았다. 그러잖아도 힘든 일을 더 힘들게 하는 복병이 있음을 깨달았다. 풀을 뽑으려고 손을 뻗으면 여치나 메뚜기 같은 벌레들이, 크고 작은 여러 색깔의 개구리가 귀신의 집에 매복하고 있던 귀신들처럼 튀어 올라왔다. 사마귀는 풀잎 위를 거만하게 기어갔고 다리가 긴 거미와 몸집이 큰 거미도 보름을 위협했다. 검정풍뎅이와 옥색 광택이 나는 풍뎅이, 검투사 방패처럼 생긴 풍뎅이, 무당벌레와 온갖 딱정벌레들도 보름이 어릴 때 본 곤충개념도감에서처럼 불쑥불쑥, 마구마구 튀어나왔다.

작고 가는 벌레가 줄을 늘어뜨리고 있다 얼굴로 달려들기도 했다. 때론 목덜미 속으로 들어가기도 했다. 진저리나게 끔찍한 것은 호미로 땅을 팠을 때 굵고 긴 지렁이가 반 토막 난 채 꿈틀거리는 것이었다. 보름은 질겁하며 호미를 내던졌다. 새된 비명을 질렀다.

환형동물의 격렬한 몸부림은 쉽게 지워지지 않았다. 지난번 교통사고가 났을 때 자기 영혼이 저러지 않았을까. 맹렬하게 꿈틀거리며 부질없는 저항을 하지 않았을까. 보름은 콧날이 시큰했다.

보름은 다시 호미를 잡았다. 머릿속에서 지렁이를 지우려고 애쓰며 땅을 팠다. 해는 점점 열기를 더해가며 숨통을 조였다. 대낮인데도 모기가 거침없이 목과 얼굴에 침을 박아넣었다. 온몸의 땀구멍에서 땀이 솟았고 땅을 팔 때마다 신발 속으로 흙이 튀었다. 때론 목과 얼굴까지 튀었다. 보름은 자주 신발을 털어 신고 모기를 쫓아가며 풀을 뽑았다. 주기적으로 펄쩍 뛰고 비명을 질렀다.

집에 가는 일이 생각보다 많이 어렵겠다는 생각이 들었다. 풀 뽑는 일로 큰돈을 대신하는 것이 싼 게 아니라는 느낌이 들었다. 그렇다고 포기할 수도 없었다. 나락으로 떨어지는 삶을 어떻게든 견인해야 했다. 보름은 기운을 내서 손으로 풀줄기를 잡았다. 호미로 뿌리를 찍음과 동시에 풀을 들어 올렸다. 사막 한가운데서 모래를 한 알씩 주워 담는 기분이었다. 태양은 뜨겁고 사막은 넓고 주워 담을 모래는 끝이 없었다. 무엇보다 숨이 턱턱 막혀서 견딜 수가 없었다. 금방이라도 죽을 것만 같았다.

"지금 이게 뽑은 거요?"

보름은 고개를 돌렸다. 바지 주머니에 손을 찔러 넣은 강비가 어처구니없다는 표정으로 보고 있었다. 어제 수리비 대신 풀을 뽑으라고 할 때는 그가 세상에 다시 없는 의인이자 호인이고 대인배였다. 구세주였다. 한 시간가량을 풀과 씨름한 지금 그는 악의를 지닌 채권자로밖에 보이지 않았다. 보름은 땅을 파면서 짜증스레 대꾸했다.

"그럼 심은 걸로 보여요?"

"내 눈에는 옮겨 심은 걸로 보이는데……."

"헛소리하려면 가세요. 그러잖아도 힘들어서 죽을 것 같으니까."

강비가 가늘고 긴 손가락으로 보름이 조금 전 뽑은 풀 하나를 집었다. 허공에 대고 흔들었다.

"머리가 있으면 생각이란 걸 좀 하세요. 이렇게 흙을 달아놓으면 풀이 죽겠어요, 살겠어요?"

보름이 치솟는 분노를 누르는 사이 강비가 아무렇지 않게 다음 말을 뱉었다.

"뿌리에 붙은 흙을 털어야, 뿌리를 말려야 죽지. 이렇게 해놓으면 도로 다 살아나지."

"그걸 언제 다 하라고요?"

"싫으면 하지 않아도 돼요. 오늘 죽도록 고생해서 뽑아놓고 살아나면 내일 다시 뽑고, 그다음 날 또 뽑고 계속하면 되지 뭐. 하고 싶은 대로 하세요."

보름은 조금 전 자신이 뽑은 풀들을 보았다. 뿌리에 흙덩이를 달고 있어서인지 뽑혔는데도 전혀 숨이 죽지 않았다. 강비의 말대로 금방 살아날 것 같았다.

"그쪽이 좀 털어주면 안 돼요?"

보름의 말을 강비가 벌레 털듯 털었다.

"내가 왜?"

“박강비 씨 밭이잖아요.”

“노보름 씨 일이죠.”

송판에 못 박듯 내뱉고 강비가 돌아섰다. 그림자를 끌면서 천천히 걸어갔다.

보름은 풀줄기를 잡고 뿌리를 땅바닥에 내리쳤다. 두어 번 내리치자 뿌리에 붙은 흙이 떨어져 나갔다. 팔도 같이 떨어져 나갈 것 같았다. 보름은 뽑아놓은 것들을 가져다 하나씩 땅에 대고 쳤다.

호미로 풀을 찍어 올리면 뿌리만 뽑히는 게 아니라 흙이 덩이째 따라 올라왔다. 큰 풀은 그만큼 많은 흙을 달고 나와서 털기가 더 힘들었다. 보름은 호미를 눕혀놓고 날에 뿌리를 대고 쳤다. 이때만 해도 뿌리와 함께 올라오는 흙이 일을 얼마나 더디게 하는지, 시간과 기운을 빼앗는지 보름은 알지 못했다. 두 번째 난관의 시작이었다.

태양이 머리 위를 뜨겁게 달궜다. 보름은 수프에 빠진 파리처럼 무겁고 둔한 팔을 움직였다. 무지막지하게 더웠고 배가 고팠다. 참을 수 없을 만큼 목도 말랐다.

보름은 컨테이너로 갔다. 벌컥벌컥 오랫동안 찬물을 마신 뒤 늦은 아침으로 라면을 끓였다. 이미 물로 배를 채운 뒤라 라면이 잘 들어가지 않았다. 보름은 잠시 땀을 식힌 뒤 다시 밭으로 갔다.

태양은 그새 더욱 뜨거워졌다. 보름이 출퇴근 때마다 차창 너머로 보던, 교실과 교무실 창 너머에서 만나던 힘 없고 맥 빠진 태양이 아니었다. 강렬한 빛을 뿜는, 펄펄 끓는 용광로 같은 태양이었다. 무섭도록 뜨거운 기운을 뿜어내는 해를 보며 보름은 자신이 또 다른 난관에 빠졌다는 것을 알았다. 삼십 년 가까이 보아온 것의 총합보다 더 많은 벌레를 반나절 만에 목도한 것이나 뿌리마다 달려 나와서 일을 더디고 힘들게 하는 흙보다 훨씬 크고 강력한 난관이 자신 앞에 도래했다는 것을 알았다. 풀을 뽑는 일은 곧 태양과의 전쟁이었다. 그것도 회피나 후퇴가 불가능한 전면전. 그 지독히 뜨거운 방해자로 풀 뽑는 일은 몇 배나 더 힘이 들었다. 자주 찬물을 마셔가며 했지만 보름은 급속도로 지쳐갔다. 팔다리가 자신의 것이 아닌 것처럼, 젤리나 고무로 만든 것처럼 무거웠다. 힘이 들어가지 않고 일도 잘 진전되지 않았다. 둔중한 절망감이 보름을 짓눌렀다.

정오가 가까워지자 태양은 더욱 끓어올랐다. 투명한 발열 담요를 씌운듯 세상을 열기로 가득 채웠다. 내리쬐는 빛이 얼마나 강렬하든지 태양을 삼킨 것처럼 보름의 속도 뜨거웠다. 더 버티다가는 심장이 터져 죽을 것 같았다. 발작을 일으킬 것 같았다. 보름은 호미를 던져 놓고 숙소로 갔다.

작은 위안

찬물을 많이 마셔서인지 속이 메스꺼웠다. 모기에 물린 곳도 참을 수 없을 만큼 가려웠다. 긴 옷을 입었는데도 엉덩이와 사타구니 안쪽이 여러 번 물렸다. 옷의 보호를 받지 못한 목덜미는 더욱 집중적으로 공격당했고 또 양 뺨과 턱은 풀에 쓸리고 풀독이 올랐는지 가렵고 쓰리고 따가웠다. 손가락은 잘 구부러지지도 펴지지도 않았다.

알 수 없는 분노와 슬픔이 목구멍까지 차올랐다. 서러움이 북받쳤다. 보름은 물을 마시고 흙이 튀고 땀에 전 얼굴과 팔다리를 대충 씻었다. 모기에 물린 곳을 벅벅 긁다 가방에서 물파스를 꺼내 발랐다. 잘 굽어지지도 펴지지도 않는 손으로 참외를 깎아서 먹었다. 기침이 쏟아졌고, 앞날이 한없이 걱정되는데도 잠이 쏟아졌다.

어디선가 익숙한 가락이 들려왔다. 가락은 신경을 쓰지 않아도 귀에 쏙쏙 박혔다. 저절로 가사까지 떠올랐다.

"울면 안 돼. 울면 안 돼. 산타할아버지는 우는 아이에게 선물을 안 주신대요."

한여름에 캐럴이라니. 설마, 나를 약 올리자는 건가? 사이코패스. 해석이 불가능한 별종 인간. 캐럴은 계속 들려왔다. 더 욕할 기운도 없었다. 얼른 나가서 일을 해야 하는데, 생각하면서 보름은 잠에 빠져들었다.

잠에서 깼을 때도 한낮의 열기는 식지 않았다. 거구의 프로레슬러로부터 수십 번쯤 매트에 던져진 것처럼 온몸이 아팠다. 보름은 만신창이 몸을 억지로 끌고 나갔다가 얼마 버티지 못하고 돌아왔다. 물을 마시고 우울한 눈으로 햇볕이 쏟아지는 풀밭을 보았다. 지옥이 있다면 바로 이곳이 아닐까, 싶었다.

원래 대로 예식을 올렸으면 이런 일은 없었을 것이다. 지금쯤 신혼집에서 음악을 틀어놓고 책이나 영화를 보고 있겠지. 고민이라곤 에어컨을 계속 틀지 말지, 저녁에 뭘 먹을지 정도일 테고. 돌아가면 해든부터 만나야겠다. 다시 결혼식 날짜를 잡고 예식장을 보러 다녀야겠지. 해든이 바쁘니까 이번에도 준비는 거의 내가 해야 할 것이다. 신혼여행지 비행기 표와 호텔을 예약하고 둘 다 가고 싶어 했던 잘츠부르크 클래

식 페스티벌은 그때쯤엔 이미 끝나서 예약할 필요도 없겠지. 그래도 전처럼 바쁘지는 않을 것이다. 집과 가전제품과 가구가 이미 준비돼 있으니까. 설마, 무슨 일이 또 생기겠어? 그런데도 약간의 불안감이 밀려왔다.

보름은 오랜만에 시간을 낸 해든과 식장을 예약하고 곧바로 이탈리안 레스토랑으로 갔다. 미슐랭 가이드에서 별을 받았다는 그곳은 레스토랑의 이탈리아식 발음 리스토란테 뒤에 셰프의 성을 붙인 이름의 가게였다. 보름과 해든이 먼저 온 해든의 부모님과 누님 부부에게 인사하고 자리에 앉았다. 서버가 고급 올리브유와 발사믹 식초를 곁들인 식전 빵을 들고 올 때, 해든의 휴대폰이 울렸다. 모두 불안한 표정으로 해든을 보았다. 아니나 다를까 병원에서의 긴급 호출이었다. 해든이 자리를 떴고 남은 사람들이 아쉬워하며 빵을 먹었다. 서버가 이번에는 토란과 생 바닐라빈으로 된 스푸마를 내왔다. 전복과 가리비, 농어와 송아지 고기로 조리한 카르파치오도 내왔다.

해든의 어머니가 포크로 전복를 찍었다. 자연스럽게 입으로 가져가다 어, 어, 하고 신음을 뱉었다. 갑자기 혀를 깨물었나, 전복 요리에 껍질이 들어갔나. 모두의 시선이 해든 어머니에게 모였다. 입을 딱 벌린 해든 어머니가 가까스로 말했다. 턱이 빠졌다고. 그러고 나서 덧붙였다. 전에도 이런 적이 있으니 다시 맞추면 된다고. 돌아앉은 해든 어머니가 조심스럽게 입을 더 벌렸다. 입은 더 벌려진 그대로 닫히지 않았다. 같이 밥 먹던 사람들이 부랴부랴 해든 어머니를 데리고 대학병원으로 갔다. 응급실에서는 치과 악안면외과로 보냈고 악안면외과에서는 구강내과로 보냈다. 그곳에서 방사선 사진과 CT 촬영을 했다.

해든 어머니는 다물어지지 않는 입에서 연신 침을 닦아내며 고통스러워했다. 오래 입을 벌리고 있으니 눈도 잘 안 보이고 머리는 쪼개질 듯이 아프고 속까지 울렁거린다고 말했다. 발음이 잘 안 되어 말하는 것도 힘들고 저작 자체가 곤란해서 뭘 먹지도 못했다. 물이나 음료를 빨대로 조금씩 마실 뿐이었다. 이마가 벗겨지고 인상 좋은 의사가 영상사진을 보고 말했다.

"턱관절이 탈골됐어요. 입을 벌렸다 오므릴 때마다 문의 경첩처럼 작동해줘야 할 기관이 이탈돼서 다른 데에 찍혔어요."

그래서 어떻게 해야 하는 건지 궁금해하는 식구들에게 덧붙였다.

"수술할 수 있는 병증은 아니에요."

의사가 빠진 아래턱을 원래의 자리로 밀어 넣었다. 탄력 붕

대로 감아서 턱이 또 빠지지 않도록 한 뒤에 진통소염제와 근이완제를 처방했다. 치료도 별다른 것은 없었다. 턱이 안정된 위치에 있도록 입안에 교합 장치를 끼는 것과 레이저를 귀 옆에 십오 분 쬐었다 두 시간 쉬고 또 십오 분 쬐고 두 시간 쉬는 일이 전부였다. 귀 바로 앞에 있는 측두하악관절을 부드럽게 만들어서 기능을 회복하도록 하는 것이라고 했다. 물리치료의 효과는 더디게 나타났다.

치료 기간이 길어지자 해든 어머니는 정신적 고통까지 호소했다. 이러다 영영 안 나으면 어쩌나, 앞으로도 계속 턱이 빠지면 어쩌나 하며 불안해했다. 석 달이 지나서야 물리치료와 보조기 착용의 효과가 조금씩 나타났다.

보름과 해든의 결혼식은 이미 연기된 후였다.

오후 네 시쯤 되자 대기가 창백한 흰빛에서 엷은 노란빛으로 바뀌었다. 열기도 조금 수그러지면서 간간이 바람도 일었다. 보름은 일어나서 모자를 쓰고 흙 묻은 장갑을 털어서 꼈다. 운동화를 신고 밭으로 가서 호미를 들었다가 풀을 향해 내리찍었다. 엉덩이가 들썩거릴 정도로 힘을 주었다. 얼굴과 목으로, 팔과 다리로 흙이 튀어 올랐다. 흙이 튄 얼굴과 목과 팔다리로 땀이 흘렀다.

갑자기 푸드덕, 하는 소리가 들렸다. 눈앞에서 큼지막한 뭔가가 날아갔다. 방심했던 보름은 깜짝 놀랐다. 소리를 내며 날아간 것은 새였다. 비둘기보다 더 큰. 놀란 가슴을 진정시키며 생각하니 언젠가 텔레비전에서 본 꿩이었다. 산이 아닌 이런 데도 꿩이 있나? 하긴 날개 달린 짐승이 어디서인들 살지 못할까. 보름은 새에게서 신경을 거뒀다. 고통스러운 호미질만 계속했다.

보름이 풀과 고투를 벌이는 사이 둘째 날의 빛이 사위어 갔다. 은밀한 첩자처럼 대기 속으로 어둠이 스며들었다. 꿩은 멀리 가지 않았다. 주위가 완전히 어두워질 때까지 보름의 근처를 맴돌았다. 어둠이 짙어지자 모기들이 더 극성을 부렸다. 보름은 녹초가 된 채 컨테이너로 돌아왔다.

보름은 침실 옆에 딸린 좁은 세면실에서 샤워를 했다. 힘들어서 쓰러질 것 같은 몸으로 땀과 흙먼지로 범벅이 된 속옷과 추리닝, 그리고 흙이 들어가 뻣뻣해진 양말을 빨았다. 바깥에 의자를 놓고 비틀어 짠 추리닝을 걸쳤다. 내일 아침까지 말라야 할 텐데, 걱정하며 돌아서는데 강비가 지나갔다. 후드 집업 티셔츠에 운동화 차림이었다.

어디 가는 거지? 설마 오늘도 밤새 나 혼자 있어야 하는 거야? 지난밤의 공포가 밀려왔다. 생각만으로도 끔찍했다. 보름은 성큼성큼 걸어가는 강비를 불렀다.

"저기요."

강비가 돌아서서 턱으로 물었다. 왜?

불러놓고 보니 할 말이 없었다. 오늘 여기서 안 잘 거냐고 대놓고 물을 수는 없지 않은가. 보름은 잠시 머리를 굴리다 말했다.

"혹시 여기서 택배를 받을 수 있나요?"

"왜, 뭣 때문에요?"

"일복이 있었으면 해서요. 밤늦게 빠는 것도 힘들고 또 아침까지 마르지 않으면 곤란하기도 해서."

강비가 이맛살을 찌푸리며 듣다 한참 만에 말했다.

"내일 나갈 때 사다 줄까요? 어떤 것이 좋겠어요?"

내일 나갈 때, 라는 말이 보름의 귀에 크게 들렸다. 오늘 저녁은 여기 있겠다는 소리였다. 마음이 놓였다.

"아무거나요. 신축성 좋고 빨기 쉬우면서 잘 마르는 거면. 그리고 장화도 하나 있었으면 좋겠어요."

강비가 돌아서기 전에 보름이 다시 물었다.

"혹시, 차는 고쳤나요?"

"그것이…… 범퍼를 주문했는데 오는데 한 달이 걸린대서 기다리는 중이에요 범퍼를 교체하면서 펜더와 사이드실도 손 볼 거고……."

"미안한데, 부탁을 하나 더 해도 될까요?"

강비가 경계하는 낯으로 보름을 보았다.

"내 차가 아직 거기에 있잖아요. 거래하는 공업사 있으면 가져다 고쳐달라고 해줬으면 해서요."

예상치 못한 부탁인 듯 강비가 망설였다.

"내가 직접 맡기기는 좀 힘든 상황이잖아요. 그렇다고 차를 계속 거기에 두기도 그렇고…… 깨진 유리창 효과, 알죠? 짓궂은 애들이 창을 깨거나 함부로 긁고 더 망가뜨릴 수도 있어서……."

강비가 머뭇거리다 고개를 끄덕거렸다.

"지금 카드를 줄까요?"

"다음에, 수리가 끝나면……."

말을 마친 강비가 가볍게 뛰어서 밭의 끝쪽으로 갔다. 어둑신한 철길을 건너 어디론가 사라졌다. 보름은 돌아섰다. 옆에 그가 있다는 사실이 큰 위안이 되었다. 깊은 안도감이 느껴졌다. 보름은 그런 생각을 한 자신에게 놀랐다. 무서워서 그런 거지, 빠르게 변명했다.

보름은 전자레인지에 도시락을 데웠다. 밥을 먹으면서 윤주가 보내온 사진들을 보았다. 베트남 도로를 점령한 오토바이 떼와 분수가 있는 유럽풍 건물인 사이공 시청, 따오단 공원 등이었다. 길거리 카페와 음식점, 그리고 그 앞에 낮은 플라스틱 의자를 놓고 옹기종기 모여 있는 현지인들도 있었다. 윤주와 혜진은 숙소 근처의 식당에서 반미를 먹고 길을 걷다

길거리에서 숯불에 굽는 돼지고기 냄새에 끌려 껌승을 먹고 공원 앞 콩카페에서 코코넛 스무디 커피를 마셨다.

보름은 밥을 먹으면서 윤주가 간 곳의 사진을 어머니와 해든에게 보냈다. 윤주가 느낀 것과 먹고 마신 것을 같이 옮겼다. 빈 도시락 용기를 문밖에 내놓고 지친 몸을 침대에 부렸다. 힘들고 긴 하루를 마무리 지었다.

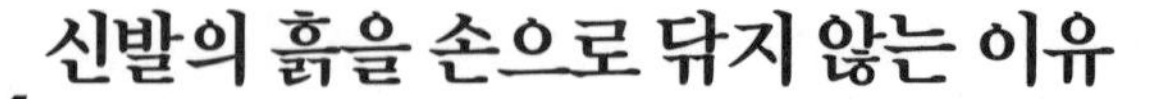

신발의 흙을 손으로 닦지 않는 이유

셋째 날도 참새의 성화에 눈을 떴다. 깊은 잠을 잤는데도 몸이 무거웠다. 허벅지가 뻐근했고 양팔은 모래주머니를 찬 것 같았다. 고개를 숙이고 일을 해선지 목이 뻣뻣했고 얼굴도 부어 있었다. 보름은 잘 굽어지지 않는 손으로 우유곽을 열고 컵에 따라 마셨다. 데우러 가기 귀찮아서 차가운 삼각김밥과 토마토를 먹었다. 덜 말랐는지 아침 이슬에 젖어선지 약간 축축한 옷을 가져다 입었다.

전날 한 일이 생각보다 많지 않았다. 이런 식이어선 집에 가는 길이 요원할 것 같았다. 무작정 덤비는 것보다 목표량을 정해 놓고 하는 편이 효율적일 것 같았다. 보름은 잠시 생각하다 가시나무 아래로 갔다.

가시나무를 기준점 삼아서 철길과 나란히 걸어갔다. 하나

둘 숫자를 세며 걷다 육십구 걸음째에 멈춰 섰다. 눈앞에 밭둑이 나타났고 아래로 지대가 낮은 논이 이어졌다. 보름은 밭의 첫머리로 돌아갔다. 기찻길 옆 좁고 긴 밭이 눈에 들어왔다. 강비의 밭과 나란히 붙었는데도 그곳에는 풀이 하나도 없었다. 붉고 고슬고슬한 흙 위에 잎이 넓은 작물만 가지런히 자라고 있었다. 강비의 밭도 긴 밭과 붙은 쪽은 풀이 거의 없었다. 긴 밭에 심었던 작물의 씨가 날아와 난 듯한, 동그란 잎이 마주 붙은 순한 풀만 드물게 있었다. 보름은 신기해하다 시선을 둘렀다.

가시나무 아래쪽으로 천천히 걸어갔다. 마흔두 걸음이었다. 사람의 보폭은 자신의 키에 백을 뺀 수치라는 글을 읽은 기억이 났다. 보름의 보폭은 육십오 센티미터가 될 터였다. 보름은 휴대폰 어플로 계산을 했다. 걸음 수와 보폭을 곱해서 위 밭이 가로 약 사십오 미터, 세로 삼십 미터쯤 된다는 것을 산출했다. 산출한 결과가 머리를 더 어지럽혔다. 보름은 단순하게 가기로 했다. 가시나무 아래쪽으로 하루에 일곱 걸음만큼 길게 뽑아나가기로 했다. 날마다 넓고 긴 벨트를 하나씩 없애버리기로 했다. 그러면 칠 일이나 넉넉잡아도 팔 일째엔 집에 갈 것이었다.

보름은 호미를 들고 가시나무 아래쪽에 앉았다. 기운을 내어 오늘 몫의 풀을 뽑기 시작했다. 먼저 땅바닥에 납작 달라붙은, 손에 잘 잡히지도 않는 풀을 호미로 긁었다. 그 위에 조금 자란 풀을 한 손으로 거머쥐고 뿌리를 찍었다. 다른 풀의 줄기를 잡고 호미로 밑동을 찍었다. 찍고, 찍고, 또 찍었다. 이슬로 인해 장갑이 금세 축축해졌다. 발목과 소매 끝도 이내 젖었다.

어제 보았던 근방에서 꿩이 또 날았다. 보름은 이 밭에 꿩이 많은가 보다, 하며 남산에서 비둘기 보듯이 지나쳤다. 계속 풀을 뽑아나갔다. 그러다 곧 꿩을 자주 본 이유를 알게 됐다. 풀들의 겹이 어느 정도 벗겨지자 풀숲에 들어앉은 새 둥지가 보였다. 꿩은 알을 품던 중이었다. 보름이 가까이 오자 어미는 그대로 있지도 못하고, 그렇다고 멀리 날아갈 수도 없어서 안절부절못했던 것이다. 알은 모두 여덟 개였다.

내겐 지옥과 같은 이곳이 저 새에겐 생명을 품는 장소라니, 뭔가 오묘했다. 보름은 어떻게 할까 하다 둥지 주위를 둥그렇게 남기고 나머지 풀을 뽑았다. 안이 보일 만큼 뽑아낸 뒤에 발견한 거라서 풀의 겹은 두텁지 않았다.

"해칠 생각 없으니까 들어가서 알이나 품어."

꿩은 그 말이 믿기지 않는 눈치였다. 보름이 근방의 풀을 뽑는 동안 불안한 발길로 주위를 서성거렸다. 그렇다고 한번 뽑은 풀을 다시 심을 수도, 풀 뽑는 일을 중단할 수도 없었다. 보름은 앉은걸음을 걸으며 기운 없는 팔로 땅을 팠다.

해가 서서히 하늘 위로 올라왔다. 힘겹게 풀의 엉덩이를 찍는 보름 곁으로 강비가 다가왔다.

"뽑은 걸 저렇게 팽개쳐두면 안 되는데……."

보름은 땅바닥에 털썩 주저앉았다.

"그럼 한쪽에 곱게 모셔놓을까요?"

"네."

강비의 빠른 대답에 보름이 발끈했다.

"장난해요?"

"누가, 내가?"

"지금 그러고 있잖아요."

"뽑은 것을 한쪽에 잘 쌓아놓아야 밭도 깨끗해지고 풀이 되살아날 확률도 줄어들죠. 다 노보름 씨 생각해서 한 말인데 ……."

"……."

"일이 생각보다 훨씬 힘들 거야. 햇볕은 뜨겁지, 날은 후덥지근하지, 몸은 고되지. 금방이라도 죽을 것 같겠지."

아주 염장을 지르러 왔구나. 보름은 지친 팔로 뽑은 풀을 한쪽에 모았다.

"이렇게까지 하지 않아도 된다는데 굳이 하느라고!"

"한쪽에 잘 쌓아두라면서요? 흙도 다 털어서……."

보름이 날카롭게 쏘았다.

"나랑 혼인신고를 했으면 이 더운 날 이렇게 땀 삐질삐질 흘리며 일하지 않아도 되잖아요. 시원한 데서 맛있는 것 먹으며 놀아도 되고 드라이브하면서 영화를 보러 가도 되고……."

기분이 팍 상한 보름이 호미를 내던졌다.

"뭐 하나 물어볼게요."

강비가 고개를 삐뚜름히 하고 보았다.

"결혼, 몇 번이나 했어요?"

"건 왜요?"

"이렇게 아무하고나 하자고 하는 걸 보면 못 해도 서너 번은 하지 않았겠어요? 더 많이 했으려나?"

"내가 왜 아무하고나 결혼하려 한다고 생각해요?"

"처음 본 사람한테 그러자는 걸 보면 충분히 예상 가능하지 않나요?"

"나는 우리 인연이 좀 특별하다고 생각했는데……."

"교통사고가 맺어준?"

"뭐 그런 것도 없지 않고……."

"그렇게 억지 인연을 들먹이면서 결혼하자고 하는 거, 고급차를 미끼로 회유하고 겁박하는 거, 좀 비겁하지 않아요? 추잡하지 않아요?"

강비가 보름의 앞에 바싹 다가와 앉았다. 보름은 움찔해서 한 발 뒤로 물러섰다. 강비가 보름의 얼굴을 들여다보며 으르렁거렸다.

"뭐 미끼? 내가 사고를 유발하려고 차를 거기 뒀다는 말처럼 들리네? 그리고 비겁? 회유? 겁박했다고?"

아무도 없는 밭 가운데서, 말랐지만 큰 남자가 윽박지르니 겁이 났다. 보름은 겁먹은 티를 내지 않으려고 애쓰면서 소리쳤다.

"지금도 겁박하고 있잖아요? 그렇게까지 해서 결혼하려는 이유가 대체 뭐예요? 목적이 뭐예요?"

강비가 천천히 몸을 일으키더니 대답했다.

"행복해지는 거."

"설마!"

보름이 손으로 제 입을 막았다. 장갑에서 고무 냄새와 흙냄새와 풀냄새가 동시에 풍겼다.

"그런 이유가 아니면 뭐라고 생각해요?"

다른 목적이 있겠지. 순수하지 않은. 가스라이팅을 해서 노예처럼 부린다거나 보험을 잔뜩 들어놓고 사고사로 위장시켜 죽이거나. 소시오패스에게는 그것도 행복일 수 있겠다. 보름은 단호히 말했다.

"여기서 쓰러져 죽는 한이 있어도 박강비 씨랑은 결혼 안 해요."

강비가 얄망궂게 바라보다 말했다.

"그렇게 극단적으로 말할 것까지는 없잖아요? 사람 일은 몰라요. 며칠 전만 해도 젊고, 얼굴과 몸매가 되면서, 학력과 직업도 나쁘지 않은 노보름 씨가, 이런 시골구석에 쪼그려 앉아 호미질이나 할 줄, 누가 상상이나 했겠어요?"

"뭐라고 하든 그쪽과는 죽어도 결혼 안 해요."

"이상형은 어떻게 되는데요?"

"……."

"그냥 궁금해서요."

강비가 흥미로운 눈빛으로 보름을 보았다. 잘됐다 싶었다. 보름은 의기양양한 표정으로 말했다.

"좋은 가정에서 좋은 교육을 받고 자란, 바르고 성실하면서 마음이 따뜻한 사람. 한 마디로 박강비 씨와 완전히 반대되는 사람."

조용히 듣던 강비가 매우 의아하다는 듯이 물었다.

"이상형이 그런데 어쩌다 그런 놈을 만났어요?"

"그런 놈?"

"저번에 차 속에서, 아주 뜨겁고 격렬했던……."

"그 사람 아니라고……"

소리치다 보름은 입을 다물었다. 하릴없이 어기대는 말에 반응할 필요가 없었다. 강비가 실실 웃으며 말했다.

"하긴 정상적인 연애로는 보이지 않았어. 매춘이나 스폰의 느낌이 강했지."

매춘? 스폰? 속이 부글부글 끓었으나 보름은 꾹 눌러 참았다. 발끈해서 그의 삿된 재미를 배가시키고 싶지 않았다.

"그건 실수였고, 그쪽이랑은 더 말 섞고 싶지 않으니까 가세요."

보름은 호미를 들고 눈앞의 풀을 찍었다. 강비가 가지 않고 냥냥거렸다.

"실수? 실수로 지갑을 빠트리고 옷자락에 김칫국물을 흘리거나 남의 뒤통수를 칠 수는 있지만, 실수로 섹스를 할 순 없지 않은가? 행위자의 의사개입이 없으면 힘든 게 그거 같은데……."

"그만 하세요."

보름이 이를 악물었다.

"왜 그런 삶을 사는지 도대체 알 수가 없네. 삶의 진정한 무게를 버티기에 그 매끈한 육체가 너무 나약했나? 아니면 정신이 허약했나? 그도 아니면 삶의 공허를 메우려는 수단으로서의 교합? 남의 차를 받아놓고 그 순간을 참지 못할 정도면 심각한 섹스중독일지도 모르고……."

"그만하라고요!"

"그런 늙다리한테 스폰을 받는 것보다 나랑 결혼하는 게 훨씬 이득일 텐데, 안 그래요? 나이도 젊고 인물도 낫고 당연히 돈도…….”

“박강비 씨!”

보름이 악을 썼다. 강비가 말을 멈추고 서슬이 퍼레진 보름을 보았다.

“지금 내 손에 뭐가 들렸는지 똑똑히 보세요. 경고하는데 그딴 식으로 계속 떠들었다가는 어떤 일이 생길지 금방 알게 될 거예요.”

보름의 으름장에 강비가 어깨를 떠는 흉내를 냈다.

“아이고, 무서워라.”

보름은 씩씩거리며 호미를 높이 쳐들었다. 강비 대신 눈앞의 큰 풀을 사정없이 찍었다. 풀줄기를 앞뒤로 흔들어서 뽑아놓고 다시 호미를 높이 쳐들었다. 강비가 잠시 내려다보다 돌아갔다.

보름은 화가 쉽게 가라앉지 않았다. 그가 조금만 더 부아통을 질렀다면 진짜로 호미를 휘둘렀을 것 같았다. 사실 크고 억센 풀 한 포기를 뽑을 호미질이고 낫질이면 사람의 목숨도 충분히 끊을 터였다. 문득 솔깃한 생각이 들었다. 정말 그를 죽여봐? 오가는 길에 숨어 있다가 공격을 해봐? 그러면 당장 집에 갈 수 있겠지. 아무 일 없었던 것처럼. 하지만 사람은 풀과 다르다. 가만히 서서 죽음을 기다리지 않을 것이다. 더구나 그는 남자 아닌가? 단번에 해치우지 않으면 역공을 당할 것이다. 내가 죽을 수 있다. 보름은 호미질을 하면서 강비를 죽일 방법을 여러 각도로 모색했다. 마땅한 방법이 떠오르지 않았다. 궁리를 거듭하던 보름은 결국 포기했다. 설사 그를 죽인다 해도 그것은 신발에 묻은 진흙을 손으로 닦는 거나 마찬가지였다. 신발은 깨끗해지지만 손이 더러워지는.

까마귀와 토끼

풀을 뽑아나갈수록, 밭의 안쪽으로 갈수록 더 크고 억센 풀이 나왔다. 웬만한 관목 못지않게 자란, 잎이 넓은 풀들은 뿌리가 비교적 단순해서 뽑기가 아주 힘들지는 않았다. '풀'하면 사람들이 흔히 떠올리는 칼날처럼 잎이 길고 뾰족한 것들이나 성장이 아주 좋은 것들이 문제였다. 튼튼한 줄기가 밑동부터 여러 갈래로 뻗은 데다 수염 모양의 뿌리가 단단하게 땅을 움켜쥐고 있어서 뽑아내는 일이 여간 힘들지 않았다. 흙을 털어내는 일 역시 만만치 않았다.

보름은 호미날을 허공에 박았다가 큰 풀의 밑동을 힘차게 찍었다. 줄기를 잡고 세차게 흔들었다. 그 정도로는 어림없다는 듯 풀이 꼼짝하지 않았다. 보름은 다시 힘찬 호미질을 여러 번 한 다음 뿌리 옆에 발을 대고 온몸으로 풀을 뽑아 올렸다. 이어서 다른 큰 풀을 향해 호미질을 했다. 한 번, 두 번, 세 번…… 풀은 꼼짝하지 않았다. 안 되겠다 싶어서 보름은 연장 포대에서 삽을 꺼냈다. 예능 프로그램에서 연예인들이 쓰는 걸 본 적이 있으므로 쉽게 할 것 같았다. 보름은 어설픈 동작으로 삽날을 흙에 박았다. 삽 머리에 발을 올리고 몸을 실었다. 하지만 생각만큼 잘되지 않았다. 삽 머리에서 발이 자꾸 미끄러졌다. 몸이 실리지 않았다. 힘겨운 헛발질 끝에 겨우 몸을 실었다가 중심을 잃고 고꾸라질 뻔하기도 했다. 보름은 서서 이마의 땀을 닦았다. 덱 위에서 바라보던 강비와 눈이 마주쳤다. 노예 감시관이야 뭐야. 구시렁대면서 보름은 다시 삽을 땅에 박았다. 삽 위에 발을 올리려고 애썼다.

"그거 이리 줘 봐요."

어느새 다가온 강비가 삽을 낚아챘다. 큰 풀 옆에 삽날을 가뿐하게 박으며 말했다.

"이렇게 힘을 팍 준 다음 반듯이 세워서……."

삽머리에 발을 올리고 힘을 실었다. 삽날이 아래로 쑥 내려갔다. 땅속 깊이 박혔다. 강비가 삽자루를 아래로 밀었다. 흙 속에 박혔던 삽날이 풀의 밑동을 흔들었다. 강비는 삽을 빼서 풀의 반대쪽에 박고 같은 방식으로 삽질을 했다. 그 뒤쪽도 그렇게 했다. 풀을 중심으로 삼 면에 깊게 삽질을 해 놓은 다음 마지막으로 앞쪽에 삽을 박고 삽자루를 눌렀다. 깊고 단단하게 뻗은 뿌리를 네모난 흙덩이와 함께 떠올렸다. 떠올린 뿌리를 삽날에 대고 때렸다. 같은 방식으로 큰 풀을 두 개 더 뽑아 보인 다음 보름에게 삽을 넘겼다. 보름은 삽을 한쪽에 던져 놓고 호미를 들었다. 뒤로 물러서서 땀을 닦던 강비가 신경질적으로 말했다.

"인간적으로, 이러면 좀 곤란하죠."

"왜, 삽을 안 쓴다고요? 내게 그런 자유도 허용되지 않나요?"

강비가 인상을 찌푸리며 물었다.

"혹시 노보름 씨 일당이 얼만지 계산해봤어요?"

"……."

"안 해 봤으니까 이렇게 양심 없이 일하지."

"하, 뭐가 또 어떻게, 양심이 없는데요?"

보름이 사납게 대꾸했다.

"너무 대충 뽑잖아요. 더 꼼꼼하고 깨끗하게 뽑아야죠."

"이 이상 얼마나 더 잘하라고요!"

"그렇게 큰 것만 설렁설렁 뽑아내면 남은 풀이 금방 자라서 안 돼요."

"작은 것들도 다 뽑았어요. 바닥에 있는 건 뽑다가, 흙을 털다가 떨어진 풀잎이에요. 설마 그 이파리까지 다 주우라는 말은 아니죠?"

"……."

"그렇게 풀이 나는 게 걱정되고 싫으면 채소나 꽃모종을 사다 심으세요. 모종이 없으면 씨앗을 뿌려도 좋고. 풀을 뽑은 자리에 모종을 심거나 씨앗을 뿌려놓으면 상대적으로 풀이 덜 날 거 아녜요. 보기에도 좋고……."

강비가 얼굴을 심하게 찌푸렸다. 보름은 신경 쓰지 않았다. 학교 화단에 피었던 꽃이 생각났다.

"디기탈리스라는 꽃이 예쁘던데 그 모종이나 씨앗을 사면 좋겠네요. 뭐 어떤 것도 지금 이대로보다는 낫겠지만……."

더 말 섞을 필요가 없다는 듯 강비가 돌아섰다. 팍,팍,팍 땅을 파면서 보름이 빈정거렸다.

"강비 씨는 따로 하는 일 없어요? 매일 빈둥대는 게 직업이에요?""

걸음을 떼던 강비가 휙 돌아섰다.

"왜, 빈둥거리면 안 돼요?"

날카로운 반응에 보름은 어물어물했다.

"아니, 젊은 사람이 무위도식하는 게 바람직한 일은 아니지……."

"지금 노보름 씨가 하고 있는 일은 엄청나게 의미 있는 일이고요?"

"허구한 날 빈둥거리는 것보다는 백 번 낫죠."

보름은 미지근해진 생수병의 물을 마셨다. 그런 보름을 쏘아보다 강비가 말했다.

"얘기 하나 할게요."

"……."

"숲속에 까마귀와 토끼가 있었어요. 어느 날 까마귀가 나무 위에서 쉬는데 토끼가 와서 그랬죠. '나도 그렇게 아무것도 안 하고 종일 빈둥거려도 될까?' 까마귀가 아주 친절하게 말해주었죠. '물론이지. 안 될 것 없잖아.' 그래서 토끼가 나무 밑에 앉아서 쉬는데 갑자기 여우가 나타나 덮쳤어요."

"빈둥거리며 살려면 높은 곳에 있어야 한다는 얘긴가요? 아니면 나는 빈둥거릴 자격이 충분하니까 시비 걸지 말라는 말? 아무리 그래도 젊은 사람이 날마다 놀고먹는 건 좀 그렇지 않아요? 열심히 산 훈장은 평생 간다는데……."

"어떤 게 훈장인데요? 사회적인 성공? 아니면 명예? 재물? 나를 바라보는 타인의 찬탄에 찬 시선? 그런 속물적이고도 개인적인 성취라면 난 조금의 관심도 없고 또 이미 온 힘을 다해 열심히 살았으므로 훈장 따위 얻겠다고 더 애쓸 마음도 없어요."

"그 나이에 뭘 얼마나 열심히 살아서요? 설마 어떤 사람처럼 어머니 배 속에 자리를 잡자마자 태교 클럽에 다니고 태어난 지 6개월도 안 돼서 그 클럽에서 연장 수업을 받았다는 거요? 좀 커서는 영유아 짐보리, 프뢰벨, 몬테소리 전집 따위를 섭렵하고 학교 다니면서 영어와 수학을 기본으로 온갖 학원을 다니면서 수영, 농구, 축구, 리코더, 한자 따위를 배우고 줄넘기, 철봉처럼 수행평가에 필요한 것이라면 빠뜨리지 않고 다 과외받았다고요? 그런 걸로 열심히 살았다고 하는 건가요? 그건 엄마가 맛있는 밥을 매일 주고 이런저런 간식도 자꾸 줘서 지겹다는 소리와 같잖아요?"

강비가 삐딱한 시선으로 물었다.

"학교 다니면서 알바 해봤어요?"

"당연하죠."

"어떤 거?"

"중고등학생 과외."

"몸 쓰는 건 전혀 안 해봤다는 말이네요. 그러면서 뭐 빈둥거리면 안 좋네, 열심히 산 훈장이 어떠네."

"과외도 몸 쓰는 것 못잖게 힘들거든요."

"아, 그러세요?"

"그런 그쪽은 뭘 해봤는데요?"

"중학생이 되기 전부터 돈 되는 것은 다 했지. 전단지 알바, 패스트푸드점. 패밀리레스토랑, 편의점, 주차장 알바, 음식점 서빙, 방학 때는 공장도 다니고, 좌담회 알바까지……."

"좌담회 알바?"

"기업의 이미지 평가나 신제품 테스트, 또 모바일 게임테스트 같은 걸 직접 해보고 의견을 말하는 거."

"돈이 많다면서요. 그런 사람이 아르바이트를 왜 그렇게 많이 했어요? 취미로 했을 리는 없고 설마, 저 차를 사려고 아르바이트를 그렇게 한 거예요? 아니 저 차가 뭐라고 어려서부터 그렇게 인생을 갈아 넣어요?"

비난의 눈초리에 강비가 어이없어하며 웃었다.

"저 차가 어린 소년이 몇 년 알바해서 살 수 있는 차로 보여요?"

"그게 아니라면 무엇 때문에 ……."

강비는 대답하지 않았다. 복잡한 표정으로 보름을 보다 몸을 돌려 자기 집 쪽으로 갔다. 보름은 의혹에 찬 눈으로 그의 뒷모습을 바라보았다.

돈이 많다면서 그 많은 아르바이트를 왜 했다는 건지, 이해가 되지 않았다. 재벌 2세나 3세들이 생의 무료를 견디려는 수단으로 술이나 마약에 탐닉한다는 말을, 그래서 많은 문제를 일으킨다는 말을 들었지만 저 인간의 종류도 다양한 아르바이트는 대체 뭐지 싶었다. 태생의 부조리를 일찍 알아챈 부잣집 아들의 광기 어린 반항? 공격적 자해? 자신을 학대하는 걸로 순간의 정염에 헌신했던 이들을 단죄하려는 목적으로? 이 밭에서의 기거도 그 연장선인가? 아무튼 정체도, 생각도 도통 알 수 없는 인간이었다. 한시라도 빨리 여기서 벗어나야겠다는 생각만 커졌다.

보름은 잘 훈련된 군견처럼, 제 삶을 물고 늘어지는 풀을 보았다. 겨울이 오기 전에는 저절로 없어지지 않을 풀들이었다. 허공으로 호미를 들어 올리다 보름은 생각했다. 제초제나 예초기가 안 된다면 불을 붙이면 되지 않을까? 밭을 통째로 태우면 되지 않을까? 성장이 아주 좋은 생풀이고 습도가 높은 철이라 쉽게 타지는 않을 것이다. 석유나 휘발유 같은 촉매제가 필요한데 그게 없다. 만약 구해서 불을 붙이면, 불길이 하늘 높이 솟구치겠지. 검은 연기가 치솟으면 불이 났다고 누군가 119에 신고할지 모른다. 소방차가 달려올 것이고 재수 없으면 저녁 뉴스에 나갈지 모른다. 해든은 (그 가족 중 하나라도) 호찌민으로 놀러 간 여자친구를 텔레비전에서 볼 수도 있고 까딱하면 내 삶 전체가 검은 연기에 휩싸일 것이다.

차라리 조선 시대 때 제주 농민들이 썼던 방법이 낫겠다. 감귤 진상에 대한 압박이 심해지자 농민들은 하나둘 나무를 뽑아냈다. 하지만 곧 발각되었고 그들은 더 큰 고초를 겪었다. 남은 사람들은 나무 밑에 몰래 끓는 물을 부었다. 조용히 나무를 말려 죽였다. 두말할 것 없이 좋은 방법이긴 한데 이 밭은 몇 바가지 물로 해결될 정도가 아니다. 아니면 소를 몇 마리 풀어놓을까. 친환경적이고 편한 방법이긴 한데 소가 없었다. 있다고 해도 시간이 오래 걸릴 것이었다. 사람을 쓰면? 약정서에 기계나 약은 안 된다고 명시했지만 사람을 사서 쓰지 말라는 조항이 없었다. 종소리가 울리는 쪽으로 가면 누구든 만날 수 있으려나? 보름은 그것마저 곧 포기했다. 사람을 썼다가 일을 더 복잡하게 만들까 두려웠다. 집에 가는 길이 더 멀어질까 걱정되었다.

가시나무 사이로 떠올랐던 태양이 점점 노래지면서 하늘 가운데로 올라왔다. 세상을 격렬하고 뜨거운 열기로 가득 채웠다. 난로를 끼고 사우나에 들어앉은 느낌이었다.

문득 요의가 느껴졌다. 보름은 컨테이너로 돌아왔다. 땀에 젖은 속옷을 끌어 내려 소변을 보고 전날처럼 속이 메스꺼울 정도로 많이 마시지 않으려고 조심하면서 물을 마셨다. 보름은 물을 마시면서 볕을 가려주는 컨테이너가 있고 찬물을 마실 수 있는 냉장고가 있으며 또 모기나 벌레를 걱정하지 않고 일을 볼 수 있는 변기가 있다는 것에 작은 기쁨을 느꼈다. 그런 생각을 한 자신이 어이없어서 쓰게 웃었다.

휴대폰에는 윤주가 보낸 사진과 톡이 있었다. 1880년에 에펠탑을 건축한 귀스타프 에펠이 지은, 아치형 천장이 오르세 미술관 같다는 중앙우체국과 식민지 시절 프랑스에서 벽돌을 가져와 지었다는 노트르담 대성당, 그리고 성당 전체를 핑크색으로 도색해 핑크 성당이라고도 불리는 떤딘 성당 사진들이었다. 성당의 마리아상 앞에서 윤주는 환하게 웃고 있었다. 요즘 보기 드물게 밝은 얼굴이었다.

사진으로만 봐도 좋다. 보름은 귀여운 이모티콘과 함께 손가락으로 말을 걸었다. 지금 쌀국수 먹는 중. 윤주가 바로 대답했다. 그리곤 쌀국수 사진과 식당 벽과 천장에 붙은 작은 도마뱀 사진을 보내왔다. 둘은 한동안 손가락으로 대화를 나눴다.

— 발은 좀 어떠니?

— 드라마틱하게 좋아지지는 않아. 시간이 가야 낫는대.

— 그만하기 진짜 다행이다.

— 너 많이 좋아 보여.

— 나쁠 리 없잖아.

— 번호 다시 바꾼 뒤로 함동혁한테서 연락은 없었니?

— 왜 없었겠어.

— 이번엔 어떻게 알아냈대? 뭐래?

— 팔천만 원 언제 주냐고, 빨리 달라고.

— 완전히 미쳤구나, 그래서 뭐라고 했니?

— 그냥 씹었지. 기분 나빠지니까 그 인간 얘기는 그만하자, 해든 씨는 요즘 어떠니?

— 항상 그대로지. 다정한데 엄청 바빠. 얼굴 보기가 힘들어.

보름은 토마토를 통째로 들고 깨물었다. 얼굴과 앞섶으로 과즙이 튀었다. 보름은 장갑을 집어 손등 부분으로 즙을 닦아내고 윤주가 보내준 사진을 해든과 어머니에게 보냈다. 친구들과 잘 지내고 있다는 설명과 함께.

보름은 침대에 누웠다. 풀을 없애는 일이 급하지만 참을 수 없을 만큼 몸이 고됐다. 한숨 자고 볕이 좀 수그러든 다음에 나가야 할 것 같았다.

긴 이별의 시작

마지막 아이가 교실을 빠져나갔다. 와글와글 끓던 교실이 정적으로 가득 찼다. 윤주는 빈 책상과 의자들을 보았다. 책상 하나하나 의자 하나하나에 아이들의 웃음과 소란과 좋알거림이 새겨져 있었다. 윤주는 빙긋이 웃고 자기 자리로 돌아가 휴대폰을 들었다. 부재중 전화와 문자를 확인한 뒤 포털 사이트를 보았다. 데이트 폭력, 가정폭력의 시작점이라는 글이 메인에 떠 있었다. 헤어지자는 말에 격분한 남성이 무자비하게 폭력을 휘둘러 피해 여성이 얼굴뼈가 부러질 정도로 크게 다쳤다는 내용과 또 다른 남성이 스타 강사인 연인을 살해한 뒤 장롱 속에 유기했다는 끔찍한 내용의 기사였다.

윤주는 새삼 동혁이 고마웠다. 의식 속으로 지나간 시간들이 밀려왔다. 벚꽃이 만개했던 때의 설렘과 오월의 바람처럼 온몸을 감쌌던 사랑의 느낌, 비누 거품처럼 부풀어 오르다 어느 순간부터 조금씩 사그라들던 감정, 자연스럽고 깔끔한 이별. 이어진 상념 속으로 낯선 소리가 들려왔다. 문자를 확인하던 윤주는 깜짝 놀랐다. 동혁이었다.

'아버지가 돌아가셨어.'

윤주는 그 문장을 오래 쳐다보았다. 문장이 뜻하는 바를 깊이 생각했다. 헤어진 지 이 주가 넘어가고 있는데, 서로 잘 극복하고 있는데 왜 이런 문자를 보냈는지 이해가 되지 않았다. 친구로 오라는 건가? 헤어진 여자친구에게 문자를 보낼 만큼 아버지의 죽음이 힘든가? 오래 고민하던 윤주는 장례식장에 가기로 했다. 그것이 그가 마지막까지 보여줬던 친절에 대한 보답이었다. 깔끔한 매너에 대한 인사였다.

며칠 뒤 교무실 윤주의 책상 위로 커다란 꽃바구니가 배달되었다. 화려한 바구니 옆에는 수제 케이크와 초콜릿, 고급 포도주가 곁들여 있었다. 선생들이 윤주가 받은 꽃바구니를 한 번씩 들여다보았다. 가까이 지내는 여선생들은 윤주에게 질문을 퍼부어댔다. 누군데 이렇게 큰 걸 보냈어? 나 선생과 결혼할 사람이야? 어떤 사람이야?

"아니에요, 그런 사람."

윤주가 웃으며 말했고 옆자리 선생이 반박했다.

"그런 사이가 아닌데 이렇게 큰 꽃을 보내고 케익을 보내?"

"사실은 전 남자 친구예요. 몇 주 전에 헤어졌는데 그 사람 아버지가 돌아가셨다고 문자가 왔기에 안 가기도 그렇고 해서 다녀왔어요. 그 사람은 혹시나 했는데 와주니까 또 부조도 하니까 고마웠나 봐요."

윤주는 동혁의 이벤트가 부담스러웠지만 싫지는 않았다. 이 장엄한 마무리야말로 그답다는 생각이 들었다. 윤주는 문자를 보냈다.

'고마워.'

기다렸다는 듯이 동혁이 전화를 걸어왔다. 만나자고. 윤주는 와줘서 고맙다는 말이라면 이 꽃과 포도주만으로도 넘치도록 충분하다고 말했다. 동혁은 전화로 할 수 없는, 꼭 만나서 할 이야기가 있다고 고집했다. 윤주는 생각했다. 꼭 할 얘기가 있다는데, 헤어진 남자 친구를 한 번 더 만난다고 지구가 거꾸로 돌진 않겠지. 안 만나준다고 두드려 패고 죽이려 드는 사람도 있는데, 실제 죽이는 사람도 수두룩한데, 저 사람은 얼마나 젠틀한가. 윤주는 약속 날짜를 잡았다. 먼저 이별을 말한 사람으로서 죄책감이랄까, 미안함도 약간 작용했다.

큰일을 치른 뒤여서인지 동혁은 야위어 있었다. 그가 건조한 표정으로 그간의 일을 얘기했다. 창밖을 보던 윤주가 꼭 만나서 할 얘기란 게 뭐냐고 물었다. 동혁이 잠시 뜸을 들이다 말했다.

"우리 다시 만나자."

윤주는 진지하다 못해 비장해 보이는 동혁의 얼굴을 빤히 바라보았다. 이 말을 어느 정도 예상한 것도 같고 아닌 것도 같았다.

"그런 얘기라면 갈게."

윤주가 일어섰다. 동혁이 윤주의 팔을 잡았다. 억지로 자리에 끌어앉히곤 내가 얼마나 너를 좋아하는지 지금도 얼마나 좋아하는지 강변했다. 운명까지 들먹이며 둘이 다시 만날 당위성을 진지하게 피력했다. 싫다는 윤주의 말에 아버지의 죽음을 극복할 때까지만이라도 옆에 있어 달라고 졸랐다. 윤주는 고개를 저었다. 동혁의 이런 핑계와 저런 설득에 넘어가지 않았다. 내가 이렇게 차가운 사람이었나? 스스로 놀랄 만큼 마음이 움직이지 않았다.

애원과 간청이 먹히지 않자 동혁은 당황한 듯했다. 한동안 말이 없더니 인상을 찌푸리며 소리를 높였다. 너 벌써 다른 남자 생긴 거냐, 대체 어떤 놈이냐, 하고 억지소리를 했다. 윤주의 표정이 심상치 않자 동혁이 다시 얼굴을 바꿨다. 한껏 불쌍한 표정을 지으며 대뜸 바닥에 무릎을 꿇었다. 자신이 잘못했고, 앞으로는 더 잘할 테니까 다시 만나자고 사정했다.

윤주는 통속드라마의 주인공이 된 것처럼 부끄럽고 창피했다. 빨리 일어나라고 그를 붙들었다. 그가 자리에 앉았고 같은 얘기가 반복되었다. 무협 영화의 끝나지 않는 칼싸움 장면 같았다. 대꾸하는 것도 지치고 피곤했다.

"제발 이러지 마, 지저분하게 보여."

그 말이 동혁을 자극한 것 같았다. 동혁의 낯빛이 돌연 사나워졌다.

"뭐 지저분? 그럼 너 그때 장례식장에는 왜 온 거야? 너도 헤어지니까 힘들어서, 다시 만나고 싶어서 온 거 아니었어?"

"그건 절대 아냐. 오빠가 문자를 보내서, 헤어졌지만 가봐야 예의가 아닌가 싶어서 간 거였어. 딴 듯은 정말 없었어."

"정말로 다시 만날 생각이 없다는 거지? 그럼 처음부터 싫다고 하지. 아예 시작을 말지. 여태 좋다고 만나다 왜 이제 와서 싫다고 해? 내가 다른 남자들보다 못한 게 뭔데? 그동안 너한테 얼마나 잘해줬는데, 밥 먹고 차 마시고 선물하느라 돈을 얼마나 많이 썼는데, 그거 다 어떻게 할 거야?"

처음 보는 동혁의 모습에 윤주는 당황했다. 지금이 동학혁명 때인가, 아니면 태극기 들고 독립운동하던 때인가, 남녀가 한 번 만나면 꼭 결혼을 해야 돼? 한두 번 만나서 결혼을 결정해야 돼? 분주한 생각을 따라잡느라 윤주가 반응을 못 하는 사이, 제 분을 못 이긴 동혁이 외쳤다.

"만나기 싫으면 내가 사준 것 다 내놔."

갑자기 맥이 빠졌다. 장마철 지난 습기제거제처럼 조금이나마 남았던 애정과 연민의 알갱이들이 전부 녹아버린 느낌이었다. 윤주는 자리를 박차고 일어섰다. 붙잡는 동혁을 강하게 뿌리치고 밖으로 뛰쳐나갔다.

집에 돌아온 윤주는 택배로 지갑을 보냈다. 생일이라고 백화점 명품관에서 동혁이 사준 것이었다. 다른 것들은 거의 일이만 원, 이삼만 원짜리 소소한 것들이고, 그런 것들은 이미 없어졌거나 있어도 돈이 안 될 것들이었다. 택배를 보내고 오는 길은 가벼웠다. 막 시작된 더위가 온몸에 달라붙었지만, 하늘이 발등까지 내려와 무거웠지만, 마음은 둥둥 떠올랐다.

다음 날 동혁이 전화를 걸어왔다. 윤주는 받지 않았다. 전화를 받지 않자 동혁이 계속 문자를 보냈다. 다른 번호가 떠서 윤주가 받으면 네가 없는 삶이 너무 힘들다고, 제발 나를 떠나지 말라고 하소연했다. 어느 날은 달랬다가 어느 날은 네게 쓴 돈 다 물어내라고 화를 냈다.

시청각실에서 교직원 회의를 하는 날이었다. 행정실장이 전달 사항을 말하고 교감선생이 마이크를 잡은 순간이었다. 윤주의 휴대폰이 울렸다. 모르는 번호였다. 수신을 거절했지만 같은 번호로 계속 전화가 왔다. 학부모인가? 학생에게 다급한 일이라도 생겼나? 윤주는 허리를 숙이고 조용히 시청각실을 빠져나갔다. 전화를 건 사람은 동혁이었다. 화를 내며 전화를 끊으려는 윤주를 그가 다급히 불렀다. 왜? 또 뭔 말이 남았는데? 윤주가 소리쳤다. 동혁이 말했다. 너네 부모님을 만나게 해줘. 꼭 할 말이 있어. 그 할 말이란 게 안 들어도 빤했다. 하지만 나쁠 것 같지 않았다. 어른이 나서서 강경하게 말하면 동혁이 수그러들 것도 같았다. 다행히 어머니가 만나보겠다고 하였다.

동혁을 만난 어머니는 생각보다 일찍 돌아왔다. 화가 잔뜩 난 얼굴로 엉덩이를 소파에 내던졌다. 오랜만에 신은 스타킹을 벗어 던지더니 윤주에게 일갈했다.

"너는 사람 보는 눈이 그렇게도 없니?"

윤주는 당황했다. 최근 들어 변하긴 했지만 근본이 나쁜 사람은 아니었다. 심성은 착한 사람이었다.

"어떤 게 착한 건데? 어떤 사람이 착한 사람인데?"

어머니가 답답해하며 가슴을 쳤다. 어머니도 그가 윤주를 다시 만날 수 있게 설득해 달라고, 협조해 달라고 할 줄 알았다. 그러면 이러이러해서 둘은 인연이 아닌 것 같으니 이쯤해서 포기하라고 점잖게 말할 요량이었다. 그런데 예상은 처음부터 빗나갔다. 동혁은 앉자마자 자신이 윤주를 만나서 얼마나 많은 돈을 썼는지만 줄줄 늘어놓았다. 그러더니 자기가 그동안 쓴 돈과 결혼적령기에 아까운 시간을 허비하고 다른 여자를 만날 기회도 놓치게 했으니 팔천만 원을 보상해 달라고 했다.

팔천만 원? 사귈 때는 온갖 생색 다 내면서 돈을 못 쓰게 하더니. 안 받겠다는 선물 꾸역꾸역 사서 억지로 안기더니. 비싼 거라곤 생일날 갖고 싶은 거 말하라고 졸라서 백만 원쯤 하는 반지갑 하나 받았을 뿐인데 어떻게 그런 계산이 나와? 윤주는 어머니 못지않게 기가 막혔다.

그런 윤주의 궁금증을 해결해주겠다는 듯 동혁이 장문의 청구서를 이메일로 보내왔다. PDF 파일로 작성한 문서에는 '데이트 비용 정산표' 라는 제목이 붙어 있었다. 거기에는 날짜별로 밥 먹고 차 마시고 영화 보고 심지어 공원에 가서 먹은 컵라면과 비스킷값에 고속도로 통행료까지 일목요연하게 정리되어 있었다. 밑에는 너를 만나지 않았다면 주말에 회사에 가서 일할 수도 있었는데 하루에 십만 원 이상은 더 벌었을 텐데 데이트 때문에 포기했으므로 보상을 청구한다며 다른 많은 이유와 함께 팔천만 원에 대한 내역을 소상히 적어놓았다. 이 결연하고 결기에 찬 문장과 숫자들이 윤주를 질리게 했다. 일일이 기억하고 대조해 가며 조합하느라 눈에 핏발을 세웠을 그를 생각하자 머리칼이 쭈뼛 섰다.

윤주는 더욱 전화를 받지 않았다. 동혁은 매일, 수도 없이 문자를 보냈다. 왜 안 만나주냐, 보고 싶다, 물어준다고 해 놓고 왜 돈을 안 주냐, 네가 뭐가 잘났냐. 그래도 대꾸가 없자 교육청에 전화해서 교사를 그만두게 하겠다는 협박까지 했다.

윤주는 경찰서를 찾아갔다. 연인 간 폭력 근절 특별팀 형사에게 자초지종을 얘기했다. 얘기를 다 들은, 배가 나오고 머리를 짧게 자른 형사가 미간을 찌푸렸다.

"문자를 보니까 욕도 없고만, 특별한 협박이라고 볼 만한 것도 없고, 이 정도 갖고는 증거로 불충분해요."

"날마다 전화하고 문자하면서 괴롭히는데요. 협박도 하고……."

"잘 알만한 분이 남자 친구랑 싸운 걸로 경찰서까지 오고 그러면 어떡합니까. 계속 이러면 공무집행방해죄가 될 수가 있어요."

남자 친구 아니고 예전에 헤어진 사람이다. 그런데 계속 이런다, 항의해도 소용이 없었다. 몇 대 맞아야 신고가 되려나, 경찰서를 나서며 윤주는 생각했다.

공권력으로부터 아무 도움을 받지 못한 윤주는 스스로 방어벽을 쌓았다. 동혁의 번호를 스팸 등록하고 문자와 카톡도 차단했다. 모르는 번호는 아예 받지 않았다. 차단벽을 훌륭하게 쌓았다 믿었는데 동혁은 금방 우회로를 찾았다. 집 전화번호를 알아냈던 것이다. 그는 틈만 나면 전화해서 같은 소리를 반복했다. 윤주는 집 전화선을 뽑아버렸다. 그래도 불안감은 가시지 않았다.

시끄러운 방문자

짧은 시간 동안 깊은 잠을 잤다. 강도 높은 노동이 휴식의 밀도를 높인 것 같았다. 그래도 몸은 쇳덩이처럼 무거웠다.

보름은 냉장고를 열었다. 겉면에 콘치즈 쌈장 닭갈비라고 쓰인 도시락을 꺼내 강비의 집으로 갔다. 전자레인지에 데워서 들고나오는데 덱 위에 낯선 아주머니가 서 있었다. 나이는 육십 초반쯤 되었을까. 짧은 파마머리에 멜라닌 침착이 심하지 않은 얼굴이었다. 이 동네 사람은 아닌 것 같았다. 아주머니가 보름과 그녀의 손에 들린 도시락을 보다 혹시 여기에 강비가 있지 않나요? 하고 물었다. 보름은 잘 알아듣지 못했다. 그래서 뭐라고요? 하고 되물었다. 아주머니가 다시 말했다. 박강비 집 아니냐고. 보름은 아주머니의 달걀 노른자색 티셔츠에 주홍색 바지, 검정 자수 양산 등에 시선을 주며 낯선 사람과 말을 섞어서 좋을 게 없는데 하고 생각하다 말했다.

"그 사람 여기 있는 거 맞아요."

아주머니의 얼굴이 환해졌다.

"아이고, 잘 왔네, 이게 몇십 년 만이야. 하도 오랜만에 오니까 도대체가 헷갈려서……."

아주머니가 손수건으로 얼굴의 땀을 닦았다. 강비의 엄마인가? 생각하다 보름은 고개를 갸우뚱했다. 아주머니는 서글서글한 눈매에 콧대가 높고 약간 얇은 듯한 입술도 선이 고왔다. 한때 미인 소리를 들었을 법한 얼굴이었다. 그러나 눈꺼풀이 처지고 뺨도 꺼졌으며 눈가와 콧등에 잔주름이 많았다. 손등의 정맥도 눈에 띄게 불거져 있었다. 세상을 관망하거나 유유자적할 겨를 없이, 온몸으로 바쁘게 산 흔적이 역력한 외모이고 차림이었다. 잠시나마 재벌 2세의 애정이 괴였던 용모로 보기는 힘들었다. 부자 아들을 둔 어머니의 모습이 아니었다. 그사이 낯선 방문자가 다소 무례하게 물었다.

"아가씬 누구야?"

자신을 드러내고 싶지 않았으므로 보름은 되물었다.

"아주머닌 누구신데요?"

아주머니 역시 자기 할 말만 했다.

"아가씨는 여기서 뭐하고 있어?"

보름이 우물쭈물하는 사이 방문자가 취조하듯이 물었다.

"강비랑 어떤 사이야? 애인인가? 설마, 결혼할 사이야? 아니 지금 같이 살고 있는 중이야?"

"누구신지 모르지만 전 그 사람 애인도 아니고 결혼할……."

보름이 말하는데 뒤에서 묵직한 소리가 들려왔다.

"맞아요. 우리 결혼할 사이예요."

강비였다. 보름은 깜짝 놀라서 눈에 힘을 주고 강비를 보았다. '왜 그래? 이건 아니잖아?' 강비는 보름을 외면했고 아주머니도 놀라서 강비를 보았다. 보름이 우린 그런 사이가 아니라고 말하려는 순간 아주머니가 먼저 말했다.

"너 여자친구 없었잖아?"

강비는 대답하지 않았다. 개똥이라도 밟은 표정으로 방문자를 쏘아보기만 했다.

"얼마 전까지만 해도 분명히 없었는데……."

고개를 갸웃하던 아주머니가 갑자기 소리쳤다.

"며칠 새에 눈맞은 거야? 그래서 갑자기 결혼하기로 한 건가?"

"갑자기 눈이 맞았든 코가 맞았든 아줌마가 무슨 상관이에요?"

강비가 온몸으로 적대감을 드러냈다. 그래, 확실히 저 사람

엄마 같지는 않았어, 부잣집 마나님 같지 않았어. 보름이 생각하는 동안 아주머니가 사뭇 부드러운 어조로, 강비에게 핀잔을 주었다.

"아우 얘 좀 봐. 다른 사람은 몰라도 너는 그러면 안 돼. 그렇게 아무하고나 결혼하면 절대 안 돼. 요즘 세상이 얼마나 무섭고 흉악한데, 돈을 노리고 덤비는 꽃뱀도 많고, 또 돈만 노리면 다행이게 목숨까지……."

보름은 자신을 향한 모욕적인 발언에 경악했고 강비가 재빨리 손을 뻗었다. 보름을 굴욕으로부터 구했다.

"전부터 짝사랑했던 사람인데 최근에 다시 만나게 돼서 결혼하기로 했어요."

그 말에 충격을 받은 듯 아주머니가 당황해하다 금세 표정을 바꿨다. 보름을 향해 상냥하고 호들갑스럽게 떠벌렸다.

"그랬어? 아우 참 곱고 예쁘기도 하다. 그런데 아가씨 이름은 뭐야? 나이는 어떻게 되고?"

보름이 한 발 물러섰고 강비가 벽력같이 소리쳤다.

"아줌마!"

아주머니가 놀라서 돌아보았다. 보름도 하마터면 손에 든 도시락을 놓칠 뻔했다. 강비가 아주머니를 매섭게 쏘아보다 물었다.

"아줌마가 그런 것까지 알아서 뭐하게요?"

"알아서 뭐하긴, 에미가 며느리 될 사람 이름과 나이 정도는 알아야지."

뭐야, 어머니였어? 그런데 왜 아줌마라고 해? 저 불량한 태도는 또 뭐고? 사이코패스인 줄 알았더니 인간쓰레기였어. 왕싸가지에 또라이였어. 그나저나 이제 며느릿감 노릇까지 해야 돼? 일이 더 꼬이면 안 되는데. 보름의 머리가 바쁘게 돌아갈 때 강비가 다시 소리쳤다.

"지금 누가 누구 며느리예요?"

"아유 깜짝이야. 얘는 내가 여기 찾아오느라 얼마나 고생했는데 그렇게 정 없이 말하니?"

그리곤 노래하듯이 쾌활하게 말했다.

"저기 가시나무 안 집이 네 할머니랑 할아버지 살던 데였지? 너 어렸을 때도 거기 한동안 살았고…… 근데 이 동네는 몇십 년이 지나도 어쩜 이렇게 한결같니? 도대체가 발전이 없어. 저 철도도 다른 데로 옮기네 어쩌네 말 많더니 여태 그대로고……."

강비는 그런 아주머니를 날카롭게 쏘아보았다. 땡, 땡, 땡, 땡. 경박한 종소리가 들려왔다. 사나운 소리를 끌며 기차가 달려왔다. 기차가 지나가는 동안 누구도 입을 열지 않았다. 아주머니는 꺼풀이 처진 눈으로 주변을 둘러보았고, 강비는 쓴 풀을 씹은 듯 얼굴을 찌푸렸다. 보름은 도시락을 들고 둘

사이에 어정쩡하게 서서 자기의 장갑과 티셔츠 사이 조금 벌어진 틈이 햇볕에 벌겋게 탄 것을 보았다. 여름 햇볕의 위력과 그 무자비함에 조용히 놀랐다.

기차가 지나가자 아주머니가 먼저 입을 뗐다.

"너는 참 성격도 별나다. 좋은 집 놔두고 이런 데서 구차하게 살고 싶니?"

강비가 짜증 가득한 얼굴로 아주머니를 보았다. 아주머니는 아무렇지 않은 듯 보드랍게 말했다.

"얼른 집에 들어와. 젊어서 고생은 사서도 한다지만 그건 없는 사람들 얘기지. 돈도 많은 애가 여기서 이 무슨 생고생이야."

"그럼 들어가 살게 집을 비워주세요. 그리고 내가 어디서 어떻게 살든 아줌마가 무슨 상관이에요? 언제부터 그렇게 챙겼다고……."

계속되는 아줌마라는 호칭에도 아주머니는 더 보드랍게, 아들의 치기 어린 반항과 고행이 몹시 안타깝다는 표정으로 말했다.

"따뜻한 밥을 별로 못 해 먹인 게 한이 돼서 이제라도 좀 하겠다는데 그렇게 모지락스럽게 굴어야겠니?"

다소 빠른 말투에도 아주머니 발음은 정확했다. 또 간드러지는 목소리에 놀랍도록 감정을 잘 실었다. 표정과 몸짓도

뜻대로 잘 구사했다. 아주머니 입에서 발화된 언어와 몸짓, 표정은 그녀의 감정을 더할 나위 없이 풍부하게 해주었다. 그녀의 애정과 따뜻함과 애틋함, 그리고 안타까움과 간절함을 증폭시켰다. 그런 아주머니의 남다른 재능도 강비에게는 통하지 않는 것 같았다. 그가 매우 퉁명하게 내뱉었다.

"예전에 그러지 않았어요? 서로 얼굴 보지 말고 살자고……."

"너는 언제 적 얘기를 새삼스럽게 꺼내고 그러니? 그때 내가 얼마나 마음이 아프고 괴로웠는지 네가 눈곱만치라도 알겠니?"

"네, 아무리 생각하고 또 생각해도 모르겠어요. 그러니까 조금이라도 양심이 있으면 내 집에서 나가주세요. 내 앞에 나타나지도 말고. 혼자 살겠다는데 왜 떼거리로 와서 귀찮게 굴어요?"

"얘 봐. 떼거리라니, 네 동생은……."

"누가 동생이에요?"

강비가 눈을 부릅뜨고 아주머니를 노려보았다.

"그렇게 매몰차게 말한다고 핏줄이 어디 가니? 내가 네 집에 오래 있으니까 걔도 자주 오게 되고 그 집에서 학교가 가까우니까 때로 자기도 하는 거지. 형제가 같이 있으니 얼마나 좋아. 서로 의지하고 도움도 주고받으면서……."

"아무 필요도 없는 형제, 차라리 개가 낫지."

"너 원래 그런 애 아니잖아. 아버지도 너를 얼마나 대견하게 아는데……."

"아버지?"

"그럼 아버지지. 도덕이 있고 인륜이 있는데 아저씨라고 부를래? 그 냥반도 나 따라서 와 있는 거고. 다 같이 모여서 맛있는 밥 해 먹고 오순도순 얘기하고 정도 나누면서 인간답게 살면 얼마나 좋니? 너답지 않게 왜 까탈을 부리고 그래?"

"도덕과 인륜을 뭣 같이 아는 인간들이 그것들을 입에 올리면서 인간답게 살자고 하니 내 더럽고 역겨워서……."

강비가 침을 퉤 뱉었다. 강비의 반인륜적인 폭거에도 아주머니는 평정심을 잃지 않았다. 대단한 인내심을 발휘하며 다정하게 말했다.

"너는 안에 들어가자는 말도 안 하니? 많이 걸었더니 다리 아프고만, 그리고 여기서 어떻게 사는지도 궁금하고……."

아주머니가 집 쪽으로 걸음을 옮겼다.

"어딜 들어가요."

강비가 아주머니 팔을 거칠게 잡아챘다. 아주머니가 휘청거리다 바로 섰다. 강비를 향해 눈을 흘기고는 덱 한쪽에 놓인 플라스틱 의자로 가서 엉덩이를 걸쳤다.

보름은 뒤로 돌아섰다. 도시락을 컨테이너에 갖다 두고 호미를 들었다. 강비의 집 가까이에서 풀을 뽑기 시작했다. 한껏 귀를 열고 뽑는 시늉을 했다.

아주머니가 약간 풀이 죽어서 말했다.

"준열이 좀 어떻게 안 되겠니?"

"아줌마 아들을 왜 나한테 물어요?"

"너는 돈이 많잖아."

"돈이 많은 사람은 아무 데나 막 써도 돼요?"

"그렇게 마음에 없는 소리 자꾸 하지 말고."

"아줌마야말로 내 맘을 곡해하지 마세요."

"솔직히 걔가 학교도 변변찮고 학점이 안 좋아서 취직이 잘 안 돼. 그러니까 네가 편의점이든 피시방이든 하나만 해줘. 너한테 어려운 일 아니잖니. 아니면 네 건물 한 칸……."

"양심 없고 뻔뻔하기는 한결같네. 남의 돈 거저먹으려는 불량한 심보."

"네가 어떻게 남이니? 그리고 걔가 잘 돼야 너도 마음이 편할 거 아냐."

"잘 안 돼도 편해요. 아니, 걔가 잘 안 될수록 좋아요."

아주머니 말은 여전히 사근사근했고 강비의 말은 하나 같이 뾰족하고 날카로웠다. 말마다 가시가 있었다.

쪼그리고 있었더니 다리가 저렸다. 보름은 바닥에 주저앉으며 생각했다. 해든이 저런 패륜아가 아니어서, 무뢰한이 아니어서 정말 다행이다.

그때였다. 아주머니가 탄식처럼 부르짖었다.

"너는 팔자가 좋아서 이렇게 놀면서도 잘 먹고 잘 사는데……."

"그건 어떻게 알았어요?"

"뭘?"

"내가 일 그만뒀다는 거. 혹시 설계사무소 갔어요?"

"……."

"소장 만났어요? 내가 두 번 다시 찾아오지 말라고 했잖아!"

화를 내던 강비가 갑자기 아악! 하고 비명을 질렀다. 두 손으로 머리를 붙잡고 씩씩거리다 섬뜩한 눈으로 아주머니를 노려보았다. 아주머니가 당황하지 않고 말했다.

"네가 집에 들어왔으면 안 갔지. 계속 안 들어오니까 어디서 배곯는 건 아닌지……."

"어이가 없네, 언제부터 내 배곯는 거 걱정했다고…… 가세요. 내 눈앞에서 당장 꺼져!"

강비의 두 눈이 분노로 이글거렸다. 아주머니가 미련을 떨치지 못하고 말했다.

"우리 준열이……."

"가라고!"

강비가 몸을 떨며 외쳤다.

“요즘 있는 사람들은 남한테 기부도 많이 하고 그러드라. 걘 네 동생이잖아.”

“남들은 기부하라 마라 하지 않아요.”

“그 양반이 사다리에서 떨어졌어. 전기 일하다. 병원비도 적지 않은데, 후유증이 생길지도 모르는데 걔라도 돈을 좀 벌게 해주면 안 되겠니? 하나뿐인 네 피붙이잖아.”

아주머니를 노려보던 강비가 입술을 뒤틀며 말했다.

“그럼 걔더러 내일부터 여기 와서 풀 뽑으라고 하세요. 이 밭의 풀을 다 뽑으면 그 뒤에 생각해 볼게요.”

“풀? 저 풀?”

풀 소리에 아주머니뿐 아니라 보름의 눈도 커졌다.

“싫으면 관두고.”

마지막 말을 뱉고 강비가 쌩하니 안으로 들어갔다. 조금 더 앉아 있던 아주머니가 의자에서 일어났다. 천천히 덱을 내려와 왔던 길을 걸어갔다.

보름은 다리가 저렸다. 느릿느릿 걸음을 옮기는 아주머니 뒤를 절뚝거리며 따라갔다. 원래 풀을 뽑던 자리로 돌아갔다. 아주머니가 밭을 빠져나갔다.

땡 땡 종소리가 들렸다. 보름은 놀라서 철길을 보았다. 다행히 아주머니는 벌써 시멘트 길에 내려가 있었다.

요란한 소리를 내며 기차가 달려왔다. 흰색 바탕에 청색과 빨간색 띠를 두른 기차였다. 시끄럽게 지나가는 기차를 보다 보름은 깜짝 놀랐다. 차창 안에 빈 의자들만 가득 들어 있었다. 객실마다 빈 의자들만 나란히 앉아서 덜컹거리고 있었다. 흡사 유령을 태우고 가는 기차 같았다. 왜 사람이 하나도 없지? 저런 기차가 왜 다니고 있지? 기차는 쿠궁거리며 제 길을 가고 보름은 한동안 얼이 빠져서 바라보았다. 문득 어제부터 있었던 모든 일이 현실이 아닌 것 같았다. 잔혹한 꿈속에 들어와 있는 느낌이었다. 어떻게 해야 꿈에서 벗어나지? 보름은 주위를 보았다. 순간, 눈에 들어온 넓은 풀밭과 손에 들린 호미가 꿈이 아님을 강력히 시사했다. 온몸에서 힘이 빠졌다. 두 눈 그득히 눈물이 고였다.

보름은 부옇게 흐려진 눈으로 한동안 허공을 보았다. 목덜미가 따끔했다. 보름은 빠르게 제 목을 쳤다.

옆으로 강비가 지나갔다. 짙은 눈썹을 치켜세우고 입을 꾹 다문 채 성큼성큼 철길을 건넜다. 슈퍼카를 타고 어디론가 갔다. 사라지는 차를 바라보다 보름은 돌아섰다. 볕이 여전히 뜨거웠으므로 컨테이너로 돌아왔다. 도시락 뚜껑을 열고 온기가 빠진 밥을 먹었다.

강비는 자기 동생에게도 풀을 뽑으라고 했다. 이미 자신이 하고 있는데 왜 그런 제안을 했는지 보름은 이해되지 않았다. 혹시 그가 아는 가장 무거운 형벌이 풀 뽑는 일인가? 동생이라는 사람이 오면 나는 뭘 해야 하지? 강비에게 물어봐야 하나? 아니면 모르는 척해야 하나? 만약 같이 해도 된다면 이보다 좋은 일은 없을 터였다. 시간이, 고통이 반감될 터였다. 집으로 가는 시간이 당겨질 것이다. 보름은 도시락을 다 먹고 침대에 누웠다. 안락한 집과 안정된 직장, 다정한 해든과 가족을 생각하다 깜빡 잠이 들었다.

한낮의 더위가 꺼끔해졌다. 보름은 선크림을 듬뿍 바르고 모기 기피제도 골고루 뿌렸다. 이 밭의 복병은 종류도 다양한 벌레와 뿌리에 달려 나오는 흙과 뜨거운 태양만이 아니었다. 모기 역시 보름을 괴롭혔다.

이곳의 모기는 어쩌다 한두 마리 출몰하던 집모기와 생김새부터 달랐다. 검은 몸체에 흰색 줄무늬를 가진 숲모기는 빨간집모기보다 크기가 작고 가벼우면서 날렵했다. 그것은 햇볕이 쨍쨍한 대낮에도 팔, 다리, 얼굴, 목, 할 것 없이 좀 따끔하다 싶으면 어느새 침을 박아넣었고 때로는 스쳤다 싶은데도 벌써 물려 있었다. 물린 자리는 금세 부어오르고 견디기 힘들 만큼 가려웠다. 자고 나면 물린 자리는 새빨간 반점으로 변해서 더 가려웠고 며칠이 지나도록 가라앉지 않았다. 집에서 어쩌다 한두 번 물릴 때 침을 바르고, 물파스를 바르고, 손톱으로 십자를 새기면서 호들갑을 떨었던 건 장난이었다. 이곳의 흰줄숲모기는 옷이나 장갑 위로, 심지어 머릿속까지 무차별적으로 공격을 해댔다. 몸이 땀에 젖거나 날이 어두워지면 더 극성스럽게 달려들었다. 첫날 뭣 모르고 잠시 반 팔 옷을 입었다가 모기한테 뜻하지 않은 자비를 베풀고 그 후유증으로 꽤 고생하였다.

보름은 온몸에 모기약을 한 번 더 뿌리고 생수병을 들고 밖으로 나왔다. 그늘에 앉았던 고양이가 바라보다 천천히 엉덩이를 돌려 모퉁이로 갔다.

고된 노동 끝에 희망이

보름은 밭에 쪼그리고 앉았다. 천천히 풀 뽑는 일을 시작했다. 예전에 여행 다니면서 봤던 밭이나 텔레비전에서 언뜻 본 밭들이 깨끗했기에, 그리고 잡초의 끈질긴 생명력에 대한 많은 글과 말을 관념적으로 수용했기에 그것들을 처치하는 일이 이처럼 고되고 힘들 줄은 몰랐다. 잡초들의 저항력이 이렇게 클지 몰랐다. 그나마 다행인 것은 깡패처럼 덩치 크고 완강한 풀이 있는가 하면 한 번의 호미질로 가볍게 뽑히는 것도 있다는 것이었다. 숨 막히는 대기 속에서 보름은 그것들을 하나씩 처치해 나갔다.

방광이 그득히 차올랐다. 뜨거운 볕 속에 컨테이너까지 갔다 올 일이 까마득했다. 생각만으로도 지레 기운이 빠졌다. 강비는 좀 전에 밖으로 나갔고. 보름은 주변을 살피다 풀숲으로 들어갔다. 엉덩이를 까고 모기를 쫓아가며 소변을 보았다. 옷을 여미고 나와 다시 호미를 들었다.

얼마 되지 않아서 뽑아낸 풀이 작은 산을 이루었다. 풀포기들이 워낙 크고 싱싱해서 조금만 뽑아도 양이 많았다. 보름은 두 팔로 풀을 가동그린 다음 무겁게 들고 걸어가서 가시나무 밑에 쌓았다. 사람의 손이 닿지 않은 가시나무는 하늘 높이 자라서 위쪽이 처마처럼 튀어나와 있었다. 나무 위로는 안쪽에서 자란 커다란 활엽수가 몇 개 솟아 있고 아래쪽에는 오래전 강비의 밭이 밭의 용도로 쓰일 때 썼던 낡은 멀칭 비닐들이 무덕무덕 쌓여 있었다. 비닐 무더기 주변은 나무에서 떨어진 몇 개의 푸른 탱자와 농약병과 페트병들이 흩어져 있었다. 보름은 가시나무의 엉성한 틈으로 안을 들여다보았으나 아무것도 보이지 않았다.

보름은 다시 땅을 팠다. 온 힘을 다해 땅을 파다 풀이 쌓이면 들고 가서 가시나무 아래에 쌓았다. 풀을 옮기는 일 역시 쉽지 않았다. 생풀이 생각보다 무거웠고 그걸 한 아름 들고 옮기다 보면 줄기와 잎이 얼굴을 긁거나 간질이고 때론 눈을 가렸다. 또 예전에 파 놓은 고랑이 바닥에 울퉁불퉁하게 남아서 잘못하면 넘어질 수도 있었다. 보름은 무거운 풀을 들고 고개를 빼 길을 보면서, 쪼작쪼작 걸어가 버렸다. 네 번째 버리러 갔다가 가시나무 아래에 쓰러지듯이 주저앉았다. 온몸의 진이 빠져서 더 버티기가 힘들었다.

보름은 무릎을 펴고 달아오른 얼굴을 닦았다. 가시나무에서 초록색의 작고 둥근 열매가 떨어졌고 모기는 때를 놓치지 않고 목덜미를 물었다. 보름이 팔을 뻗어 모기를 쫓는 동안 크고 통통한 개미가 발목을 타고 올라왔다. 보름은 발을 흔들어 개미를 털었다. 그 발끝에서 삼십 센티도 떨어지지 않은 곳에 노래기들이 고물고물 모여 있었다. 온몸에 소름이 돋았다. 보름은 역겨움을 누르며 노래기를 외면했다. 그러자 그 다리 많은 생물이 머릿속에서, 가슴과 팔과 다리 위에서 마구 살아났다. 살아서 꿈틀거렸다. 다른 자리로 옮겨 앉을 기운도 없었다. 보름은 치를 떨면서 붉은 흙을 한 움큼 집었다. 회의를 하듯 모여 있는 노래기들 위에 뿌렸다. 몇 번이고 뿌렸다.

몇 년 전 기쁘게 이벤트를 준비했던 도쿄 지하철역 직원은 참가자 중 한 사람이 이런 고초를 겪을 줄 상상이나 했을까? 그때의 사소했던 행동 하나가 지금 발목을 잡았다. 나를 공격했다. 산다는 것은 사소한 일의 반복이며 집적인데 그 많은 집적 중에서 훗날 나를 공격할 일과 그러지 않을 일을 어떻게 구별하지? 설마, 이 순간도 미래의 고난을 예비하는 중일까? 보름은 세차게 고개를 저었다. 혹시 닥칠지 모를 미래의 고난을 강력하게 거부했다.

보름이 도리질을 하고 있을 때 강비가 철길을 건너왔다. 양손에 검은 비닐봉지를 든 그는 나갈 때보다 한결 기분이 나아져 보였다.

"어제 말한 것들을 좀 샀는데……."

가까이 온 그가 비닐봉지 안에서 청보라색 비닐 장화를 꺼냈다.

"250미리면 되겠죠?"

"넉넉하면 좋죠."

보름은 장화를 받아들고 앉은 자리에서 갈아신었다. 운동화보다 무겁고 발목도 길어서 불편했지만 신발 속에 무시로 들어오는 흙과 풀씨는 막아줄 것이다. 뱀의 습격도 막아줄 것이다. 강비가 그새 손바닥만 한 종이봉투 묶음을 꺼내 보름에게 내밀었다. 눈이 동그래져서 보름이 물었다.

"뭐예요?"

"꽃씨요."

"이걸 어쩌라고요?"

"사다 달랬잖아요. 디기탈 뭔가 하는……."

보름은 얼결에 봉투 묶음을 받아들고 난처한 표정을 지었다.

"풀이 나게 방치하느니 꽃이라도 심으면 좋겠다는 말이었지 사 오란 소리는 아니었는데…… 이 꽃씨, 설마 내가 뿌려야 하는 건 아니죠? 계약 조항에 그건 없지 않았어요?"

"그게 뭐 힘든 일이라고, 내가 뿌리면 되지."

강비가 보름의 손에서 봉투들을 빼앗듯 가져갔다. 꽃씨 묶음을 헐렁한 바지 주머니에 쑤셔 넣고 비닐봉지 안에서 이번엔 꽃무늬가 현란한 천을 꺼냈다. 가볍고 얼룩덜룩한 그것을 보름의 손에 건넸다. 일 바지였다.

"이걸 지금 나 입으라고 사 온 거예요? 완전 시골 할머니들이 입는……."

"어제 그랬잖아요. 신축성 좋고 세탁과 건조가 쉬운 거면 아무거나 좋다고. 그리고 노보름 씨도 지금 시골에서 일하는 중이거든요."

보름은 자리에서 일어났다. 통이 크고 허리에 고무줄이 든 나일론 바지를 강비 앞에 대고 흔들었다.

"아무리 그런다고 어떻게 이런 걸 사 와요?"

"이게 어때서요? 촉감 좋고, 입고 벗기도 좋고 일할 때 편하고 시원하면서 빨기도 쉽고, 또 금방 마르고 세상에 이보다 좋은 일복이 어디 있다고……."

보름이 기가 막혀 말을 잇지 못할 때 강비가 다른 걸 또 꺼냈다.

"이건 티셔츠."

역시 얇고 부들부들하면서 어룽더룽 무늬가 박힌 것이었다. 뭉쳐 쥐면 한 줌이나 될까 말까 한. 역시 시골 장터에서나

볼 것 같은.

일복은 두 벌이었다. 입을 다물지 못하는 보름 앞에 강비가 또 하나의 야심작을 내밀었다. 차양이 큰 모자였다. 목 뒤로 넓은 천이 덧대진. 푸른색 무늬가 가득 박힌 그것이야말로 시골 어른들이 일할 때 쓰는 필수품이었다. 보름이 따져 물었다.

"이거, 다 내 돈으로 사는 거 맞죠?"

"그럼 노보름 씨가 입고 쓸 것인데 내 돈으로 사겠어요? 사다주는 값을 따로 받지 않는 것만 해도 어딘데……."

"아까 어머니한테 받은 스트레스, 지금 나한테 푸는 거 맞죠? 애먼 데 화풀이하는 거죠?"

"누가 어머니예요? 그리고 이게 왜 화풀이예요? 내가 얼마나 많이 생각하고 여기저기 알아보고 사 온 건데……."

"생각하고 산 게 이거예요? 조금만 더 생각했으면 우주복이나 잠수복을 사 들고 왔겠네요."

"아, 그건 몰랐네. 잠수복도 나쁘지 않은데. 뱀이나 모기로부터도 안전하고 빨지 않아도 되고……."

"지금……."

그걸 말이라고 하냐고 외치려는데 휴대폰이 울렸다. 해든이었다. 보름은 깜짝 놀라서 휴대폰을 들고 아래쪽으로 뛰어갔다. 걸음을 멈추고 받으려 하는데 전화가 끊어졌다. 보름은 곧바로 전화를 걸었다. 해든이 받지 않았다. 그새 응급상황이라도 생겼는지 몇 번을 다시 걸어도 받지 않았다. 강비는 기찻길 쪽으로 걸어갔다.

보름은 강비가 두고 간 옷가지와 편의점 봉투를 챙겨 컨테이너로 갔다. 도시락과 우유와 시리얼, 그리고 바나나와 여섯 개 들이 캔맥주 번들을 냉장고에 넣었다. 침대에 걸터앉아서 해든에게 전화를 걸었다. 연결이 되지 않았다. 아까 전화했던데, 내가 계속 걸어도 받지 않네. 무슨 일 있었어? 문자를 보냈다. 한참을 기다려도 답장은 오지 않았다. 한가해지면 전화하겠지. 문자를 하거나.

보름은 맥주 캔을 하나 꺼내 들고 다시 침대에 앉았다. 맥주는 어제 일복을 부탁하면서 주문했던 것이었다. 일을 하면 비 오듯 땀이 쏟아졌고 그렇게 땀을 흘린 뒤에는 웬만큼 물을 마셔도 갈증이 잡히지 않았다. 배가 부르고 속이 뒤집어지는데도 몸은 계속 물을 요구했다. 당연히 밥맛도 없었다. 물을 아무리 마셔도 갈증이 해소되지 않을 때, 맥주를 마시면 좀 나을까 싶어서 사다 달라고 했다.

보름은 아직 냉기가 남은 캔의 뚜껑을 땄다. 목을 젖히고 한 모금 마셨다. 쌉싸름하면서 서늘한 액체가 목을 타고 내려갔다. 두어 모금을 더 마셨다. 쪼그라들었던 세포가 조금씩 펴지는 느낌이 났다. 맥주를 마시는 보름 앞으로 강비가 종이 상자 몇 개를 쌓아 들고 지나갔다.

보름은 캔을 들어 보였다. 강비가 못 본 척하고 지나갔다. 잠시 뒤 빈손이 된 그가 다시 컨테이너 앞을 지나갔다. 돌아갈 때는 손에 야외용 원탁이 들려 있었다. 다음에는 접이식 의자들을 들고 갔다. 그 뒤로도 강비는 차에 어떻게 다 실었을까, 싶을 정도로 많은 걸 들고 갔다. 보름은 맥주를 다 마셨다. 장화 신은 발로 캔을 밟아놓고 밭으로 갔다.

강비는 식품을 냉장고에 넣었다. 밖으로 나와서 덱 위에 흰색 원탁과 의자들을 펼쳐놓았다. 원탁 가운데에 볕을 가릴 커다란 파라솔도 꽂았다.

의자에 앉아서 얼굴에 흐른 땀을 닦았다. 잠시 숨을 고른 뒤 울긋불긋한 그림이 든 종이 상자를 들었다. 겉면에 빅토리아 스타일로 건축된 개폐식 다리와 지금은 박물관으로 쓰이는 쌍둥이 첨탑 사진이 박힌 상자였다. 런던의 템스강에 있는 타워브리지. 상자 왼쪽 위에는 16+ 라는 글자가 씌어 있었다. 사십만 원쯤 하는 가격도 그렇지만 아래 쓰인 4295 pcs 라는 글자가 말해주듯 엄청난 브릭 수도 어린 애들에겐 버거울 것이었다. 강비는 뚜껑을 열었다. 안에는 그가 어릴 때 가졌던 원색의 것과는 비교할 수 없을 정도로 작고 섬세하며 다양한 색과 모양의 브릭이 투명한 비닐봉지들에 담겨 있었다. 아쉽게도 그것들에는 넘버링이 되어 있지 않았다. 어떤 것부터 뜯어 써야 할지 알 수 없었다. 세 권이나 되는 설명서를 일일이 봐가며 필요한 브릭을 찾아 조립하는 수밖에.

강비는 나중에 옮기기 쉽도록 원탁 위에 넓은 판을 깔았다. 맥주를 한 모금 마시고 비닐봉지 하나를 뜯었다. 투명 플라스틱 상자의 많은 칸막이 중 하나에 그것을 담았다. 다른 봉지를 뜯어 같은 작업을 했다. 28개나 되는 봉지를 차례로 뜯어 4295개의 브릭을 모양과 크기에 따라 플라스틱 상자 5개에 정리했다. 분류작업에만 두 시간을 쏟아부은 뒤 강비는 본격적으로 탑을 쌓기 시작했다. 두툼한 가이드북을 봐가며 밑판 작업을 했다. 창문을 꽂고 벽돌을 쌓았다.

강비는 브릭을 쌓고, 쌓고 또 쌓았다. 옥수수알처럼 작은 것을 줍고 길쭉한 판에 계속 꽂을 때는 단순노동이 지겹기도 했다. 돈을 쓰면서 이게 뭐 하는 짓일까 싶기도 했다. 하지만 여행 갔을 때 관심 있게 보았던 다리를 색다른 감흥으로, 끈질기게 조립했다. 몰입이 주는 쾌감 속으로 깊이 빠져 들어갔다. 스시 장인이 뼈에서 완벽하게 살을 발라내듯 번잡한 세상사와 복잡한 인간사로부터 정신을 분리했다.

유명 건축물을 몇천 개의 블록완구로 구현한 그들의 열정이 놀라웠다. 새끼손톱만 한 플라스틱 조각 수천 개가 모여 거대한 건축물을 만들어낼 때, 특이한 모양의 브릭을 보고 이런 것은 대체 어디에 쓰는 거지, 하다가 기막힌 용도를 발견해 냈을 때, 그는 블록 설계자들에게서 원래의 건물 설계자 못지않은 장인 정신을 느꼈다. 웅장하고 세련된 건축물을 작은 플라스틱 브릭으로 재현하려면 얼마나 많은 탐구와 분석이 뒤따랐을지. 그는 오래전 인간이 만든 완벽한 건축물에 대한 경이와 찬탄을 레고 '세계의 건물' 시리즈를 조립하면서 다시 느꼈다.

사위는 조용했다. 가끔 고요를 깨트리는 새들의 지저귐과 브릭이 결합하면서 내는 작은 소리만 허공을 떠돌았다. 그는 직접 공사를 하는 기분으로 벽돌을 쌓고 창틀을 끼우고 모서리를 장식했다. 마니아들 사이에서도 노가다 끝판왕이라 불리는 만치 공사는 더뎠다. 전체 윤곽도 쉽게 드러나지 않았다. 브릭이 사라지는 속도 역시 느렸다.

강비가 플라스틱 조각들을 쌓는 동안 보름은 열심히 땅을 팠다. 간간이 폭음을 내며 기차가 지나갔다. 무겁고 힘든 시간이 느리게 갔다.

보름은 쉽게 어두워지지 않는 여름 저녁이 깊어질 때까지 일을 했다. 사물의 분간이 어려워질 때까지 일을 하면서 자신이 처한 상황을 긍정적으로 생각하려고 애썼다. 삶의 나태와 태만을 환기할 어떤 이벤트, 극기 훈련 정도로 생각하려고 애썼다. 이번 프로젝트를 끝내면 어떤 힘든 일도 다 해낼 것 같은 자신감도 생겼다. 그럴수록 가족과 해든이 그리웠고 그들이 자신을 지탱하는 힘이라는 것을 알았다.

깜깜해질 때까지 일한 덕분에 처음으로 목표량을 달성했다. 강비는 집 안으로 들어갔는지 보이지 않았다. 원탁은 넓은 비닐에 덮여 있었다. 보름은 컨테이너로 돌아왔다.

방 안의 공기가 후끈했다. 보름은 에어컨을 켜놓고 방의 열기가 식을 동안 샤워를 했다. 금방이라도 쓰러질 것 같았지만 기분은 좋았다. 오늘처럼 목표량을 달성한다면 예정된 날에는 집에 갈 터였다. 모처럼 희망이, 그 어느 때보다 현실적인 희망이 눈앞에 보였다.

밥을 먹으면서 보름은 문득 생각했다. 그동안 이토록 치열하게, 죽을힘을 다해서 뭔가를 해본 적이 있었나 하는. 처음부터 보름은 세상을 호령하고 싶은 꿈 같은 건 없었다. 깃발을 들고 나를 따르라고 목청껏 외치는 인물도 되고 싶지 않았다. 자신 안에 중요한 인물이나 특별히 빛나는 존재가 될 만한 소양이 없다는 것을 일찍 간파한 결과였다. 보름의 꿈은 크지 않았다. 부침 없는 안정된 삶, 강비가 말한 까마귀만큼은 아니어도 여우에게 물려가지 않을 정도의 높이에서 휴식할 여유가 있는. 그게 삶의 지향점이자 목표였다. 적당히 노력한 덕분에 보름은 교사라는 흔들리지 않은 직업을 가졌고 해든을 만났다. 좋은 직업과 그에 부합하는 사명감, 성실성만으로도 그는 매우 이상적인 배우자였다. 거기다 냉철한 지성과 따뜻한 가슴, 올바른 가치관까지. 보름은 그를 사랑하지 않을 수 없었다. 그와의 미래가 기대되지 않을 수 없었다.

해든이 몹시 그리웠다. 목소리라도 듣고 싶었다. 보름은 잠들기 전 해든에게 전화를 할까 하다 그만두었다. 거짓말로 점철될 대화의 틈에 자칫 감상이 끼어들까 걱정되었다. 꼬투리를 잡혀서 영원히 해든을 잃을까 저어되었다. 그가 없는 삶은 빈 콩깍지와 다름없을 터였다.

보름은 전화 대신 윤주에게서 받은 메콩강 투어 사진을 보냈다. 오늘은 미토 부처님 공원에서 부처님을 보고 로열젤리 가게에 가서 양봉업자의 쇼를 보았으며 과일 가게에서는 아오자이를 입은 여자들이 부르는 전통 노래를 들었다고, 전통 배를 타고 돌아올 때는 퇴근 시간이랑 겹치는 바람에 길이 막혔다고 상세하게 써서 보냈다. 또 냐옹이라고 불리는 베트남 가옥의 특징에 대해서도 설명했다. 도로에 닿는 면적이 클수록 세금을 많이 부과하는, 프랑스 식민지 시절부터 내려온 법이 지금까지 이어지는 바람에 집을 좁고 길고 높게 짓는 관습이 생겼다고.

얼마큼 당해야 보호를 받나

윤주는 출근 준비를 하고 있었다. 머리를 감고 수건으로 닦고 있는데 인터폰이 울렸다. 동생이 받더니 얼굴을 점점 찌푸리면서 네, 네 하고 대답만 했다. 아침부터 무슨 일이지? 궁금해하는데 알았습니다, 하고 동생이 전화를 끊었다. 그리곤 이씨…… 하며 붉으락푸르락해진 얼굴로 윤주를 보았다.

"금방 경비 아저씨한테 전화 왔는데 일 층 현관 유리문에 뭐가 붙었대. 분명 그 새끼 짓인 것 같아."

씩씩거리며 현관으로 가서 슬리퍼를 신었다. 윤주도 수건을 던져 놓고 따라나섰다. 대체 무슨 짓을 한 거지? 가슴이 벌렁거렸다.

엘리베이터 문이 열리자 유리문이 한눈에 들어왔다. 거기엔 전에 없이 크고 흰 종이가 붙어 있었다. 검적검적 무늬가 얼비치는 것이 글씨가 써진 것 같았다. 윤주는 동생과 함께 현관 앞으로 달려갔다.

"조금 전에 여길 지나가는데 이게 붙어 있는 거요. 뭔가 봤더니……."

경비 아저씨가 가리키는 흰 종이에는 굵은 매직으로 이렇게 씌어 있었다.

'이 동 907호에 사는 나윤주와 모친 강현순은 나윤주의 남자 친구인 나 함동혁에게 팔천만 원을 지급하기로 약속하였음에도 이를 지키지 않아서 조속한 이행을 촉구하며 벽보를 붙입니다.'

이 무슨 망발, 망언인가. 나는 어쩌다 저런 몰지각한 사람을 만나서 이런 험한 꼴을 겪나. 자괴심이 윤주를 괴롭혔다. 깊은 수치심 또한 윤주의 몫이었다. 옆에 있던 동생이 달려들어 벽보를 뜯었다.

분기탱천해서 집에 돌아온 윤주는 동혁에게 전화를 걸었다. 웬일이야, 이렇게 이른 시간에 전화를 다 걸고…… 동혁의 침착한 목소리를 듣자 윤주는 마르지 않은 토사물을 보는 것처럼 역겨웠다. 동혁이 느물거리며 말했다.

"그러니까 왜 내 전화랑 문자를 다 씹어. 또 돈을 준다고 했으면 줘야 될 거 아냐? 만나기는 싫고 돈 주기도 싫고. 양심이 있으면 이런 식으로 나와서는 안 되지. 끝까지 해보자면 또 해보는 수밖에. 다음에는 학교 앞에 붙여볼까? 교육청 앞에도 붙여볼까?"

윤주는 버럭 소리를 지르려다 참았다. 차분하게 말하려 했지만 분노로 목소리가 떨려 나왔다.

"도대체 말이 되는 소리를 해라. 팔천만 원은 무슨 팔천만 원이야. 내가 쓴다고 해도 잘난 척, 있는 척, 배려하는 척 네가 다 써놓고 이제 와서 물어내라고? 또 팔백이면 몰라도 팔천만 원이 말이 돼? 보니까 6월 11일에 먹은 컵라면 값, 그거 너네 회사에서 네가 먹은 거드만. 네가 회사에서 혼자 처먹은 컵라면 값까지 나하고 나누자는 거야? 그리고 네가 무식해서 모르는가 본데 이거 명백한 명예훼손이야. 사실을 적시해도 감방 가고 벌금 무는데 저렇게 허위사실을 유포하면 얼마나 죄가 큰지 알아? 내가 바로 고소할 테니까 너 알아서 해."

고소한다는 말에 겁을 먹었는지 동혁은 한동안 연락을 하지 않았다.

한 일주일 조용한가 했더니 동혁이 학교로 전화를 걸어왔다. 전화를 받은 동료 선생은 할 말이 있으니 윤주의 번호를 알려달라는 동혁의 말에 개인정보라 알려줄 수 없다고 잘랐다. 원하는 것을 얻지 못하자 그는 학교까지 찾아왔다. 다행히 개교기념일이어서 직접 대면은 하지 않았다. 다음날 전직 경찰 출신 학교 보안관이 윤주에게 말했다.

"어제 어떤 젊은 사람이 나 선생을 찾던데요, 좋은 차 타고 와서……, 혹시 결혼할 사람이에요?"

그 말을 듣는 순간 머리가 핑 돌았다. 그가 언제 또 찾아와서 선생과 학생들 앞에서 무슨 짓을 벌일지, 자신이 무슨 창피를 당할지 알 수 없었다. 윤주는 전화번호를 바꿨다. 집 전화는 아예 없애버렸다.

학년 회식이 있는 날이었다. 평소보다 늦게 아파트 공동현관에 들어서는데 검은 물체가 다가왔다. 동혁이었다. 윤주는 지옥에서 풀려난 사자 보듯 놀랐다. 동혁이 그런 윤주의 팔을 잡았다. 그가 소란을 피울까 걱정되었다. 몇 명이나 봤는지 모르지만 얼마 전 벽보 사건도 있었다. 윤주는 꼼짝없이 퍼걸러로 끌려갔다.

어둑한 곳에 윤주를 앉혀놓은 동혁이 이제까지의 기세와 다르게 뱉었다.

"한 번 더 부탁할게. 우리 다시 만나자."

윤주는 입을 열지 않았다. 이럴수록 정나미가 더 떨어진다고 말하고 싶지만 참았다. 사납게 인상을 찌푸리고 앉아서 대답도 하지 않는 모습에 비위가 틀어진 것 같았다. 동혁이 또 폭언을 했다.

"네가 뭔데, 그렇게 잘난 체야. 네가 그렇게 잘났어?"

퍼걸러 앞으로 덩치 큰 대학생이 지나갔다. 윤주는 이때다 싶어 달려나갔다. 그 사람 앞으로 끼어들었다. 동혁은 따라오지 않았다.

그 뒤로도 동혁은 가끔 집 앞에 나타났다. 언제나 그렇듯 어르고 달랬다가 윤주가 들어주지 않으면 왜 갑자기 뒤통수를 치냐, 내 인생 꼬이게 만드냐고 화를 냈다. 내가 들인 돈을 물어내라는 말도 잊지 않았다. 밀고 당기는 실랑이도 적지 않았다.

윤주는 견디다 못해 다시 경찰서로 갔다. 이제 집 앞까지 찾아와 행패를 부린다고, 확실한 격리조치를 취해달라고 요청했다. 사랑싸움이 아니라 엄연한 폭력행위고 스토킹이라고 항변했다. 그래도 어쩔 수 없다는 대답만 돌아왔다. 스토킹이 어느 정도 인정되지만 피해 정도가 약하다는 것이었다. 네가 죽을 때까지 따라다니겠다거나 사회에서 매장해 버리겠다는 따위의 협박성 문자도 없고 밀고 당기는 정도는 신체적 폭력이라고 하기 힘들다는 것이었다. 도대체 얼마나 고통을 받아야 나라로부터 도움을 받을지. 벽돌로 뒤통수를 강타당한 뒤에나 생사를 확인해줄지.

남동생이 윤주의 퇴근길을 지켰다. 접근이 어려워서인지 그는 또 한동안 나타나지 않았다.

잠잠하고 불안한 가운데 열흘이 지났다. 둘의 관계가 이대로 종료되는가, 조심스럽게 전망하던 윤주를 퇴근한 아버지가 불렀다. 동혁에게서 메일이 왔다고. 계속 전화를 걸고 어머니를 만나고 벽보를 붙여도 소득이 없자 그는 윤주의 아버지에게까지 메일을 보낸 것이었다. 윤주에게 보낸 것과 같은. 팔천만 원을 보상해달라는. 윤주는 그간의 일을 아버지에게 알렸다. 좋게 헤어졌다고 생각했는데 좋지 않은 일이 자꾸 생긴다고. 상세한 얘기를 들은 아버지가 무겁게 말했다.

"경찰서에 가자."

윤주는 아버지와 함께 경찰서에 갔다. 안경을 쓴 사십 중반의 형사에게 저간의 일을 얘기하고 임의조치로 접근금지를 해달라고 요청했다. 얘기를 다 들은 형사가 짧은 목을 뽑아 올리며 유감이라는 듯이 말했다.

"개인적으로 힘들고 심각한 사안이지만 이런 경우 우리가 행동하기는 힘들어요. 사건이 생겨야 가능해요."

"어떤 게 사건인데요. 그동안 있었던 많은 일은 사건이 아니라는 거요? 날마다 전화하고 문자해서 만나 달라 돈 달라 괴롭히는데, 직장까지 쫓아오는데 집으로 찾아오기도 하는데 그게 사건이 아니라는 거요? 내 딸이 노이로제에 걸려 죽을 지경인데, 스트레스로 일상생활조차 힘든데, 더 큰 일이 벌어지기를 기다려야 한단 말이요?"

아버지가 눈이 튀어나올 만큼 화를 냈다.

"그 마음은 충분히 알지만 그래도 저희로서는……."

"얼마 전에 전화를 통명하게 받았다고 여자 친구를 감금하고 폭행한 사건 있었잖아요. 헤어지자 했다고 집에 찾아가서 벽돌로 머리를 내리쳐 살해한 사건도 있고, 내 딸이 그렇게 폭행당하고 죽어 나가면 그때 당신들이 책임질 거요? 내 딸이 죽고 나서 경찰에 신변 보호를 요청했는데 받아주지 않았다고 언론에 떠들면 그땐 어떻게 할 건데요. 당신들은 감봉이나 받고 끝나니까 그래도 괜찮다는 거요?"

"진정하시고, 이럴 때 우리도 힘듭니다. 하지만 지금으로선 개입이 힘들어요."

"사람을 살리는 게 먼저지, 죽고 난 뒤에 뒤처리하는 게 경찰 일이요? 그놈이 내일이라도 무슨 짓을 벌일지 모르는데……."

"이런 사람에게 선불리 접근금지를 했다가는 분개해서 더 큰 일을 저지를 수도 있어요. 어설피 건들었다가 더 피해를 볼 수도 있어요. 그러면 이렇게 하면 어떻겠어요? 그 사람 번호를 주시면 제가 말을 한 번 해보는 건……."

윤주가 번호를 넘겼고 형사가 전화를 걸었다.

"여기는 ㅇㅇ 경찰서고 저는 형사 김진만입니다. 아니 보이스피싱 아니고 진짜 형사입니다. 진짜 형사라니까요. 저기요, 함동혁 씨! 함동혁 씨!"

전화가 끊겼다. 형사가 다시 전화를 걸었다.

"함동혁 씨! 잠깐, 잠깐 전화 끊지 마시고, 저기 나윤주 씨라고 아시죠? 제일 초등학교에 교사로 재직 중인…… 그분과 그분 아버님이 지금 경찰서에 오셨어요. 함동혁 씨에게 접근금지 신청을 해달라고. 제가 잠깐 말려놓고는 있는데 아 젊은 분이, 직업도 있고 사진 보니까 인물도 괜찮고만 멀쩡한 양반이 왜 그러세요. 젊은 사람들이 만났다 헤어질 수도 있지 안 만나 준다고 그렇게 찾아다니고 괴롭히면 어떡합니까. 그거 스토킹이잖아요. 요즘 스토킹 처벌이 얼마나 강해졌는지 알아요? 한 번만 더 그러면 이쪽에서 바로 고소 들어갑니다. 앞날이 창창한 젊은 사람이 고소당해서 좋을 일이 뭐 있겠습니까. 이쯤 해서 자중 좀 해주시고 예, 예, 전화 끊겠습니다. 예 그러세요."

아버지는 말 나온 김에 벽보 건을 들어 고소하겠다고 말했다. 명예훼손으로. 경찰은 이번에도 신중할 필요가 있다고 조언했다. 고소장을 넣으면 그쪽에서는 분명히 잘못했다, 다시는 안 그러겠다, 용서해달라 빌 텐데, 진심으로 반성하는 것 같아서 취하해주면 다음에 또 그런 일이 있을 때 고소를 못한다는 것이었다. 그래도 경찰의 전화가 어느 정도 효과가 있었는지 동혁은 또 한동안 잠잠했다.

그사이 방학이 되었고 윤주는 호찌민으로 갔다. 방학이 끝날 무렵 돌아올 예정으로.

어설픈 일꾼

보름은 텁텁한 입에 바나나를 까서 넣었다. 우물우물 씹으며 전날 탁자 위에 던져두었던, 꽃무늬가 조악한 일복을 집었다. 거부할 수 없는 데서 오는 약간의 자괴감을 누르며 옷을 걸쳤다. 매무새를 위아래로 살펴보고 앞뒤로 굽어보았다. 몸치장은 영장류의 중요한 사회화 과정이라는데 사회화는커녕 되레 퇴화하는 기분을 느끼며 보름은 팔을 좌우로 흔들어보았다. 두어 번 앉았다 일어서도 보았다. 얇고 가볍고 흐늘거리는 천이 팔다리를 자유롭게 했다. 어떤 행동이든 거침이 없도록 도왔다. 보름은 목에 손수건을 둘렀다. 무지성과 몰감성의 표본 같은 옷에 약간의 부끄러움을 느끼며 밖으로 나갔다.

사 일째라서 일은 어느 정도 가닥이 잡혔다. 약간의 루틴도 생겼다. 새벽에 눈을 뜨자마자 밭으로 가서 한낮이 되기 전까지 일을 하고 태양이 뜨거운 서너 시까지는 안에서 쉬다 열기가 수그러들 때 다시 나가 어두워질 때까지 하는 것, 그게 최선이었다. 일에 요령이 조금 붙고 근육이 적응하면서 쉬는 시간의 주기도 조금씩 길어졌다.

종소리가 들리고 포효하면서 기차가 달려왔다. 보름은 고개를 돌렸다. 선 자리에서도 기차가 잘 보였다. 전날 봤을 때와 달리 기차 안에는 지치고 무표정한 얼굴들이 꽤 보였다. 출근하는 사람들 같았다. 기차가 긴 꼬리를 감추며 사라졌다.

첫날 뽑아낸 자리에서는 벌써 새 풀이 올라오고 있었다. 전에 뽑아낸 것과 다른 종류의 풀 같았다. 언젠가 엄마의 친구가 한 말이 떠올랐다. 지방대 교수 부인이며 본인도 얼마 전까지 교직에 몸담았던 그 사람은 싱싱한 유기농 채소를 먹는 즐거움과 마을의 토박이 어른들과의 불완전한 교류와 깨끗한 잔디가 요구하는 노동력의 정도에 대해 길게 얘기한 뒤, 텃밭에 직접 농사지었다는 고구마와 땅콩 등을 내놓고 덧붙였다. 씨 뿌리고 수확하는 기쁨은 말할 수 없이 큰데 온갖 풀과 벌레들이 같이 먹고 살자고 덤비는 통에 죽을 맛이라고. 한 가지 풀을 뽑고 돌아서면 다른 풀이 돋고 또 뽑고 돌아서면 복수하듯이 다른 풀들이 돋아난다고. 유기농의 길이 너무 멀고 험난하다고.

풀씨들은 종류별로 나는 시기가 다른가? 땅속에 묻혀 있다가 자기 차례가 되면 하나씩 세상 밖으로 나오는가? 순서가 되면 등장하는 연극무대의 배우들처럼?

문득 불길한 생각이 들었다. 강비가 새로 나는 풀까지 없애라고 하면 어쩌지, 하는. 그렇게 되면 풀이 다 죽는 겨울까지 이곳을 떠나지 못할 것이다. 직장으로의 복귀도 해든과의 결혼도 어려워질 것이다. 인생 자체가 흔들릴 것이다. 엉망진창이 될 것이다. 강비를 찾아가 물어봐야 하나? 새 풀까지는 절대 아니라고 확답을 받아놓아야 하나? 초조해하다 보름은 생각했다. 괜히 찾아가서 아무 생각 없던 강비에게 빌미를 잡히면? 잠든 악의를 깨우게 된다면? 그것도 아닌 것 같았다. 약정서에 새로 난 풀에 대한 언급이 없으므로 별일은 없을 거라고, 보름은 불길한 생각을 떨쳤다. 어제 마지막 풀을 뽑았던 자리에 쪼그려 앉았다. 호미를 허공에 박았다.

눈앞에 억세고 큰 풀이 나왔다. 호미로 몇 번이나 찍었지만 꼼짝하지 않았다. 풀의 뿌리가 굵고 깊어서 힘만 들 뿐 호미가 잘 먹지 않았다. 보름은 낫을 들었다. 낫질 역시 쉽지 않았다. 서툴러서인지 힘을 쓴 만큼 잘 베어지지 않았다. 나중에 알았지만 베어낸 자리에서는 풀이 더 빨리 자랐다. 보름은 낫으로 풀을 베다가 끝으로 뿌리를 찍기 시작했다. 그것은 호미보다 가볍게 휘둘렀고 뾰족한 부분으로 줄기 끝을 찍었으므로 흙을 달고 나오지도 않았다. 그러나 낫 끝이 힘의 중심과 멀어서 정확도가 낮았다. 그만큼 위험하기도 했다. 훨씬 많아진 팔 동작도 부담스러웠다. 보름은 호미와 낫을 번갈아 쓰며 풀을 찍었다. 그렇다고 삽을 아주 팽개치지도 않았다. 일은 쉴 수 없고 오랜 오리걸음으로 허벅지와 종아리가 굳고 아플 때, 반복되는 동작으로 팔과 다리의 긴장이 턱없이 높아졌을 때 보름은 삽을 들었다. 삽질을 하며 굳은 근육을 풀었다.

보름은 다시 낫을 들고 큰 풀의 뿌리를 찍었다. 열 번, 스무 번, 같은 동작을 반복하다 뭔가 잘못됐다는 느낌을 받았다. 손목이 살짝 비틀린 느낌. 허공에서 낫이 비껴간 느낌. 동시에 손끝에 통증이 왔다. 보름은 속으로 외쳤다. 찍혔구나. 아픔보다 짜증이 먼저 밀려 왔다. 보름은 장갑을 벗었다. 왼손 검지 끄트머리에서 피가 흘렀다.

보름은 컨테이너로 가서 상처 난 손가락을 물로 씻었다. 생각보다 상처는 깊지 않았다. 보름은 안도하며 여행 가방에서 소독약을 꺼내 소독하고 연고를 바른 뒤에 일회용 밴드를 붙였다. 밴드 속의 작은 거즈가 금세 피로 물들었다. 우울하고 힘들었지만 보름은 생각을 고쳐먹었다. 이만한 게 얼마나 다행이냐고, 만약 뼈가 드러날 만큼 상처가 깊거나 아예 손가락이 잘렸다면, 아픈 것도 견디기 힘들겠지만 풀 뽑는 일에 차질이 클 터였다. 집에 가는데 문제가 될 터였다. 보름은 더 큰 상처를 예방하기 위한 백신이었다고 생각하며 성한 손으로 상처 부위를 눌렀다. 탈이 없기를 바라며 침대에 누웠다. 오 분만 쉬었다 나갈 생각이었다.

희뿌연 하늘 아래 새들이 저마다의 소리로 울었다. 어떤 새는 작고 날카로운 소리로 삐이 삐이 울고, 어떤 새는 목이 눌린 소리로 깍 깍 울었다. 또 어떤 새는 낮고 음울한 소리로 꾸 꾸꾸, 꾸우 꾸꾸 하고 울었다.

울적하고 슬펐다. 이 모진 시간에 대한 소회를 누구와 나눌 수만 있어도 견디기가 수월할 것 같았다. 이 고통을 아무에게도 털어놓을 수 없다는 사실이 마음을 더 무겁게 했다. 외롭고 지치게 했다. 보름은 누구라도 붙잡고 말하고 싶었다.

이런 날씨에 하루 종일 풀을 뽑아 본 적이 있나요?

악의가 느껴지는 풀을 본 적 있나요?

세상에 곤충이 이렇게 많은 줄 몰랐어요.

잠결에 누군가의 소리가 들렸다. 아주머니가 문 앞에서 소리치고 있었다.

"아가씨! 아가씨!"

보름은 침대에 붙은 몸을 억지로 일으켰다. 떠지지 않는 눈을 십 초쯤 더 감고 있다가 뜨고 물었다.

"왜요?"

“나와서 얘한테 연장 좀 줘. 일도 가르쳐주고…….”

아주머니가 덩치 큰 청년을 가리켰다. 강비가 풀을 뽑으라고 한 준열인 것 같았다. 보름은 난감했다. 조용히 일하다 때가 되면 흔적 없이 사라지고 싶은데 나타나는 사람의 수가 늘고 있었다. 절대 좋은 일은 아니었다. 지금으로선 회피할 방법도 없었다.

보름은 내키지 않는 눈으로 새 얼굴을 일별했다. 회색 맨투맨 티셔츠에 조거팬츠를 입은 준열은 눈이 작고 눈빛도 흐렸다. 또 콧대도 높지 않은 데다 걸어오느라 힘들었는지 입을 벌리고 있어서 약간 맹한 인상이었다. 아침부터 이런 데 끌려온 것이 몹시 못마땅한지 부루퉁한 얼굴이었다. 저런 몸으로 일을 할 수나 있을까. 그러고 보니 강비로부터 다른 일을 하라는 말이 없었다. 같이 해도 된다는 뜻인가? 보름은 냉장고로 갔다. 그녀의 차림에 아주머니의 떼꾼한 눈이 더 커졌다. 준열의 작은 눈도 커졌다. 뭐 어때? 편하면 되지. 보름은 냉장고에서 물병을 꺼내 들고 밖으로 나왔다. 아주머니가 스물너댓쯤 돼 보이는 덩치 큰 아들에게 일렀다.

“너 군대도 안 갔다 왔잖아. 그러니까 여기가 군대다 생각하고 며칠만 잘 버텨봐. 이 풀을 다 뽑으면 형이 PC방 차려준다니까. 그러면 너 그날부터 바로 사장되는 거야. 생각해 봐라. 날마다 게임하면서 돈도 벌고 사장 소리 듣고, 또 너 좋아하는 것들도 마음대로 먹고 얼마나 좋겠니?"

하나라도 뽑으면 내게 이득이지. 보름이 생각하는 사이 준열이 불퉁하게 내뱉었다.

"한 번도 안 해봤는데 어떻게 하라고, 아 씨 나 하기 싫다고."

준열의 불만투성이 얼굴 너머로 이동주택의 창문이 보였다. 그곳에 강비의 표정 없는 얼굴이 얼비쳤다.

"누구는 처음부터 잘하니? 다 배워서 하는 거지."

아주머니가 아기 달래듯 준열의 엉덩이를 두드리다 소리를 낮췄다.

"너 혼자 하는 거 아니잖아. 저 누나가 열심히 하니까 너는 깔짝깔짝, 시늉만 하고 있으면 돼."

그래도 준열은 투덜거렸다. 아주머니가 목소리를 키웠다.

"아들! 일 잘하고 있어. 엄마는 얼른 가서 밥해 올게. 이따 형이랑 맛있게 먹자."

준열의 불만이 더 터질까 두려워하며 돌아섰다. 밭을 벗어나기 위해 빠른 걸음을 옮겼다.

"아, 나 못해. 이거 못 한다고!"

준열이 아주머니의 등에 대고 소리쳤다. 저만치 가던 아주머니가 돌아보고 주먹을 쥐어 보였다.

"그러지 말고 잘해봐. 우리 사장 아들 파이팅!"

아주머니가 바쁜 걸음을 걸었고 보름은 창문을 보았다. 강비의 얼굴이 사라지고 없었다. 밖으로 나오려나? 내게 다른 일을 하라고 하려나? 기다렸지만 그는 나타나지 않았다.

"따라오세요."

보름은 준열의 손에 연장 포대를 넘기고 앞장서서 걸었다. 준열이 어기적거리며 따라왔다.

한 차례 시범을 보인 보름이 준열에게 호미를 넘겼다. 그가 짜증을 내며 어설프게 쭈그려 앉았다. 보름의 몸통만 한 허벅지를 억지로 구기고 한 손으로 어정쩡하게 호미질을 했다. 풀을 한 개 뽑고 일어서서 벌게진 얼굴에 흐른 땀을 닦았다.

보름은 첫날의 자신을 떠올렸다. 쪼그리고 앉으면 무릎과 허벅지가 아프고 다리를 펴고 엉덩이를 쳐들면 허리가 아프고. 머리로 피가 쏠리던. 그래서 다리를 쪼그렸다가 폈다가 다시 쪼그리기를 반복하며 몸부림을 쳤던. 덩치가 산 만한 준열은 몇 배나 더 힘들 터였다. 저 터질 것 같은 다리로 쭈그려 앉는 것 자체가 고역일 것이다. 예상대로 준열은 얼마 견디지 못했다. 일을 시작한 지 십 분도 안 돼서 휴대폰을 들었다.

"나 못하겠어. 아 존나 덥고 힘들다고. 왜 나한테 이런 일을 시키고 그래? 어떻게 참고 하라고! 엄마는 안 해봤잖아. 몰라. 몰라. 엄마가 와서 해봐."

한껏 성질을 부리던 준열은 자기 어머니가 다급하게 제시한 미래에 마음이 누그러진 모양이었다. 다소 작아진 목소리로 알았어, 하고 전화를 끊었다.

보름은 물병을 내밀었다. 준열이 목을 젖히고 500ml 병 하나를 단숨에 비웠다. 마지못해 다시 호미를 들었다. 보름은 낫을 들었다. 둘이 풀을 제거해가는 동안 가시나무 안쪽의 나무에서 매미가 발작하듯이 울었다. 모든 생명체의 근원인 태양은 둘의 머리 위에 뜨거운 은혜를 아낌없이 퍼부었다. 죽죽 땀을 흘리던 준열이 풀 무더기 위로 털썩 앉았다. 버려진 봉제 인형처럼 앉아서 다시 휴대폰을 들었다.

"나 좀만 더 했다가는 죽을 것 같아."

아주머니가 뭐라 하는지 잠시 듣던 준열이 소리쳤다.

"엄마는 내가 죽어도 좋아? 아, 진짜 진짜라고. 열나 힘들어. 나 그냥 갈 거야. 갈 거라고!"

전화기 속의 아주머니가 열심히 달래는 듯했다. 보나 마나 풀 뽑기라는 임무의 당위성을 직접적으로, 상세하게 설명할 터였다.

"앗 따거! 아씨 모기는 또 왜 이렇게 많아!"

준열이 두툼한 손으로 자신의 목덜미를 쳤다. 컨테이너가 멀지 않은 곳이었다. 보름은 컨테이너로 가서 모기 기피제를 들고 왔다. 전화를 끊고 널브러지듯이 앉은 준열에게 뿌려주고 수건으로 목을 싸매게 했다.

"아씨 시간도 존나 안 가네. 하, 이걸 언제 다 뽑으라고."

준열이 불만 그득한 눈으로 햇볕이 범람하는 밭을 보았다.

"이걸로 해볼래요? 서서 하면 좀 나을 수도 있으니까."

보름은 괭이를 내밀었다. 얼굴이 벌건 준열이 괭이를 받아 들었다. 손등으로 이마의 땀을 훔치고 나서 괭이질을 했다. 서툰 동작으로 몇 개의 풀을 찍어놓고 땅바닥에 주저앉아서 흙을 털었다. 몇 번 반복하던 준열이 장갑을 벗어 던지고 벌컥벌컥 물을 마셨다. 배가 나와서 괭이질도 쉽지 않은 것 같았다. 아니면 일머리가 너무 없든지. 보름은 묵묵히 밭에 힘을 쏟았다. 갑자기 준열이 말했다.

"형수님은……."

보름이 깜짝 놀라서 소리쳤다.

"지금 누가 형수예요?"

이해되지 않는다는 얼굴로 준열이 물었다.

"형과 결혼할 사이라면서요?"

"아직 결혼한 것도 아니잖아요. 듣기 불편하니까 그렇게 부르지 마세요."

"그래도 형수님인데……."

"하지 말라고요!"

보름이 화를 냈다. 인상과 달리 준열은 변죽이 좋은지 아랑

곳하지 않고 말했다.

"형수님이랑 같이 하게 돼서 정말 다행이에요."

어차피 며칠 뒤면 다시 안 볼 사람들, 호칭이 무슨 의미가 있을까. 보름은 체념했다. 언성을 높여 제재할 기운도 없었다. 그사이 준열이 경외감을 감추지 않고 말했다.

"형수님은 어떻게 그렇게 일을 잘하세요? 나는 저것 조금 하고도 죽을 것 같은데…… 정말 대단해요."

보름은 땅바닥에 앉았다. 타는 목을 물로 가라앉히고 준열을 향해 입을 열었다.

"처음에는 나도 금방 쓰러질 것 같았어요. 죽을 것 같고…… 며칠 버티다 보니 조금 나아지긴 했는데 지금도 힘들긴 마찬가지예요. 참고 견디는 거지……."

"근데 이 빡센 일을 왜 혼자서 하고 있어요? 저 싸가지는 펑펑 노는고만……."

왜 하냐고? 보름은 재빨리 머리를 굴렸다.

"내가 꽃을 좋아하거든요. 그래서 큰 꽃밭을 갖고 싶다고 했더니 강비 씨가 여기로 데리고 왔어요. 하고 싶은 대로 해보라고. 마침 살도 찌고 해서 다이어트 할 겸 시작했어요."

"일은 좀 시원해지면 해도 되잖아요. 하필 이 더운 때 고생을 해요? 그리고 그 몸에 뺄 살이 어디 있다고……."

"우리 그만 쉬고 일하죠. 아버지가 병원에 계시다면서요.

얼른 돈 벌어야지."

얘기가 길어져 봐야 좋을 게 없었다. 보름이 어르듯이 말했다. 그 말에 준열의 작은 눈이 깜짝 커졌다.

"우리 아빠가요? 누가 그래요?"

"그쪽 어머니가, 저번에 그러시던데 전기 일하다 떨어지셨다고……."

"정말요? 정말 그랬다고요?"

"네."

"에이, 그거 구라에요. 경찰을 피해서 도망가다 그런 거예요."

"경찰을…… 왜요?"

준열은 보름이 자신의 가족사를 충분히 알 거라 생각해선지, 아니면 얘기를 핑계로 더 쉬고 싶어서인지 스스럼없이 이야기를 풀었다.

"한 달쯤 전이었나? 아빠가 집에 오는데 음주단속을 하더래요. 마침 술을 마신 뒤라 차를 저만치 대놓고 자는 척을 했대요. 한참 그렇게 있으니까 경찰이 와서 당신 음주운전 한 거 아니냐, 물어서 아빠가 아니다 너무 피곤해서 차를 대놓고 한숨 자고 있던 중이다, 그랬대요. 그러니까 경찰이 그럼 여기까지는 어떻게 왔냐, 일단 내려봐라, 해서 아빠가 차에서 내렸다가 바로 토껴버렸대요. 그 뒤로 몇 번 출두명령이 온

걸 다 생깠는데 어느 날 누가 초인종을 누르더래요. 밖을 보니까 경찰이 있는 거예요. 혹시라도 문을 따고 들어올까 봐 베란다 밖으로 달아나다 떨어진 거예요."

"집이 몇 층인데요?"

"십이 층요."

"거기서 탈출을 시도했다고요?"

"우리 아빠가 와꾸도 좋고 특수부대 출신이거든요. 현역 때 낙하 훈련을 많이 해서 쉽게 생각한 거 같아요. 청바지 두 개를 묶어서 그걸 베란다 난간에 묶고 일단 아래층으로 내려간 다음에 도망치려고 했는데 바짓가랑이가 찢어지는 바람에 그대로 밑으로 슝! 다행히 나무 위로 떨어져서 크게 다치지는 않았고, 완전 운이 좋았던 거죠."

"음주운전이면 벌금 내고 벌점 맞으면 끝나지 않아요? 십이 층에서 목숨 걸고 뛰어내릴 정도는 아니지 않아요?"

사고만 내지 않았다면. 보름은 뒷말을 차마 잇지 못했다.

"나도 음주운전 때문에 우리 아빠가 오버한 줄 알았는데 나중에 보니까 노래방 하는 여자랑 바람이 났었더라고요. 이 년 사귀었다나. 여자가 헤어지자고 해서 다퉜고 그 과정에서 폭력을 좀 썼나 봐요. 아빠는 그 여자가 폭행으로 신고한 줄 알고, 잡히면 바로 구속될 줄 알고 달아나다가 그렇게 된 거였어요."

"준열 씨 어머니는 뭐랬어요?"

보름의 물음에 준열이 신이 나서 말했다.

"아빠가 아주 말을 잘했어요. 그 여자는 꽃뱀이다, 여럿이 술을 마셨는데 괜히 나한테만 성추행했다고 돈을 내놓으라고 억지를 썼다. 말로 하다 안 돼서 한 대 친 게 그렇게 됐다. 하고 둘러댔죠. 그래서 무사히 넘어갔어요."

"그런 일이 있었네요. 이제 진짜 일하게요. 언제든 할 거 빨리 끝내면 좋잖아요."

보름이 부드럽게 권유했다. 그가 풀을 한 개라도 더 뽑도록, 자신의 일을 한 뼘이라도 줄이도록 부추겼다. 준열은 엉덩이를 뗄 생각조차 하지 않았다. 코끼리 다리 같은 다리를 쭉 뻗고 앉아서 모자로 부채질을 해가며, 육중한 몸에 비해 상대적으로 가벼운 입만 계속 놀렸다.

"이런 밭에 풀 대신 참외나 멜론, 아니면 토마토나 수박 같은 것이 멋대로 나고 자라면 얼마나 좋아요? 그러면 힘들게 뽑아낼 필요도 없고 맛있는 걸 그냥 따서 먹기만 하면 되는데, 왜 쓸데없는 풀만 졸라 나서 사람을 개고생 시키는지…… 그러고 보면 신이 좀 멍청한 것 같아요. 성격이 아주 못됐거나……."

보름은 웃음을 터트렸다. 신이 멍청하고 못됐다는 말을 독실한 크리스천인 해든 어머니가 들으면 기절할 것 같았다.

그러다 이게 얼마 만에 웃는 웃음인가, 하는 생각이 들었다. 예정대로라면 지금쯤 윤주랑 낯선 거리, 낯선 사람들 속을 깔깔거리며 다니고 있을 것이다. 날마다 입에 함박웃음을 걸고 있을 것이다. 보름은 긴 숨을 내쉬고 나서 말했다.

"다른 짐승이나 벌레들에게는 저렇게 빽빽하고 무성한 풀이 좋을 수도 있겠죠. 신이 돌봐야 할 게 인간만 있는 게 아니니까……."

낡은 시멘트 길을 타고 가는 트럭에서 확성기 소리가 들렸다. 깨진 유리 갈아 끼우세요. 세탁기 고쳐요. 뜯어진 방충망 고칩니다. 둘은 잠시 확성기 소리에 귀를 기울였다. 달려드는 모기를 쫓으면서.

트럭이 지나가자 다른 소리들이 몰려왔다. 참새들이 짹짹거리는 소리. 멀리서 낮게 웅웅대는 비행기 소리. 먼 마을에서 개가 짖는 소리. 연한 바람이 수풀을 흔드는 소리.

언제 나왔는지 강비가 비치 파라솔 아래 있었다. 고개를 숙이고 열심히 레고를 조립하고 있었다.

준열이 슬그머니 괭이를 들었다. 괭이 날을 쳐들었다가 두 팔을 뻗으며 땅을 찍었다. 보름도 일을 시작했다. 숨 막히는 볕 아래서 둘은 간간이 얘기를 하며 때론 말없이 풀을 뽑았다. 혼자 할 때보다 풀이 사라지는 속도가 눈에 띄게 달랐다. 보름은 이곳에 온 뒤 처음으로 기분이 좋았다.

태양이 모닥불처럼 활활 타올랐다. 시간이 갈수록 더위와의 싸움이 모질어졌다. 준열은 두어 개 뽑고 쉬고 서너 개 뽑고 물을 마셨다. 생각보다 좀 버티네. 이대로라면 낼모레면 다 끝나겠다. 확실히 집에 가는 시간이 당겨지겠다. 보름이 희망의 바다에 한 발을 적실 때, 준열이 갑자기 괭이를 팽개쳤다.

"저 싸이코 변태 새끼! 지는 뭐가 잘났다고. 피씨방을 해주든지 말든지……."

목에 건 수건을 내던지고 왔던 길로 성큼성큼 걸어갔다. 붙잡아도 소용없을 몸짓이고 행동이었다. 보름은 준열의 단호한 뒷모습에서 눈을 돌렸다. 강비는 아까와 똑같은 자세로 레고를 맞추고 있었다. 그의 곁에서 흥겨운 재즈 음악이 흘러나왔다.

보름은 체념하고 제 앞의 풀에 시선을 주었다. 풀 뽑는 일에 집중했다. 방광이 차면 화장실에 가서 비웠고 피로가 쌓이면 뽑은 풀 위에 앉아서 쉬었다.

친절한 조언

아주머니는 열한 시가 넘어서 왔다. 너무 뜨거워서 보름이 오전 일을 그만 마칠까 하던 참이었다. 피크닉 도시락통을 들고 온 아주머니는 아들이 보이지 않자 얼굴색이 변했다. 양산 밑에서 한숨인지 탄식인지를 뱉고 나서 그래도 확인해야겠다는 듯이 보름에게 물었다.

"우리 준열이는?"

"아까 갔어요. 죽어도 못하겠다고……."

아주머니가 멀찍이 보이는 강비를 사납게 흘기며 뱉었다.

"저 새끼가 사람을 괴롭히는 게 취미야. 지 애비를 닮아서 인정머리라곤 눈곱만치도 없어. 이깟 놈의 풀이 뭐라고, 제초제 쓰면 한 방에 끝날 것을…… 지는 허구한 날 빈둥거리면서 사람을 아주 못살게 굴어."

보름은 철도 옆의 긴 밭을 보았다. 잎이 큰 작물 외에는 아무것도 없는, 일하는 사람을 한 번도 보지 못했는데 비현실적으로 깨끗하고 고슬고슬한 흙. 그게 다 제초제 때문이었다고? 보름이 놀라워하는 사이에 아주머니가 물었다.

"아가씨는 저런 놈이 뭐가 좋아서 결혼까지 하려고 그래?"

갑작스러운 질문이었다. 보름은 당황해서 대답했다.

"키가 크고 잘생겼잖아요. 돈도 많고……."

아주머니가 매우 위험한 생각이라는 듯, 아주 그릇된 생각이라는 듯 고개를 휘휘 저었다.

"내 이럴 줄 알았다니까. 아직 젊고 세상을 잘 모르니까 인물 좋고 돈 많으면 만사 오케이일 줄 아는데 세상 그렇게 호락호락하지 않아. 절대 만만치 않어."

"인물 좋고 돈 많아서 나쁠 건 또 뭔데요?"

약간 어깃장을 놓는 물음에 아주머니가 눈을 빛냈다. 물정 모르는 젊은이 하나 갱생시킬 좋은 기회라는 듯 톤을 높였다.

"옛날부터 인물이 좋으면 꼭 인물값 한다고 했는데, 왜 그런 말이 있겠어. 꽃에 벌 꾀듯이 주위에 여자가 많이 꼬이니까 아무래도 바람을 피울 테고 집에 잘 안 들어올 테고, 그러면 얼마나 머리 아프고 속이 썩어 문드러지겠어."

못생기면 또 꼴값한다고 하잖아요, 하려다 보름은 입을 다물었다. 아주머니가 열정적으로 다음 말을 쏟아냈기 때문이었다.

“그거 안 봤어? 돈 많은 재벌 회장이 자살했다는 얘기, 심심찮게 뉴스에 나오기도 하잖아. 재산이 수천억이라는 재벌 회장 딸도 죽었고. 우리 같은 사람들이야 돈만 있으면 세상이 전부 꽃밭이겠지만, 죽어도 죽지 못하겠지만 그런 사람들은 안 그러잖아. 아주 쉽게 목숨을 끊어 버리잖아. 우리는 먹고 살려고 온갖 수모와 창피 다 견디고 사는데 그런 사람들은 언제 그래 봤겠어? 대접만 받아봤지. 그러다 보니까 우리 보기는 아주 작은 걱정을 키우고 키우다 못 참고 숨을 끊는 거지. 그러니까 아가씨도 돈만 보고 덤볐다가 인생 망치지 말고 사람을 봐. 세상에 돈은 없어도 성격 좋고 자상한 남자가 널렸어.”

아주머니 눈까풀에 발린 파란색 펄 아이섀도우와 속눈썹에 고르지 못하게 발린 마스카라를 보면서 보름은 남한테 돈을 구걸하는 것보다는 백번 낫지 않아요? 하려다 말이 더 길어질까 봐 짧게 말했다.

“그건 그래요.”

“그렇지? 아가씨가 똑똑해서 그런지 말이 좀 통하네. 그러니까 쉽게 결혼하려고 하지 말고 사람을 더 알아본 뒤에 결정해도 늦지 않아. 인생 짧지 않아. 길어.”

보름의 대답이 흡족했는지 아주머니가 몸을 돌렸다. 걸음을 옮기려다 말고 돌아서서 보름의 팔을 잡아끌었다. 왜요? 아, 잠깐만요. 외치고 보름은 물병과 수건을 챙겼다. 아주머니가 보름을 끌고 이동식 주택으로 갔다. 화장실에 갔는지 강비는 보이지 않았다.

아주머니가 보름을 세워놓고 강비의 창을 두드렸다. 잠시 뒤에 강비가 밖으로 나왔다. 두 사람이 나란히 서 있는 걸 의아한 눈으로 보았다. 아주머니가 조금 전 욕할 때와 사뭇 다른 어조로 강비에게 말했다.

"준열이가 어떻게든 하려고 애쓰다 죽을 것 같다고 갔다."

강비가 퉁명스럽게 받았다.

"그래서요?"

"풀은 농약 치면 간단하잖아. 트랙터로 싹 갈아엎든지. 너 돈 많으니까 사람 몇 사면 깨끗이 정리되는데 굳이 이 뜨거운 날, 덩치도 크고 햇빛 알레르기마저 있는 애한테 꼭 뽑으라고 해야겠니? 그러다가 사람이 죽어 나가."

아주머니가 힐끗 눈치를 보다 덧붙였다.

"정 손으로 해야 한다면 내가 할까?"

"그러든지요."

강비의 말투는 여전히 퉁명스러웠다. 강비와 아주머니 사이에 완충 역할을 할 필요가 없어 보였다. 보름은 덱의 끝에 걸터앉았다. 두 사람을 등지고 앉아서 느린 동작으로 장갑을 벗었다. 아주머니는 귀가 간지러울 정도로 부드럽게 말했다.

"네가 맘 좀 너그럽게 써 줘. 걔가 철이 없어서 그렇지 착하잖아."

"착하니까 착한 그대로 잘 살게 하세요."

강비의 말이 긍정적으로 들렸는지 아주머니가 상냥하게 한술을 더 떴다.

"준열이가 네 차 하루만 빌려 썼으면 하더라. 저도 형 덕분에 좋은 차 한번 타 봤으면 좋겠다고. 어떻게, 하루만 빌려줄 수 있겠니?"

"그걸 왜 아줌마가 말해요? 그 새끼는 말도 못 하는 병신인가? 참 대단한 자식을 두었어요."

"그렇지? 그런 건 지가 직접 말해야지?"

보름은 묵직해진 장화를 벗어서 하나씩 덱 모서리에 대고 내리쳤다. 신발 바닥에서 스퀘어 초콜릿 같은 짙고 네모난 흙이 떨어졌다. 아주머니가 한결 고무된 표정으로 말했다.

"이거 같이 먹으려고 싸 왔는데 준열이는 갔으니까 어쩔 수 없고, 우리끼리라도 먹자. 어디서 먹을까, 여기 탁자 한쪽에 놓고 먹을까? 아니면 들어가서……."

"안 먹을 테니까 도로 가져가세요."

강비가 쌀쌀맞게 튕겨냈다.

"그래도 너 생각해서 이것저것 많이 싸 왔는데……."

"안 먹는다고요, 그냥 가져가라고요."

강비의 냉랭한 태도에 아주머니가 아쉬워하면서도 더 우기지는 않았다.

"그래 여긴 좀 덥다. 두고 갈 테니까 안에 들어가서, 시원한 데서 천천히 먹어라."

가져가세요, 강비가 소리쳤고 아주머니는 못 들은 척 덱을 내려갔다. 검정 자수 양산을 펴들고 뙤약볕 속을 바삐 걸어갔다.

강비가 도시락 가방을 들고 덱을 가로질렀다. 집 뒤쪽에다 버리려는 것 같았다. 저 성질머리. 씩씩거리며 걷는 강비에게 보름이 소리쳤다.

"저기요!"

강비가 돌아보았다.

"버리려거든 그거 나 주세요."

보름의 말에 그가 주춤했다. 그럴까 말까 망설이는 것 같았다. 보름은 재빨리 일어나서 강비에게 갔다. 손에 들린 도시락 가방을 강탈하듯이 잡았다.

"아주머니가 정성 들여 쌌을 텐데 아깝잖아요."

강비가 시퉁하게 내뱉었다.

"정성은 무슨, 반찬가게에서 골라 담아왔겠지."

"아무렴 편의점 도시락만 할까요?"

세상은 우리가 아는 것과 다르다

보름은 숙소로 왔다. 에어컨을 켜고 묵직한 사각 가방의 지퍼를 열었다. 안에는 파스텔톤의 노랑과 분홍, 베이지색 용기가 포개져 있었다. 노란색 용기에는 밥과 갈비와 잡채가, 분홍 용기에는 시금치나물과 소시지 채소볶음과 몇 가지 전이, 나머지 베이지색에는 먹기 좋게 썬 망고와 샤인머스캣과 방울토마토가 담겨 있었다. 며칠 동안 편의점 도시락과 삼각김밥, 우유와 시리얼 같은 걸로 끼니를 때운 데다 배도 몹시 고팠다. 보름은 느닷없이 받게 된 잔칫상을 반가워하며 먹기 시작했다. 아귀아귀 먹다가 황소를 흉내 내는 개구리 꼴이 되어서 젓가락을 놓았다. 태양의 자비가 넘치도록 충만한 시간이므로 부른 배가 일을 방해하지는 않았다.

보름은 남은 음식을 통째 냉장고에 넣었다. 에어컨을 끄고 문을 연 뒤에 선풍기를 틀었다. 이곳에 며칠 있어 보니 덥다고 에어컨을 계속 틀다 밭에 나가면 더 죽을 맛이었다. 너무 더워서 숨이 턱턱 막힐 때와 잠잘 때를 제외하고는 대부분 낡은 선풍기에 의지하여 시간을 보냈다. 선풍기가 덜덜거리며 바람을 제조했고 보름은 침대에 기대어 휴대폰을 보았다.

윤주는 오늘도 신이 나서 돌아다녔다. 소매와 목이 시원하게 파인 옷을 입고 알이 큰 선글라스를 쓰고 사이공 스퀘어와 타가시마야 백화점에 갔다. 이것저것을 사들이고 색다른 음식과 색다른 음료를 먹고 마셨다.

— 지금 어디니?

보름은 톡을 보냈다. 실시간으로 윤주가 답을 보내왔다.

— 식당, 오랜만에 한식 먹고 있어.

윤주와의 대화를 마친 뒤 보름은 해든에게 문자를 보냈다.

— 어머님 건강은 좀 좋아지셨어?

어머니에게는 관광지와 쇼핑몰 사진을 전달하고 오랜만에 김치찌개랑 삼겹살 먹으니까 맛있다고 써서 보냈다. 잠시 뒤에 어머니가 우리 딸 돌아오면 내가 많이 사줄게, 하고 답장을 보내왔다. 해든은 자기 어머니가 다시 입원했다는 말을 전해왔다. 아직도 덜 나았나? 약간 신경이 쓰였다. 허리 통증은 조금이라도 완화됐는지, 디스크 증상이 개선됐는지 물어보려다 보름은 하트와 함께 써 보냈다. 곧 나아지실 거야. 내가 기도 많이 한다고 어머님께 전해드려.

신혼집에 가전제품이 들어오는 날이었다. 보름은 오랜만에 시간을 낸 해든과 짐을 받아놓고 피부관리를 받으러 가기로 했다. 결혼식 두 달 전이었고, 이미 청첩장도 돌린 뒤였다.

해든의 어머니는 그 시간 마트에 있었다. 창고형 마트를 돌며 천천히 물건을 고르고 계산까지 마친 뒤 카트와 함께 에스컬레이트에 몸을 실었다. 멍하니 서서 매장을 도느라 혹사당한 다리에 휴식을 주고, 탐색하고 효용도를 따지느라 분주했던 수정체와 대뇌에 안정을 주었다. 에스컬레이터가 지면 가까이 내려왔을 때였다. 무심히 선 해든 어머니 등을 묵직한 무언가가 세게 쳤다. 지진인가? 건물이 무너졌나? 생각하면서 해든 어머니는 앞으로 고꾸라졌다. 주위에서 비명이 쏟아졌다.

해든 어머니를 혼절시킨 건 생수병이었다. 1.8L 여섯 개가 한 덩어리로 묶인.

생수병의 주인은 젊은 여자였다. 여자는 십 킬로가 넘는 병 묶음 다섯 개를 싣기 좋고 내리기도 편하게 카트 뒤쪽에 쌓았다. 다른 물건들을 앞에 싣고 에스컬레이터에 카트를 올렸다. 생각 없이 휴대폰을 꺼냈다. 느긋이 서서 그것을 보았다. 그녀가 폰에 정신을 뺏긴 사이 무게 중심이 뒤로 쏠린 카트가 뒤집혔다. 맨 뒤에 올려진, 십 킬로가 넘는 생수병 번들이 허공을 날았다. 무심히 선 해든 어머니의 등을 강타했다. 혼절한 해든 어머니는 곧장 응급실로 옮겨졌다.

감시카메라에 찍히지는 않았지만 정황이 명백했다. 젊은 여자는 곧바로 시인했다. 아이들을 데리러 갈 시간이 돼서 조급한 마음에 휴대폰을 보고 있었노라 말했다. 게임을 했거나 쓸데없는 문자질을 했다고 해도 달라지는 건 없었다.

보름은 혼자서 가전제품을 받아놓고 병원으로 갔다. 목 아래부터 엉덩이 위까지, 등판 전체에 검정 부직포를 덮은 것처럼 시커멓게 앉은 멍에 비해 부상 정도는 크지 않았다. 의사가 외상은 없으며 경추와 요추에 약간의 염좌만 있다고 했다. 해든은 이만하면 정말 다행이라고, 하지 마비까지 올 수도 있는 상황이었다고 어머니를 위로했다.

경미한 부상이라는 데도 해든 어머니는 힘들어했다. 시간이 갈수록 허리와 다리가 저린다는 것이었다. 할 수 없이 CT를 다시 찍었고 2번과 4번 척추가 디스크 증상을 보인다는 소견을 받았다. 증상이 썩 좋아지진 않았지만 해든 어머니는 이 주 만에 퇴원했다. 병원 시스템상 장기 입원이 불가능해서였다. 퇴원한 해든 어머니는 곧바로 동네 의원으로 갔다. 의원에서 이틀 동안 지내다 처음 입원한 대학병원 응급실로 가서 다시 입원 신청을 했다. 그런 방식으로 두 달 가까이 동네 의원과 대학병원을 오갔다. 입원과 퇴원을 반복했다. 보름은 퇴근하면서 거의 매일 병실에 들렀다.

결혼식이 일주일 앞으로 다가왔을 때 해든의 아버지가 말했다. 이 상황에서 식을 올리는 건 아무래도 무리다, 어머니가 더 치료를 받고 안정을 찾을 때까지 미뤘으면 좋겠다. 진통제로 얼굴이 부은 해든 어머니가 옆에서 고개를 끄덕거렸다. 보름은 알겠다는 말밖에 할 수 없었다.

보름은 바쁜 해든을 대신해서 예식장을 취소했다. 비행기표를 물리고 드레스숍과 메이컵숍의 예약을 취소했다. 청첩장을 보낸 친척과 지인들에게 식이 연기됐다는 문자를 보내고 걱정과 위로를 보내온 사람들에게 적절한 답문도 보냈다. 스튜디오에서 미리 찍은 웨딩 사진을 찾아다 빈 신혼집에 걸고 환불 불가 상품으로 예약했던 호텔에도 영문 메일을 보냈다. 어머니가 갑자기 사고를 당해서 결혼식이 연기되었고 부득이하게 신혼여행도 연기해야 하므로 페널티 없이 취소를 부탁한다고. 소통이 원활치 않아 호텔 예약서비스업체에 여러 번 전화를 걸기도 했다. 다행히 웬만한 호텔에서 환불을 다 받았다. 그나마 위안이 되었다.

태양이 조금 식었을 때 보름은 밖으로 나왔다. 호미를 찾아 두리번거리는데 철길 쪽에서 어, 어 하는 사람의 소리가 들렸다. 누가 뛰어오는지 자갈 튀는 소리도 들렸다. 무슨 일인가 싶어 보름은 철길 앞쪽으로 갔다. 그때 노루가 분명한 동물이 철길을 따라 달려오고 있었다. 이런 곳에 노루가 있다니, 저걸 잡아야 하나, 어떻게 잡지, 생각하는 사이에 보름을 본 노루가 주춤하다가 빠르게 뛰어갔다.

잡고 싶다고 잡을 수 있는 동물이 아님을 증명하며 보름의 눈앞을 스쳐 갔다. 가까이에 산이 없는 것 같던데 어디서 왔지? 이런 데서도 볼 수 있을 만큼 개체 수가 많아졌나? 보름이 생각하는 동안 노루는 철길 위를 계속 달려갔다. 철길 주변에 몸을 숨길만 한 곳은 없어 보였다. 멀리 아스라한 곳에는 아파트들이 늘어서 있었다. 저렇게 가다 무슨 변을 당할지 모르는데. 걱정하면서 보름은 노루가 달려간 길을 보았다. 마치 신기루를 본 느낌이었다. 사람 소리를 들은 것 같았는데 아무도 보이지 않았다.

하릴없이 돌아서는데 강비가 걸어왔다. 짜증이 가득한 얼굴이었다.

"방금 저기로 노루가 지나갔어요."

보름이 조금 전의 놀란 상황을 전했다. 강비가 감흥 없이 대꾸했다.

"노루? 고라니겠지."

노루든 고라니든 보름이 그것을 만날 확률은 서울 한복판에서 멧돼지와 마주칠 확률만큼이나 희박했다.

"아무튼 그런 것이 저쪽으로 뛰어갔어요."

강비가 그게 그렇게 호들갑을 떨 일이냐는 표정으로 바라보았다. 하긴 주변에서 직접 봤다는 말은 못 들었지만 작년 서울 소방서에서 멧돼지를 안전 조치 한 건수가 오백 건쯤 된다고 했다. 하루에 한 번 이상은 서울 어디엔가 멧돼지가 출몰했다는 얘기였다. 세상은 우리의 생각과 다른 것이 많다. 미국에서 연간 총기사고로 죽는 사람보다 자살자의 수가 많고, 전 세계에서 사람이 먹는 소금보다 바닥에 뿌려지는 것이 더 많은 것처럼. 그딴 일로 사람을 불러세웠냐는 듯 보는 강비에게 보름이 말했다.

"오늘 내 도시락은 안 사도 되겠어요. 대신 목장갑을 더 사다 주세요."

강비가 고개를 끄덕이고 햇빛 아래로 뚜벅뚜벅 걸어갔다. 물이 없는 작은 도랑과 철길을 건너고 또 작은 도랑을 뛰어넘어 시멘트 길에 내려섰다. 자신의 차 옆으로 가서 하늘로 치솟으며 열리는 문 안으로 들어갔다. 시저 도어의 비효율성과 비경제성에 놀라며, 그 존재 이유를 궁금해하는 보름의 눈앞에서 시동을 걸고 사라졌다.

보름은 밭으로 갔다. 집으로 가는 길을 조금씩 당겼다. 보름이 고되게 일을 하고 짬짬이 쉬는 동안 한낮의 투명했던 태양은 점점 붉은빛을 띠면서 서쪽으로 넘어갔다. 주변 하늘을 빨갛게 물들이며 퇴근 준비를 했다. 해가 진 뒤에도 서쪽 하늘은 오래도록 붉었다. 종소리를 앞세운 기차가 지나갔고 간간이 흙냄새를 품은 바람이 불어왔다. 고요한 대기 위로 어둠이 내려앉았다.

균일화될 수 없는 삶

새로운 날이 밝았지만 보름은 쉽게 일어나지 못했다. 전날 일을 많이 해서인지 몸이 유독 말을 듣지 않았다. 밤새 진흙탕 속에서 씨름이라도 한 것 같았다. 보름은 잘 추슬러지지 않는 뼈마디와 근육을 어르고 달래서 겨우 일어났다. 일할 기분도 아니고 기운도 나지 않았다. 그렇다고 쉴 수도 없었다. 이 일에서 벗어나는 일은 이 일을 열심히 하는 것뿐이었으므로. 보름은 마음을 다잡고 느릿느릿 밭으로 나갔다.

그동안 풀을 뽑으면서 보름은 몇 가지 사실을 알게 되었다. 집과 학교, 최근에는 병원까지 오가며 나름 바쁘게 살았는데 생각보다 근육 쓰는 일을 거의 하지 않았고, 퇴화되다시피 한 근육으로 인해 이 작업이 몇 배나 괴롭고 힘들다는 것과 그래도 죽을힘을 다해 몸을 쓰다 보니 힘든 중에도 은

근한 쾌감이 따른다는 것이었다. 고통을 참으며 달리던 러너가 어느 순간 러너스 하이에 이르는 것처럼. 또한 풀을 뽑는 일이 엄청난 노동력뿐 아니라 집중력을 요구한다는 것이었다. 6·25 때 인민군이 했다는 인해전술처럼 하나를 뽑으면 다른 하나가, 다른 하나를 뽑으면 또 다른 하나가 연속해서 나왔지만 그것들을 뽑으려면 일일이 손을 써야 했고, 농기구에 손이나 발이 찍히지 않으려면(이미 한 차례 찍혔지만) 집중해야만 한다는 것이었다. 그리고 힘들고 단순한 일을 계속하다 보면 힘든 몸에 비례해 머리가 가벼워졌다. 맑아졌다. 밭에서 호미를 들고 있으면 근심, 걱정들이 대부분 사라졌다. 복잡한 생각들이 휘발되었다. 두 번이나 연기된 결혼식과 어이없는 이유로 불발된 여행, 그리고 자동차 사고와 그 뒤의 낯선 곳에서의 험한 일과 조악한 숙식이 가끔 남의 일인 것처럼 여겨지기도 했다.

폐지 할머니도 그래서 날마다 돌아다녔을까? 동네에서 몇 번 마주친 할머니는 키가 작고 야윈 데다 허리마저 기역 자로 구부러져서 멀리서 보면 폐지를 실은 수레가 저절로 굴러오는 게 아닐까 착각될 정도였다. 그 할머니를 볼 때마다 보름은 저 작고 노쇠한 몸으로 날마다 다니는 게 얼마나 고생스러울까, 생활이 몹시 궁핍한가. 저렇게 다니지 않으면 끼니조차 어려운가, 궁금해했다. 기분 나빠할까 봐 직접 묻지는 못했다. 어느 날 유난히 무거워 보이는 수레를 밀어주면서 보름은 용기를 내 물었다. 할머니는 어디 사세요? 그러자 할머니가 쪼글쪼글한 얼굴을 환하게 펴며, 마치 말 걸어주기를 기다렸다는 듯이 대답했다. 저 위쪽 동네에 집이 있고 나이는 여든셋이라고. 연세도 많으신데 이렇게 다니는 게 힘들지 않냐는 물음에는 이렇게 돌아다녀야 잡생각이 나지 않는다고 했다. 그 연세에도 잡생각이 있어요? 보름이 놀라자 할머니가 웃으며 말했다. 남편이 폐병으로 일찍 죽고 어렵게 키운 자식들도 이런저런 사유로 앞세웠다고, 집에 있으면 답답하고 나쁜 생각만 떠오르는데 이렇게 돌아다니면 기분이 좋아진다고. 덧붙여 묻지 않는 말까지 했다.

여기서 저기를 돌아 어디 어디까지 꽤 긴 길을 하루에 두 번씩 돈다고. 친절한 사람들이 박스를 따로 모았다가 주기도 한다고. 잉태와 출산을 반복하고 생계를 책임지느라 쪼그라들 대로 쪼그라든 할머니는 자꾸만 재생되는 나쁜 기억들로부터 달아나기 위해 노구를 길에 투신하고 있는 것이었다. 종일 걷는 힘겨운 걸음으로부터 치유받고 있는 중이었다. 보름에게도 이 밭이, 힘든 밭일이 불쑥불쑥 솟는 두려움과 걱정을 없애주었다. 육체의 고통이 주는 선물이랄까, 순기능 같았다.

여덟 시도 되지 않았는데 대기가 후끈했다. 바람은 솜털 하나 건들지 못했다. 만만치 않은 하루가 될 것을 예감하며 보름은 눈앞의 식물을 힘주어 뽑았다. 시간이 갈수록, 빈 밭이 넓어질수록, 태양은 사악하게 타올랐다.

불볕 아래에서도 보름은 일을 계속했다. 땀을 흘리며 무거운 동작을 반복했다. 태양은 자신의 능력을 시험하려는 듯 더욱 뜨겁게 열을 내뿜었다. 인색한 바람과 눅눅한 대기가 태양의 심술을 부추겼다. 조금만 더 일을 했다가는 자연발화가 될 것 같았다. 아직 뽑아야 할 풀이 많이 남았지만, 무리를 해서라도 더 해치우고 싶었지만 보름은 후퇴했다.

컨테이너 바닥에 길게 누웠다. 컨테이너 안도 덥고 답답하기는 마찬가지였다. 그래도 흙먼지가 뒹구는 바닥엔 약간의 냉기가 있었다. 보름은 선풍기를 틀고 차가운 바닥에 누워서 날짜를 셈했다. 이변이 없는 한 사흘쯤 뒤에는 집에 갈 것 같았다. 집에 가면 따뜻한 물에 샤워하고 한 일주일은 죽은 듯이 잠을 자야지. 혹사당한 육체에 휴식을 줘야지. 그 전에 해든 어머니에게 다녀와야 하지 않을까? 어쨌거나 사람의 도리는 해야 하니까. 보름이 다가올 미래를 달콤하게 상상하는 동안 밖이 시끌짝했다. 남자들의 소리가 우렁우렁 들려왔다. 보름은 무거운 몸을 일으켰다. 고개를 빼서 밖을 보았다.

덱 위에 강비와 준열이 화난 얼굴로 마주 서 있었다. 준열의 옆에는 보통 키에 왜소한 몸집의 남자가 머쓱한 표정으로 둘을 보고 있었다.

"엄마한테는 빌려준다고 했다며?"

준열이 소리쳤다. 불퉁한 얼굴에 화가 잔뜩 뻗어 있었다. 강비의 얼굴은 얄미울 만치 차분했다.

"직접 말도 못 하는 병신이냐고 했지 빌려준다는 말은 안 했는데."

"진짜 안 빌려준다고?"

"내가 왜 빌려줘. 네가 뭔데, 저 비싼 차를 뭘 믿고 빌려줘."

"아오, 정말 드럽고 치사해서."

"이 정도 가지고?"

"꼴값 떨지 마."

"네 꼴이나 잘 봐. 취직도 못 하고 돈 한 푼 못 버는 주제에 허세만 잔뜩 들어서…… 너 저 차 바퀴 하나 살 돈 있어? 그런 돈 벌어봤어? 아, 벌어는 봤겠구나. 고수익 알바. 보이스피싱 인출책."

"나도 속아서 한 거라고!"

"속아서 한 게 열한 건이야? 대단하다. 근데 그 돈 벌어서 차 안 사고 뭐 했어? 아, 합의 보느라 다 썼겠다, 더 많이 보태서 갚았겠다, 그치?"

"재수 없게 잘난 척은…… 너처럼 돈이 많았으면 내가 그런 일까지 했겠어? 그리고 그 돈 다 네가 번 거 아니잖아."

"그러네, 너도 네 아빠한테 돈 많이 벌어놓고 보험도 많이 들어놓고 일찍 죽으라고 해. 자식 님 좋은 차 타게 노력 좀 하라고 해."

"나쁜 새끼!"

"오, 나름 효자였어?"

"정말로 안 빌려준다는 거지?"

미련이 남았는지 준열이 다시 물었다. 강비는 대답하지 않았다. 의자에 앉아서 아무도 안중에 없다는 듯 레고를 조립하기 시작했다.

저 씨발놈, 개또라이, 좆 같은 새끼. 준열이 욕을 늘어놓으며 쿵쾅쿵쾅 덱을 내려갔다. 어정쩡하게 눈치만 보고 있던 친구가 뒤를 따라갔다.

컨테이너 앞을 씩씩대며 걸어가던 준열이 휴대폰에 대고 신경질을 부렸다. 안 빌려준다는데 왜 사람을 고생시키고 그래. 보름은 다시 방바닥에 누웠다.

진짜로 빌려줄 거라고 믿었나? 순진한 건지, 바보 같은 건지. 아주머니가 처음 나타났을 때 바로 알아보겠던데. 강비가 그들 모자에게 드러내는 증오의 정도를. 혐오의 깊이를.

요새는 돈이 가장 큰 권력인 것 같다. 품위고 품격인 것 같다. 얼마 전 교무실에서 비슷한 얘기가 오간 적이 있었다. 폭등하는 아파트값에 대한 얘기가 오갈 때 오십대 후반의 교감이 말했다.

"너무 돈, 돈 하지 마, 부자라고 하루 네 끼 안 먹어."

사십 초반의 남선생이 부드럽게 반박했다.

"얼핏 맞는 말 같지만 사실 그렇지도 않아요."

"뭐가?"

"제가 초등학생일 때만 해도 부잣집 애나 가난한 집 애의 먹거리와 놀거리가 크게 다르지 않았거든요."

"그러긴 했지."

"비슷한 게임기로 게임 하고 VHS 방식 비디오로 만화 보고 빈 맥주병이나 사이다병을 모아다 슈퍼에 가서 하드와 바꿔 먹었죠. 그런데 사회가 급속도로 발전하면서 다양한 물건이 쏟아지고 선택의 폭도 넓어졌어요. 어떤 사람은 먹고 살려고 중고 스쿠터를 끄는데 다른 사람은 여가를 위해 이억짜리 바이크를 사요. 옆구리가 찌그러진 차를 타는 사람이 있고 아파트 한 채 값인 차를 모는 사람도 있죠. 한겨울 냉방에서 달달 떠는 사람이 있는가 하면 스키장 가서 스키를 타거나 더운 나라로 휴가를 가는 사람이 있어요. 재활용센터에서 옷을 골라 입는 사람과 해외 유명 디자이너의 옷을 입는 사람이 있어요. 지금은 가진 자와 못 가진 자가 누릴 수 있는 세계가 확연히 달라졌어요. 삶의 층위가 달라졌어요. 그런데 하루 세 끼라는 말로 모든 삶을 어떻게 균일화할 수 있겠어요?"

사십 후반의 여선생이 고개를 끄덕이며 받았다.

“맞아. 하루 세끼 먹는 건 같지만 그 질은 확실히 다르지. 여자들 드는 백만 해도 그래. 보통 여자들이 오만 원짜리 들 때 웬만큼 버는 여자는 오십만 원짜리 들고, 큰맘 먹고 오백만 원짜리를 지르기도 하지만 더 돈이 많은 여자는 오천만 원짜리, 일억짜리를 질러. 요즘은 친구들 사이에서도 나 이런 아파트에 살아, 이런 옷 입고 이런 가방 들어, 가끔 이런 곳에 놀러도 다녀, 라고 보여주지 않으면 은근히 무시당하고 얕보이는 세상이야. 가끔 그런 생각을 하곤 해. 돈이 제왕인 세상에서, 물질에 대한 숭배를 감추지 않는 사람들 틈에서 무시당하지 않으려고, 짓밟히는 기분을 갖지 않으려고 더 열심히 뛰는 건 아닌지. 악착을 떨며 사는 건 아닌지.”

다른 선생들도 질세라 한마디씩 거들었다.

“지금은 한 인간의 교양이나 품성보다 그가 지닌 재화나 물질에 더 존경을 표하는 세상이에요. 재산과 지위가 인간의 가치를 증명하는 척도가 되어버렸어요.”

“세상은 많이 가질수록 행복하다고, 더 많이 가지라고 노골적으로 권하지. 못 가진 자는 악착스레 가지려 하고, 가진 자는 더 많이 가지려고 안달하지. 물질에 대한 탐욕, 제어되지 않은 욕망이 소금물처럼 넘실대. 아무리 마셔도 갈증은 사라지지 않고. 그래서 저를 낳은 부모와 자신이 낳은 자식을 삼키고 결국은 자신까지 먹어버리는 끔찍한 일도 생기지."

"문제는 우리 같은 소시민은 아무리 발버둥 쳐도 누군가에게 뒤처지거나 쫓기는 기분은 줄지 않는다는 거예요. 미래에 대한 불안도 사라지지 않고."

해든은 비웃겠지만 그 어머니의 너그러움이나 고상과 품위도 결국 넉넉한 재화가 부리는 마술이 아닐까. 내가 동경하는 삶이 물질의 너그러움에 기댄 허상은 아닐까. 보름은 방바닥에 벌렁 누웠다. 그때 휴대폰이 울렸다. 윤주였다. 커피값은 아끼지 않아도 해외통화요금은 무척 아까워하는 애가 무슨 일이야? 보름은 누운 채 스피커 버튼을 눌렀다.

"잘 먹고 잘 논다고 자랑하려고 전화했니?"

"아니야, 일이 생겼어."

윤주의 목소리가 떨렸다.

전 남자친구를 만나줘

보름은 놀라서 일어났다.

"왜 무슨 일이야, 어디 다쳤어? 여권 잃어버렸어?"

"아니. 함동혁이……."

"어, 그 인간이 왜? 설마 거기까지 쫓아갔니?"

"아니, 오늘 여섯 시까지 지 앞에 나타나지 않으면 내 알몸 사진이랑 섹스 동영상을 우리 학교 홈페이지와 내가 자주 가는 카페에 유포하겠대."

"헐, 그런 게 있었어?"

"지금 무슨 말을 하고 있어? 당연히 없지."

"그럼 뭔 걱정이야?"

"걔 말이 적당히 합성해서 풀면 사람들은 그게 진짜 내 몸인지 상관하지 않는대. 사실 알 수도 없고. 사람들은 무의식

속에 그것을 기정 사실화하고 추잡한 짓을 한 나만 기억할 거래. 해명할수록 이상하게 볼 거래. 사실 그럴 것 같기도 해. 해명이 된다고 해도 그런 놈하고 사귀었다는 사실 자체로 나 역시 쓰레기 취급을 받겠지."

"내가 어떻게 하면 되니? 경찰서에 신고할까?"

"경찰서엔 그전에도 몇 번 갔잖아. 아무 해결책도 못 받았고. 이번에도 그럴 의도는 전혀 없었다고, 살짝 겁만 주려고 했다고 하면 아무 처벌을 안 받을 거야. 실제 유포했다고 해도 나한테 보내려던 걸 잘못해서 다른 사람들에게까지 보냈다고 하면 내 꼴만 더 추잡해지고 놈은 더 기세등등해질 거야. 대포폰으로 하면 증거도 찾기 힘들대."

"하긴 경찰이 도움은 못 됐지."

윤주가 울분과 짜증과 절망이 뒤섞인 소리로 말했다.

"당장 가고 싶은데 비행기표가 없어."

"그렇다고 내가 뭘 할 수 있겠니?"

"가서 일단 만나줘, 만나서 어떻게든 막아줘."

며칠 뒤라면 몰라도 지금 당장은 안 된다. 여기서 나갈 수가 없다. 보름은 한발 물러섰다.

"내가 만난다고 어떻게 되겠니? 그 집요하고 파렴치한 인간을……."

"가서 내가 진짜로 외국에 있다고 말하고 내일은 꼭 온다고, 하루만 미뤄달라고만 말해줘. 사진을 뿌리는 게 목적이 아니라 나를 괴롭히고 돈까지 뜯어낼 목적으로 벌이는 짓이니까 잘 얘기하면 들을 거야."

"사실은 오늘 내가 꼭 해야 할 일이 있어. 그래서 그러는데, 다른 사람에게 부탁하면 안 될까?"

"따로 부탁할 사람이 없어. 부모님한테 이런 일까지 시키기는 너무 죄송하고, 동생은 욱해서 일 저지를까 무섭고, 또 다른 친구들은 이 사정을 속속들이 알지 못해, 널리 알려봤자 내 흉만 커질 것이고."

"나중에는 어떻게 하려고?"

"몰라, 하다 하다 안 되면 얼마라도 돈을 줘서 떨어내야 할지. 우선은 막아야 돼. 정말 막아야 돼. 그러니까 네가 가서 만나줘. 이렇게 부탁할게."

보름은 윤주에게 닥친 상황과 자신의 현재를 생각했다. 둘 다 처지가 어려우면서 급박 했다. 일이 잘못되면 치명적이었다. 설상가상 밖에 나갔다가 해든이라도 만나면…… 보름은 절레절레 고개를 흔들었고 윤주가 울먹이며 계속 매달렸다. 안 되겠다고 한참을 버티다 보름은 결국 승낙하고 말았다.

"그러면 약속을 잡고 시간과 장소를 알려줘. 그 사람 전화번호도."

윤주가 젖은 목소리로 고맙다는 말을 반복했다. 사실 바쁜 해든을 마주칠 일은 거의 없을 터였다. 어쩔 수 없이 가겠다고 했지만 문제가 작지 않았다. 가서 잘 된다는 보장도 없을 뿐더러 외출을 허락받는 일조차 불투명했다. 몰래 나갔다 오면 어떨까도 생각했으나 들통났을 때의 후폭풍을 생각하면 그럴 용기도 사라졌다.

보름은 밖으로 나왔다. 태양은 노랗게 타고 매지구름이 빠르게 몰려왔다. 강비는 평소처럼 파라솔 밑에서 레고를 조립하고 있었다. 쉽게 걸음이 떨어지지 않았다. 보름이 머뭇대고 있을 때 윤주가 톡을 보내왔다.

— 오후 여섯 시. 카페 늘봄. 말 좀 잘해줘. 정말 부탁할게.

그래, 부딪쳐보자. 하느님이 그러셨다지. 한쪽 문이 닫히면 다른 문이 열린다고. 보름은 장화 신은 발을 투벅투벅 옮겼다. 긴 판에 작은 브릭을 꽂고 있던 강비가 고개를 들었다. 비장한 표정의 보름을 뜨악해서 보았다. 침을 삼킨 뒤 보름이 말했다.

"잠깐, 외출 좀 하면 안 될까요?"

강비가 상체를 등받이에 기댔다. 이게 무슨 헛소리인가, 하는 표정으로 보름을 보았다.

"지금 제정신이에요?"

"날마다 죽을 만치 열심히 하고 있잖아요. 말이 안 되는 줄은 알지만 지금 친구가 위험에 빠졌고 나 아니면 해결할 사람이 없어요. 두 시간만 나갔다 오면 돼요."

"말이 안 되는 줄 아는 사람이 그런 말을 해요? 그리고 노보름 씨가 지금 남 걱정할 때요?"

강비가 레고로 시선을 돌렸다. 천천히 브릭을 꽂기 시작했다. 보름은 서둘러 윤주의 얘기를 꺼냈다. 헤어진 전 남자 친구로부터 받는 고통과 당장 해결해야 할 문제에 대해서.

시간이 갈수록 강비의 미간이 좁혀졌다. 손이 느려졌다. 마침내 그가 손을 멈췄다.

"그래서, 어떡하자고요?"

"아까 말했잖아요. 잠시 외출 좀 하겠다고……."

"언제 가야 되는데요?"

외출을 허락한다는 말 같았다. 보름이 뛸 듯이 기뻐하며 말했다.

"여섯 시 약속이니까 여기서 네 시쯤 나가면 되지 않을까요?"

"거기까지는 어떻게 가려고요?"

"종소리가 나는 쪽으로 가다 보면 버스나 택시가 있겠죠."

보름이 가시나무 쪽을 가리켰다.

"버스는 간격이 넓고 빈 택시는 종일 기다려도 안 올 수 있어요."

"콜택시를 부르면 될까요? 택시로 터미널까지 가서 서울

가는 버스를 타면……."

배차 시간이 안 맞으면 시간이 좀 걸리겠다. 지금부터 준비하고 나가야 되나. 아니면 택시를 타고 바로 서울로 가도 되는데, 요금이 얼마나 나올까? 보름이 가늠하는 사이 강비가 몹시 귀찮은 기색으로 말했다.

"그럼 같이 가요. 마침 살 것도 있으니……."

네 시 반에 컨테이너 앞에서 보자는 약속을 하고 보름은 밭으로 갔다. 비워야 할 시간 만큼 일을 해둬야 했다. 구름은 한층 두터워졌고 대기를 가득 채운 끈적한 열기가 호흡을 방해했다. 조금만 움직여도 뜨겁고 눅눅한 여름이 온몸으로 흘러내렸다. 보름은 근육 깊숙이 숨은 힘까지 쥐어짰다. 힘겨운 노동을 계속하다 네 시가 조금 못 되어서 컨테이너로 왔다. 머리를 감고 몸을 씻었다.

보름은 거울 속의 자신을 보았다. 주인이 돌보지 않는 사육장 속의 개처럼 야위고 초췌했다. 햇볕이 워낙 세다 보니 날마다 자외선 차단제를 바르고 모자까지 썼지만 얼굴이 거무칙칙했다. 일을 할 때마다 장갑을 낀 손도 원래의 희고 부드러운 손이 아니었다. 이까짓 얼굴, 까맣게 탄 피부, 돈 들여 태닝 하는 사람도 있는데 화끈한 휴가를 보낸 끝이라고 생각하지 뭐. 보름은 외형의 변화를 애써 무시했다. 집에 가서 화이트닝 제품 잘 쓰고 한 계절을 보내면 곧 뽀얘질 것이다. 보름은 오랜만에 파운데이션을 바르고 베이지색 바탕에 푸른 무늬가 박힌 원피스를 입었다.

잠시 뒤 강비가 왔다. 보름은 그를 따라 철길을 건넜다. 시멘트 길에 내려가서 두 번째로 그의 차에 올랐다. 땡, 땡, 땡, 땡. 종소리가 들려왔다. 쿠우우웅하고 등 뒤에서 화물차가 달려왔다. 강비의 차가 잠시 화물차와 나란히 달려갔다. 며칠 전 보름이 달려갔던 쪽의 반대 방향으로.

길 오른쪽에는 논이 이어졌다. 키를 맞춘 듯 벼들이 가지런히 자라는 논 너머에 다른 논이 있고 그 논들이 끝나는 지점에 키 큰 소나무 십여 그루가 우뚝우뚝 서 있었다. 철길 바로 옆으로는 옥수수가 한 줄로 늘어서 있었다. 조금 더 가자 오른쪽에 논이 사라지고 허름한 집이 나왔다. 군데군데 모르타르가 벗겨지고 페인트도 벗겨진 데다 금이 간 벽에 작은 창이 촘촘히 박힌 흉물스러운 집이었다. 우사나 돈사가 아니었을까, 보름이 생각하는 사이 차는 벗겨진 칠이 석이버섯처럼 너덜너덜 붙은 벽과 시커먼 물이 지저분하게 흘러내린 시멘트벽 옆을 지나갔다. 이끼인지 곰팡이인지가 새까맣게 앉은 슬레이트 지붕과 창에 덧댄 베니어합판의 겹이 벗겨진 집을 지나갔다.

몇 개의 버려진 듯한 집과 몇 개의 깔끔한 집을 지나자 철도 건널목이 나왔다. 종소리의 근원인 그곳에는 '관리원 없음'이라는 사인보드가 초라하게 서 있었다. 잘 해낼 수 있을까? 보름의 마음이 점점 무거워졌다. 강비는 아무 생각 없이 앞만 바라보았다.

같이 가요

망나니 스토커를 감당할 수 있을까? 함동혁을 설득시킬 수 있을까? 보름은 자신이 없었다. 까딱 잘못해서 분노의 대상이 바뀌면 어쩌나. 윤주에게 그랬듯 함동혁이 우리 학교에 전화하고, 직접 찾아오고, 교육청에 신고한다며 협박하면 어쩌지. 걱정이 밀려왔다. 밭에서 멀어질수록, 서울이 가까워질수록 걱정은 커졌다. 성과 없이 시간만 버리면 어쩌나 하는 불안도 컸다.

강비는 말없이 운전만 했다. 보름의 근심과 불안이 조금씩 커지더니 급기야 차 안을 가득 메웠다. 숨이 막혀버릴 것 같았다. 보름은 견디다 못해 침묵을 깼다. 묵묵히 앞만 보는 강비에게 윤주 얘기를 더 풀어냈다. 둘이 사귄 기간, 헤어진 이유, 다양했던 괴롭힘의 종류를 나열했다. 그런 뒤에 솔직히 털어놓았다.

"사실은 그런 인간을 혼자 상대한다는 게 좀 겁나요. 워낙 막무가내고 물불 안 가리는 집착광이라……."

강비는 대꾸하지 않았다. 네 친구의 일을 네가 하겠다고 나선 걸 나보고 어쩌라고, 하는 표정이었다. 보름은 그를 슬쩍 본 다음, 조심스레 말을 건넸다.

"그래서 하는 말인데, 강비 씨가 같이 만나주면 안 될까요?"

"내가요? 왜요?"

갑자기 발을 밟힌 개처럼, 강비가 반응했다.

"그냥, 인류애나 정의 수호 차원이라면……."

"노보름 씨가 사람을 참 잘 못 보시네. 나는 그렇게 인류애가 충만한 사람이 아니에요. 정의로운 사람은 더더욱 아니고……."

"그럼 혼자 가도 괜찮겠어요? 그 사람을 만나고 내가 딴 데로 튈지 모르잖아요. 찾으려면 좀 귀찮을 텐데……."

"훗일을 생각하면 그렇게 쉽게 행동할 수 있을까요?"

괜한 말을 꺼냈구나. 자기 어머니와 동생한테도 냉정하기 짝이 없는 사람인데, 말을 꺼낸 내가 잘못이지, 기대한 것 자체가 모순이지. 보름은 언짢은 후회를 했고 다시금 정적이 차 안을 메웠다. 보름은 저도 모르게 한숨을 내쉬었다. 거듭 쉬는 한숨이 거슬렸는지, 한참을 더 가다 강비가 말했다.

"그 사람 이름이 뭐라고요?"

"함동혁요."

"가서 무슨 말을 하면 돼요? 내가 누구라고 해요?"

보름이 반색하며 말했다.

"아무 말 하지 않아도 돼요. 그냥 옆에만 있어 주세요. 누구라고 하나면 아, 윤주 사촌오빠라고 하면 될 것 같아요."

그러면 힘이 날 것 같았다. 키가 크고 눈빛이 만만치 않아 보이는 사람이 옆에만 있어 줘도 덜 떨릴 것 같았다. 어떻게든 함동혁을 상대할 수 있을 것 같았다. 한참 만에 강비가 다시 입을 열었다.

"그러면 같이 들어갑시다."

"고마워요. 진짜로 고마워요."

'늘봄'에 도착하니 여섯 시 십 분 전이었다. 보름이 먼저 내린 뒤 강비가 카페의 커다란 통창 앞에 차를 세웠다. 밖으로 나온 강비와 보름이 나란히 안으로 들어갔다. 밖이 잘 보이는 창가에 자리를 잡았다. 시간이 되자 동혁이 카페 안으로 들어왔다. 가무스름한 둥근 얼굴, 쌍까풀 진 큰 눈, 적당히 두툼한 입술. 두리번거리는 그에게 보름이 손을 들었다. 윤주가 아니어서인지 동혁이 멈칫하다 그대로 걸어왔다. 보름은 휴대폰의 녹음 버튼을 눌렀다.

제압

동혁이 자리에 앉기 무섭게 보름이 말했다.

"이미 들었겠지만 윤주는 지금 외국에 있어요. 그래서 제가 대신 나왔어요. 이분은 윤주 사촌오빠고요."

강비가 일어나서 동혁에게 악수를 청했다. 동혁이 얼결에 손을 맞잡았지만 불쾌하다는 표정이었다. 무슨 얘기부터 해야 하나 보름이 생각할 때 강비가 먼저 입을 열었다.

"우리 윤주랑 삼 년 사귀었다고요?"

동혁은 대꾸하지 않았다. 그래서 어쩌라고, 하는 듯 떫은 표정을 지었다.

"사랑이 뭐라고 생각하세요? 아니 함동혁 씨가 한 게 진짜 사랑이라고 믿나요?"

강비의 연속된 질문이 못마땅한지 동혁이 퉁명하게 내뱉

었다.

“그 질문에 내가 대답할 필요는 없어 보이는데요.”

“대답은 안 해도 되는데 저기 저 차 보이죠. 저 입구에 세워진 람보르기니, 그거 내 거예요. 작년에 샀죠. 현금으로 칠억 오천쯤 줬나?”

뭐야 이 새끼, 지금 차 자랑하려고 나왔어? 동혁이 표정으로 말했다. 보름은 얘기가 더 이상한 쪽으로 흐르기 전에 본론을 꺼내려고 했다. 그러나 강비가 틈을 주지 않았다.

“뜬금없이 와서 돈 자랑이나 하려는 건 아니고 함동혁 씨의 대답이 정직하고 적절하다면 내가 여기서 팔천만 원을 바로 쏘아줄 수도 있다는 얘기를 하고 싶어서요. 윤주를 설득시켜서 다시 만나게 할 수도 있고…….”

바로 돈을 줄 수 있다는 말에 함동혁의 눈이 반짝 빛났다. 다시 만나게 해줄 수 있다는 말에는 반응이 적었다. 보름은 어이없어서 웃고 강비가 덧붙였다.

“들어보니까 좋은 회사 다니던데, 과장은 아직 못 달았을 테고 대리? 취직했을 때 부모님이 좋아하셨겠어요.”

동혁이 침묵으로 수긍했다. 동혁과 담판까진 아니어도 협상을 해야 하는 보름은 정작 입을 떼지 못했다. 강비가 대화를 주도해나갔다.

“만약 회사를 그만두면 뭐 할 생각이에요?”

"아직 생각해 보지는 않았어요."

"막연해 보이지만 그날이 생각보다 빨리 올 수도 있어요. 그리고 팔천만 원에 대한 근거가 궁금한데 내가 알 수 있을까요?"

동혁이 자신만만한 표정으로 휴대폰에 저장된 파일을 열었다. 강비가 그것을 소리 내어 읽었다.

"이탈리안 레스토랑, 아웃백 스테이크, 커피숍, 주유소, 수제 햄버거, 슬리퍼, 머리띠, 지갑…… 윤주와 헤어지고 난 뒤 얻은 신경성 위염과 장염. 심리적 공황상태에 대한 치료비와 정신적 위자료 이천만 원. 윤주를 만나는 동안 다른 여자를 만나지 못했고 결과적으로 지금까지 결혼을 못 하게 된 것에 대한 보상 이천만 원. 이것저것 다 합쳐서 팔천만 원."

휴대폰을 든 강비가 동혁을 빤히 보았다. 동혁은 느긋하게 강비를 보았다. 이런 청구서를 쓴 자신이 뿌듯한 것 같았다.

"이렇게 많은 돈과 시간을 썼는데도 끝내 이 상황이 왔다면 당신에게 자신이 모르는 어떤 문제가 있는 건 아닐까요? 이런 비상식적인 집념과 비이성적인 행위를 봐선 윤주가 어느 순간 당신의 본성을 꿰뚫어 봤을 수도 있고……."

그래, 맞아, 그것 때문에 결혼을 파투낸 거지. 보름은 속으로 맞장구를 쳤다. 동혁의 입술이 씰룩거렸고 강비가 못 본 척 말을 이었다.

"서로 사랑했던 시간에 대한 대가가 이렇게 혹독하다면 누가 연애를 하겠어요? 어느 누가 사랑을 하고 결혼하겠어요?"

그래서 처음 보는 사람한테 결혼하자고 한 거야? 연애의 대가가 지독해서? 보름이 잠깐 생각한 사이 동혁이 벌떡 일어섰다.

"지금 장난해? 내가 이따위 말을 듣자고 여기 온 줄 알아?"

동혁이 서슬 퍼런 눈으로 강비를 노려보았다. 온몸으로 분노를 표출했다. 강비가 당황하지 않고 말했다.

"내 말이 마음에 들지 않으면 지금 당장 가도 좋아요. 그런데 일단 앉아서 남은 얘기를 더 들어보는 게 함동혁 씨 신상에 좋을 거요."

강비의 협박성 발언 때문인지 동혁은 선뜻 발을 떼지 못했다. 분노와 불만이 가득한 얼굴로 멈칫거리다 앉으라는 강비의 고갯짓에 엉거주춤 다시 앉았다. 여태 갑 중의 갑 행세를 톡톡히 했던 동혁이 비열한 을의 모습을 보이다니, 윤주가 이 꼴을 봤어야 했어. 보름은 자꾸만 올라가는 입꼬리를 끌어내렸다. 강비가 말을 이었다.

"헤어진 뒤 윤주에게 계속 전화하고 문자 보내고 메일 보내고, 집 앞에 벽보까지 붙였다면서요?"

동혁은 대답하지 않았다. 강비가 시선을 돌려 보름에게 물었다.

"윤주는 언제 온대?"

"오늘은 표가 없어서 못 오고 내일이나……."

"세상 모든 것은 조화와 균형이 맞아야 하는데 이건 너무 한쪽으로 치우쳤잖아. 불공평하잖아."

이건 또 무슨 말이야? 보름과 동혁의 눈이 동시에 커졌다. 강비가 동혁과 보름을 차례로 본 뒤에 말했다.

"이 사람은 윤주 부모님도 만나고 학교로 교육청으로 전화하고 방인지 벽보인지 그런 것도 붙이고 했다는데 윤주는 왜 아무 짓도 안 했어? 이 사람 회사 사장한테라도 메일을 보냈어야지. 귀사 직원이 한 여자를 성폭행하고 지속적으로 괴롭혔는데 그 사실을 알고 있냐고. 문자나 사진 같은 증거도 첨부해서. 그래도 안 되면 회사 앞에 가서 일인 시위라도 했어야지. 그깟 월급도 몇 푼 안 되는 교사 때려치울 작정하고. 그런데 한가하게 놀러나 다니고 있어?"

"지금 누가 성폭행했다고 그래요?"

함동혁이 소리쳤다.

"남의 동영상을 윤주 것 인양 돌린다고 했다며? 그거나 성폭행당했다고 우기는 거나 뭐가 달라? 그리고 헤어지고 난 뒤에 당신에게 당한 우리 윤주에 대한 보상은 어떻게 할 거야? 지속적인 괴롭힘과 명예훼손, 그에 따른 신경쇠약과 불안증에 대한 보상은 어떻게 할 건데?"

보름은 속으로 놀랐다. 돈 많은 괴짜, 속이 꼬인 백수로만 알았던 강비에게 이런 카리스마가 있을 줄은 몰랐다. 이렇게 강단 있게 밀어붙일지 몰랐다. 동혁의 얼굴이 붉으락푸르락했다. 치뜬 눈에서는 안광이 번뜩였다. 평소처럼 기고만장해도 될 줄 알고 나왔는데, 큰소리치며 마음대로 휘두를 줄 알았는데, 수세에 몰린 게 견딜 수 없이 화가 나는 것 같았다.

"죽어도 팔천만 원을 받아야겠다면 이 자리에서 바로 줄 수는 있는데, 그럼 송금과 동시에 당신 회사 사장에게 메일을 보낼 거야. 구직자가 널리고 널렸는데 말썽 많은 개차반 직원을 데리고 있고 싶을까? 사실 나는 그 돈을 다른 데 쓰고 싶어. 당신 죽이는데. 다시 한번 윤주 앞에 얼씬거린다거나 전화하고 문자하면 가만두지 않겠어. 팔천만 원쯤 쓰면 당신을 죽지 않을 만큼 패줄 사람이 있을 거야. 조금 더 쓰면 아예 묻어줄 수도 있겠지. 그러니까 함부로 나대지 말고 처신 잘하세요. 나중에 내가 왜 그랬을까 후회하지 말고."

동혁의 얼굴이 처참하게 일그러졌다. 강비가 일어서려다 한마디를 보탰다.

"지금부터라도 돈을 모으고 좋은 여자 만나세요. 시간 내서 정신과도 가보고. 아무리 봐도 경계선 인격장애 같으니까."

동혁이 벌떡 일어났다. 붉어진 얼굴과 분노로 번뜩이는 눈, 식식 내뱉는 숨소리가 성난 황소 같았다. 여차하면 탁자라도 뒤엎을 기세였다. 강비가 일어나서 우리 다시는 보지 맙시다, 하고 손을 내밀었다. 함동혁이 한 대 칠 기세로 강비를 노려보았다. 강비가 웃으며 손을 거두고 밖을 향해 걸어갔다. 보름은 동혁을 돌아보다 뒤따라갔다. 동혁이 입술을 앙다물고 부르르 떨었다. 주먹을 쥐고 털썩 자리에 앉았다.

의미가 다른 눈물

보름은 녹음 중지 버튼을 눌렀다.

“정말 고마워요. 이렇게까지 깔끔하게 정리하게 될 줄은 꿈에도 생각 못 했어요.”

강비가 말없이 차를 뒤로 뺐다가 돌려서 카페 밖으로 나갔다. 보름은 쉽게 흥분이 가시지 않았다. 이 상황이 믿어지지 않았다.

“나 혼자 왔으면 제발 동영상을 올리지 말아 달라고, 친구가 올 때까지만이라도 미뤄달라고 애걸복걸하며 매달렸을 텐데, 그러면 저 인간 기고만장 난리도 아니었을 텐데. 어휴, 생각만 해도 끔찍하네요. 이제 그 인간 더는 행패를 못 부리겠죠?”

멀리 시선을 준 강비가 건조하게 말했다.

"조금이라도 지각이 있다면 그러겠죠. 인생 막 살 생각 아니면 그딴 짓을 또 하겠어요?"

"윤주가 정말, 정말로 고마워할 거예요. 그 사람 때문에 맘고생을 많이 했거든요."

왼쪽으로 핸들을 깊이 꺾은 강비가 말했다.

"사실 크게 힘쓴 것은 없어요."

"아니에요. 너무 큰 힘이 되었어요. 누구도 이렇게 완벽하게 못했을 거예요. 함동혁을 궁지에 몰아넣고 확실하게 끝내줬잖아요."

"……."

"그 사람을 예전에 봤을 때는 참 좋은 사람이라고 생각했어요. 그래서 윤주가 결혼을 못 하겠다고 했을 때 나랑 친구들 모두 미쳤다고 했거든요. 그렇게 이상한 사람인 줄 몰랐으니까. 윤주랑 만날 때만 해도 그가 법 없이도 살 사람이라고 생각했어요. 그런데 지금 보니까 법 없이는 하루도 못 살 인간이었어요. 법이 없으면 진즉 누구한테 맞아 죽었거나 칼 맞았을 인간이었어요."

앞을 보면서 강비가 말했다.

"건축 용어에 블리딩이라는 말이 있어요. 콘크리트를 잘 혼합하지 못하거나 물이 필요 이상으로 많이 들어가서 재료가 분리되는 현상인데 블리딩이 많은 콘크리트는 결국 건물의 내구성을 떨어지게 하죠. 저 두 사람 사이도 블리딩이 많은데, 제대로 융합이 되지 않는데, 한쪽에서 그걸 인정하지 않으니까 문제가 된 거죠."

"그게 이해가 잘 안 돼요. 젊은 남녀가 만나다 헤어지고 결혼을 했다가 이혼하는 경우도 많은데 왜 그 사람은 이별을 받아들이지 못했을까요? 오래 고민하고 용기를 낸 결단을 마치 이기적인 배신인 양 분노하고 증오할까요? 집착하고 괴롭힐까요?"

"시대가 탄생시킨 악당이라면 지나친 해석일 수도 있는데……."

강비가 건조한 음성으로 말했다. 긴 얘기의 사전 포석 같았다. 보름은 귀를 기울였다.

"오래전, 대가족이 한집에 살 때는 위아래 또는 옆으로 관심을 줘야 할 대상이 많았어요. 아버지와 어머니는 위로 부모님을 모시고 배우자를 챙기고 많은 자식을 보살펴야 했고, 자식은 부모와 조부모를 섬기면서 형제와 우애를 나누고, 조부모는 층층의 아래 사람에게 고루 관심과 사랑을 주었죠. 편애가 없지 않았겠지만 한두 사람에게 애정이 쏠리기 힘든 구조고 상황이었어요. 자신의 애정이 여럿에게 분산되는 반면 자신도 여럿으로부터 돌려받았죠. 애정의 총량에 마이너스가 없거나 있어도 미미할 정도로. 그런데 핵가족이 되면서 식구가 줄고 구성원들끼리의 밀착이 강해지면서 애정이 한두 사람에게 집중되고 한두 사람에게서 받는 구조로 변해요. 문제는 가는 만큼 애정이 돌아오지 않을 때, 부모의 부재나 냉대로 애정이 아예 단절될 때, 한 사람이 받아야 할 애정의 총량에 심각한 마이너스가 생기는 거죠. 큰 결핍이 생기는 거죠. 고등학교 선배인 정신과 닥터로부터 들은 얘긴데, 유소년기에 애정에 충분히 노출되지 못한 사람 중의 일부는 성격적으로 뒤틀려서 불완전한 성인이 된대요. 냉대를 당한 기억 때문에 피해의식도 많고 타인을 통해서 결핍을 해소하려는 욕구도 강한데 그런 상태에서 애착 대상을 만나면 사회적 통념 이상의 애정과 관심을 보이고 과도하게 집착하게 되는 거죠. 그러다 상대로부터 이별을 통보받으면 그걸 받아들이지 못하고 매달리다 이마저 거절당하면 일상생활이 불가능할 정도로 괴롭고 불안해져서 분노하고 공격적으로 변하다 정도가 심해지면 살인까지 가게 되는 거죠. 연인 간의 이별이 살인으로 끝나게 되는 경우죠. 요즘 뉴스에서도 가끔 나오잖아요."

보름은 고개를 끄덕거리며 듣다 말했다.

"애착 대상으로부터의 분리가 어떤 사람들에게는 존재의 위협으로 느껴지기도 한다는 말이네요."

"그렇죠."

"안쓰럽기는 한데 그런 불완전한 성인을 온전히 보듬는 일은 우리 같은 속인에겐 버거울 것 같아요. 절대 쉽지 않겠어요."

강비가 조용히 고개를 끄덕거렸다.

보름은 차창 밖으로 시선을 돌렸다. 굵은 각목들을 꽂아놓은 것처럼 빽빽이 선 고층 아파트들, 상가 건물들, 가로수와 공원의 나무들. 익숙한 풍경이었다. 몇 시간 전에 윤주가 말했다. 너 발도 아프고 해서 약속 장소는 네 동네에서 멀지 않은 곳으로 정했어. 늘어선 빌딩 사이로 어스름이 내려왔다. 해가 기울면서 우뚝우뚝 솟은 건물들이 입체감을 잃고 판지로 세운 것처럼 실루엣만 보였다. 일정한 거리를 두고 달리던 차들이 다닥다닥 붙어서기 시작했다. 차가 굴러가는 게 아니라 거대한 컨베이어벨트가 돌아가는 것 같았다.

여기서 문을 열고 도망치면 어떻게 될까? 차를 버릴 수 없으니 강비가 쫓아오진 못할 것이다. 대신 나중에 블랙박스를 들고 경찰서로 갈까? 내가 며칠 동안 죽도록 고생한 걸 허사로 만들까? 가슴이 답답했다. 보름은 숨을 크게 들이쉬었다가 내쉬었다.

눈에 익은 도로와 건물들이 천천히 지나갔다. 멀찍이 윤주와 자주 갔던 이탈리안 레스토랑이 나왔다. 사위는 어스름에 잠기고 밭에 가면 어차피 일을 못 할 터였다. 배도 많이 고팠다.

"나온 김에 파스타라도 먹고 갈까요?"

보름이 말했다.

"지금……."

"제정신 맞고, 제 처지도 잘 알아요. 근데 이젠 편의점 도시락 지겨워요. 힘을 내서 일해야 되는데 밥이 너무 부실하잖아요."

"저번에도 말하지 않았어요? 그 일은 내 일이 아니라 노보름 씨 일이라고, 나는 노보름 씨가 노동에 집중하도록 편의를 제공하는 것일 뿐이라고……."

"그러니까 편의를 제공하는 김에 한 번쯤 고급진 편의를 제공해 달라고요. 어차피 계산은 내가 하잖아요. 조금 전에 애써 준 것도 있으니까 오늘은 강비 씨 몫까지 내가 낼게요."

"우유랑 과일도 있고, 맛은 몰라도 그 정도면 열량은 충분하다고 생각해요."

"그건 가만히 앉아서 레고나 맞추는 사람 얘기죠. 종일 노동하는 사람에겐 터무니없이 부족해요. 옛날 머슴밥이 왜 머슴밥이겠어요. 하루 종일 일하니까 많이 먹어야 힘을…… 아, 저 코너에서 우회전하면 돼요."

보름이 소리쳤다. 강비가 주춤하다 그대로 갔다.

"그 아줌마가 싸다 준 도시락도 있잖아요."

"네, 아주 훌륭하죠. 밥, 김치, 고기, 과일, 전형적인 한식 도시락……."

빈정대듯 말했지만 보름은 크게 서운하지는 않았다. 윤주를 긴 고통으로부터 건져내게 된 것이 말할 수 없이 기뻤다. 소중한 몇 시간을 허비한 대가가 충분히 만족스러웠다. 강비가 동혁을 논리정연하게 제압해 나갈 때 보름은 은근한 카타르시스를 느꼈다. 쌓였던 스트레스가 다 날아가는 느낌이었다. 한참을 더 가다 강비가 편의점 앞에 차를 세웠다.

"저기서 먹고 싶은 걸 고르세요."

강비가 먼저 차 밖으로 나갔고 보름도 따라 나갔다. 진열대를 돌며 각자의 바구니에 필요한 것들을 담았다. 계산한 물건을 봉투에 담아 들고 차에 올랐다. 강비의 차가 노란 불빛을 뿌리며 밤길을 달렸다. 보름은 윤주에게 녹음 파일을 보냈다.

밭에 도착했을 때는 이미 캄캄해져 있었다. 휴대폰 플래시를 켜 든 강비가 앞장서서 철길을 건넜다. 보름은 뒤를 따라갔다. 앞서 걷던 강비가 컨테이너 앞에서 잠시 멈춰 섰고 보름은 다시 고마웠다고 인사한 뒤 컨테이너 안으로 들어갔다.

방문을 열자 흙냄새와 약간의 땀 냄새가 새어 나왔다. 보름은 에어컨을 켜고 봉투 속의 것들을 냉장고에 옮겼다. 이름이 그럴듯해서 고른 주종발효 크림빵을 들고 침대에 걸터앉았다. 빵을 먹으면서 윤주에게 전화를 걸 생각이었다. 때마침 전화벨이 울렸다. 윤주는 이미 운 듯했다. 전화선 너머의 목소리가 잠겨 있었다. 한동안 말이 없던 윤주가 목멘 한마디를 뱉었다.

"잘 들었어."

보름은 의기양양했다. 전쟁에서 이기고 온 장수 같았다.

"들어봤으니까 알겠지만 이제 다 끝났어. 그 인간 다시는 네 앞에 나타나지 못할 거야. 만나 달라거나 돈 달라고 절대 못 할 거야."

"확실하게 끝낸 거 맞지? 다 들었는데도 믿기지 않는다."

"믿어지지 않을 만도 해. 오래 고통받았잖아. 이젠 정말 마음 놓아도 돼. 그 비열한 인간 하나도 걱정하지 말고 있고 싶은 만큼 더 있다 와도 돼."

"고맙다, 진짜 고마워. 진짜 진짜 고마워서……."

윤주는 말을 잇지 못했다. 그동안의 고통을 모르지 않는 보름도 눈물이 났다. 윤주에게 밝히지 못한 자신의 상황도 눈물샘을 자극했다. 둘은 소리 내서 한참을 울었다. 엉엉 울던 윤주가 돌연 또랑또랑한 목소리로 물었다.

"그런데 같이 간 그 남자 누구니? 내 사촌오빠라는 사람, 뭔가 수상해. 너 혹시 바람피우는 거 아니야?"

"너 사람을 어떻게 보고……."

윤주는 눈물 끝에 며칠 더 쉬다 오겠다고 했다. 보름은 올

때 여분의 선물을 준비해달라고 말했다. 가족과 가까운 사람들에게 기념으로 건넬. 윤주가 흔쾌히 대답했다.

눈물과 웃음이 범벅된 통화를 마치고 나니 배가 고팠다. 보름은 주종발효 어쩌고 하는 빵을 먹기 시작했다. 빵은 퍼석하면서 뻣뻣했고 안에 든 크림도 딱딱하게 뭉쳐 있어서 맛이 좋진 않았다. 크림을 다 발라내니 오히려 먹을 만했다. 보름은 우유와 함께 그것을 먹으며 생각에 잠겼다. 윤주의 일은 잘 마무리되었고 특별한 일이 없는 한 이틀 정도만 더 하면 내 일도 끝난다. 윤주도 나도 걱정 없던 때로 돌아간다. 평범하고 행복한 시간의 연속이 될 것이다. 가슴 가득히 환희가 밀려 왔다.

잠을 청하다 보름은 휴대폰을 보았다. 강비가 한 말이 떠올라서였다. 검색창에 의하면 블리딩은 굳지 않은 콘크리트나 모르타르 등에서 고체 재료의 침강 또는 분리에 의해 혼합수의 일부가 유리되어 상승하는 현상이었다. 그것은 콘크리트를 부어 넣은 후 시멘트 골재의 침하와 함께 발생하고 침하는 콘크리트 구성재료가 상호 접촉하여 시멘트 페이스트가 어느 정도 응결됨으로써 침하가 방지되기까지 한다고 했다.

이어서 블리딩이 많을수록 레이턴스 층이 발생하여 상하 콘크리트 간의 부착 강도는 저하하게 된다, 는 설명도 있었다. 보름은 레이턴스를 찾아보았다. 블리딩으로 인하여 콘크리트나 모르타르의 표면에 떠올라서 가라앉은 물질이라는 말과 연관 검색어로 떠오른 워터게인도 찾아보았다.*

한마디로 모래와 자갈, 시멘트, 물 등 재료의 배합이 적절치 않거나 고루 섞이지 않았을 때 무거운 것이 아래로 가라앉고 맨 위로 물이 뜨는 것이 블리딩이라는 것이었다. 그로 인해 부실 공사가 되고 건축물의 내구성도 떨어진다는 말이었다. 강비는 이걸 사람 사이에 빗대서 말한 것이었다.

---

* 블로그 '에릭의 건축 실무' 참조

아버지, 그리고 어머니

침대에 누웠지만 잠이 오지 않았다. 강비는 뒤척거리다 자리에서 일어났다. 싱크대 서랍에서 작은 캔 하나를 꺼내 들고 밖으로 나왔다. 휴대폰 플래시를 켜 들고 집 뒤쪽으로 갔다. 어둠 속에서 고양이가 나타나 그의 다리 근처에서 서성거렸다. 잘 있었니? 그가 말을 걸었다. 왼쪽 눈 주위와 네 발의 끝만 흰색인, 그래서 마치 네 발에 흰 양말을 신은 것처럼 보이는 검정고양이가 야옹, 하고 대답했다. 그는 고양이 앞에 쪼그려 앉았다. 팔을 뻗어 고양이 머리를 쓰다듬었다. 그의 손에 몸을 맡긴 고양이가 가르릉거렸다.

그는 캔 뚜껑을 따서 바닥에 놓아주었다. 고양이가 할짝거리며 먹기 시작했다. 강비는 잠시 고양이를 지켜보다 몇 걸음 걸어가서 소변을 보았다. 지퍼를 올리고 전날 고양이가 먹어치운 빈 캔을 가져다 전전날과 그 전전날 먹은 캔들 위에 쌓았다. 안으로 들어가서 게임을 할까, 영화를 다운받아 볼까 하다 남은 타워를 조립하기 시작했다.

지난번에 만든 것과 똑같은 것이어서 약간 지루했지만 그는 금세 빠져들었다. 설명서를 봐가며 열심히 브릭을 쌓아갔다. 시간이 흘렀고 마침내 나머지 타워가 완성되었다. 남은 브릭의 수는 얼마 되지 않았다. 그는 뿌듯한 마음으로 두 개의 타워를 연결하고 섬세하게 꾸며진 지붕을 타워에 올렸다. 케이블을 연결하였다. 런던의 상징인 빨간색 이층버스와 초록색 자동차와 검은색 택시를 조립해서 다리 위에 올렸다. 드디어 공사가 끝났다. 다 마치고 나니 눈이 침침했다. 어깨와 목도 뻐근했다. 그는 일어서서 다리를 몇 번 굽혔다 펴고 팔을 벌려 기지개를 켰다. 목을 좌우로 몇 번 돌렸다. 흐뭇한 기분으로 길이 102센티, 높이 45센티에 달하는 커다란 타워브리지를 조심해서 벽 한쪽 선반에 올렸다. 위아래로 놓인 레고들을 보았다. 정면에 도열한 스타워즈 시리즈와 피규어, 에펠 타워와 오페라 하우스, 타지마할. 그의 침울하고 난해한 시간을 위로해 주었던 것들이었다.

강비는 평소와 다름없는 시간에 일어났다. 일어나자마자 습관적으로 태블릿을 보았다. 팝업창에 초가 꽂힌 생일케이크가 떠올랐다. 오늘이 살아있다면 환갑일 아버지의 생일이었다. 강비는 옷을 갈아입고 집을 나섰다.

턱밑까지 치받던 풀들은 저만치 밀려나 있었다. 그는 밭을 빠져나왔다. 꽃집에 들러서 흰 국화를 한 다발 사고 마트에서 소주와 마른오징어와 포도, 참외를 샀다. 아버지가 있는 공원묘지로 갔다.

공원묘지는 잘 꾸며진 리조트 같았다. 깔끔한 진입로를 중심으로 완만하면서 층간이 넓은 잔디 계단이 양쪽으로 넓게 펼쳐져 있었다. 왼쪽 계단에는 비슷한 크기의 소나무들이 줄 맞춰 서 있고 오른쪽에는 원뿔형 침엽수가 있었다. 나무들은 누군가를 수용했다는 표시로 아기 손바닥만 한 표찰을 대부분 달고 있었다. 밑둥치가 화려한 조화로 장식된 나무도 더러 보였다. 그것들이 녹색 일색인 죽은 자들의 공간에 약간의 생기를 주었다.

강비는 포장도로를 따라서 걷다가 잔디 계단을 올라갔다. 구름 안쪽에서도 태양이 맹렬히 타는 모양이었다. 그림자가 없는데도 날이 뜨겁고 무더웠다. 그는 땀을 흘리며 한참을 올라가 아버지 이름이 걸린 소나무 앞에 섰다. 국화를 내려놓고 일회용 접시에 과일과 오징어를 담고 술을 따라서 아버지에게 올린 다음 절을 했다. 나무 밑에 소주를 뿌리고 목으로 한 모금 넘겼다. 오징어를 찢어서 잔디 위에 올리고 한쪽을 더 찢어 입에 넣었다. 아버지를 화장하던 날, 신록이 아름답던 산과 그 위로 쏟아지던 햇살과 푸르던 하늘이 떠올랐다.

그날 화장장은 안이고 밖이고 할 것 없이 사람들로 가득했다. 그래서인지 대량으로 주검을 갈무리하는 공간은 특유의 공포 섞인 서늘함이나 침통함이 거의 없었다. 까맣고 다부져 보이는 장례식장 직원이 사람들 속을 분주히 돌아다니다 와서 대기시간이 길겠다고 말했다. 이달이 윤달이어서, 손 없는 달에 조상묘를 이전하려는 사람들이 많아서, 화장로 아홉 기가 전부 가동되는데도 태워야 할 시신들이 밀렸다는 것이었다. 아직 살이 붙은 시신과 오랜 시간 땅속에 누웠다가 뼈마디만 수습되어 온 시신들이 순번을 기다리는 동안, 강비는 철쭉이 지고 있는 화장장 건물 앞의 야외 의자에 앉았다.

두 시간쯤 지나서 차례가 되었다. 관속에 든 아버지를 화장로로 들여보내 놓고 그는 건물 안으로 들어갔다. 간이 영좌가 차려진 곳으로 가서, 아버지가 골분이 되어 오기를 기다렸다. 얼마나 지났을까, 장례식장 직원이 아버지가 빻아지기 위해 기다리는 중이라고 말했다. 해가 설핏할 때쯤 아버지는 작은 단지에 담겨 돌아왔다. 아직 따뜻한 기운이 남은 단지를 강비는 이곳 수목장에 묻었다.

아버지는 친구의 식자재 창고에서 소주를 마시다 죽었다. 자주 출몰하는 고양이 때문에 골머리를 앓던 친구가 황태포에 약을 발라놓은 걸 모르고 안주로 먹은 것이었다. 아버지의 친구는 고양이를 잡으려다 제일 친한 친구를 잡았다며 장례식이 치러지는 삼 일 내내 울었다. 회한 섞인 자책을 눈물과 알코올로 희석했다. 강비는 아버지를 제대로 애도하지 못했다. 보험회사가 타살 의혹을 제기했고 경찰은 아버지의 최근 행적과 원한을 가졌을 만한 인물을 탐문했다. 거기다 장례식이 끝나기도 전에 얼굴도 기억나지 않는 어머니가 찾아왔다. 그는 생에 대한, 인간에 대한 환멸이 커져서 살고 싶지 않았다. 같은 이유로 죽고 싶지도 않았다.

멀리 검은 옷을 입은 사람들이 작은 나무 하나를 에워싸고 있었다. 또 누군가의 삶이 마무리되는 모양이었다. 아버지의 이웃이 한 명 더 느는 모양이었다. 같은 날 화장로로 나란히 들어갔던 동기들과 아버지는 남다른 우정을 쌓고 있을지.

아버지 옆자리의 남자는 변리사라고 했다. 쌍까풀이 깊고 콧날이 매끈하면서 턱이 뾰족한 그 남자의 아내는 화장로로 들어가는 남편의 관 앞에서 길게 손을 뻗어 제 얼굴과 함께 사진을 찍었다. 자살했다는 남편의 관을 배경으로 기념사진을 찍었다. 눈과 코와 턱이 어색하게 예쁜 그 여자는 영좌 앞에서도 포즈를 바꿔가며 제 모습을 찍었다. 찍은 사진을 SNS에 올리는 듯 부지런히 손가락을 놀렸다. 그는 슬픔조차 포장해서 게시하는, 철이 없는 건지 뻔뻔한 건지, 순박한 건지 천박한 건지 알 수 없는 여자를 망연히 바라보았다. 그런 그의 귀에 나지막한 소리들이 들려왔다.

"옆집 개가 죽어도 저러기가 쉽지 않은데……."

"그나저나 왜 죽었대?"

"저런 년이랑 사는 게 쉬웠겠어?"

작은 나비 한 마리가 아버지의 나무에 앉았다. 아버지의 환영일까. 강비는 눈으로 나비를 좇았다. 그 사람들을 어떻게 할까요? 강비가 물었지만 아버지는 아무 대답도 하지 않았다. 강비는 다시 물었다. 자기들 마음대로 하는 사람들이니 저도 제 마음대로 해도 되겠죠? 한동안 아버지의 나무 주변을 날아다니던 나비가 다른 곳으로 날아갔다. 조용하고 건조하게 마지막 의식을 치르던 사람들도 어느새 사라지고 없었다. 주위로 적막과 고요가 몰려왔다. 강비는 나무 옆에 길게 누웠다. 날씨는 여전히 후덥지근했으며 하늘은 뿌옜다. 조금의 상상력도 허용하지 않았다.

오랜만의 수다 뒤

보름은 물을 마시고 밖으로 나갔다. 아침부터 푹 젖은 구름이 낮게 깔려 있었다. 무거운 하늘이 밭의 앞과 뒤로 장막처럼 드리워졌다. 보름은 청보라색 고무장화를 신고 농기구가 든 포대를 들었다. 남은 풀 쪽으로 걸어갔다.

참새들이 유난히 시끄럽게 굴었다. 여러 마리가 동시에 짹짹거려서인지 아니면 다른 새의 지저귐과 뒤섞여서인지, 그도 아니면 아예 종류가 다른 새들이 떼로 몰려와 소란을 피우는지 평소의 날카로운 단절음 대신 색다른 소리였다. 찌그럭찌그럭, 짜그락짜그락. 보름은 뒤를 돌아보았다. 가시나무 안쪽의 나무들에 앉았는지 새들은 보이지 않았다. 그런데도 찌그럭거리는 소리는 계속 들려왔다. 보름은 그 새들이 머지않은 자신의 귀가를 미리 축하해주는 것 같았다. 찌그럭찌그럭. 짜그락짜그락. 새들은 계속 지저귀었다.

문득 새벽에 꾼 꿈이 생각났다. 밝고 화창한 날이었다. 학교에 갔다가 돌아왔더니 집에 아무도 없었다. 보름은 이 방 저 방으로 가족들을 찾아다녔다. 미로처럼 복잡해진 집을 아무리 돌아다녀도 가족은 보이지 않았다. 무슨 일이 생긴 거지? 보름은 놀라서 휴대폰을 꺼냈다. 어머니에게 물어보려고 전화를 걸었지만 버튼이 눌러지지 않았다. 천천히 눌러보고, 꾹꾹 힘주어 눌러봐도 마찬가지였다. 밖에 나가서 다른 사람에게 휴대폰을 빌려볼까 했지만 지나가는 사람도 없었다. 보름은 눌러지지 않는 키패드만 안타깝게 누르다 잠에서 깼다.

갑작스러운 환경의 변화가 가져온 불확실한 기분, 모호한 불안이 불러온 꿈이겠지. 보름은 길게 기지개를 켰다. 양팔을 위로 모아서 몸통을 좌우로 기울이며 스트레칭을 했다.

가시나무 사이로 붉은 햇덩이가 떠올랐다. 아침노을이 번진 하늘 위로 검은 새 한 마리가 소리 없이 날아갔다. 호흡 속으로 눅진한 공기가 따라왔다.

보름은 밭에 앉으며 생각했다. 일을 끝내면 강비한테 블랙박스와 동영상을 삭제해 달라고 해야지. 마지막 인사를 하고 짐을 싸서 여기를 나가는 거야. 저절로 발걸음이 가벼워지고 어깨춤이 춰지겠지. 건널목 오른쪽으로 돌아서 걷다가 택시를 타든지, 시내버스를 타야지. 터미널까지 가서 서울행 버스를 타는 거야. 아늑하고 편안한 집. 꿈에서와 달리 반갑게 맞아줄 가족들. 꼴이 왜 이렇게 변했냐, 너무 심하게 논 거 아니냐, 핀잔 아닌 핀잔을 주겠지. 그리고 오랜만에 보는 해든과 그의 부모님. 그들에게 장황하게 늘어놓을 거짓 여행담. 윤주에게서 받아서 건넬 선물들. 아무런 고민과 근심 없이 이어질 평화로운 날들. 행복한 시간들. 생각만으로도 기분이 좋았다.

일을 시작하고 얼마나 시간이 갔을까. 누군가 외치는 소리가 들렸다. 아주머니였다. 옆에는 입이 댓 발이나 나온 준열이 서 있었다. 아주머니가 강비의 나무 마당 위에서 다시 소리쳤다. 멀어서 잘 들리지 않았다.

"뭐라고요?"

보름도 같이 소리를 질렀다. 언제 종이 울렸는지 커다란 소리를 내며 기차가 달려왔다. 보름은 줄지어 달려가는 화물열차를 바라보았다. 컨테이너를 실은 기차가 지나가기를 기다렸다가 아주머니가 다시 외쳤다.

"강비 어디 갔냐고?"

"몰라요."

보름은 소리치고 나서 부지런히 손을 움직였다. 묵직한 도시락을 든 아주머니가 보름의 옆까지 와서 말했다.

"아니 왜 몰라?"

준열은 나무 마당의 의자에 앉아 있었다. 잔뜩 찡그린 얼굴로 이쪽을 바라보았다. 보름은 이마의 땀을 닦고 물을 마셨다.

"말을 안 하고 갔으니까 모르죠."

"말도 안 하고 갔어?"

"일어나 보니까 안 보이더라고요. 새벽에 나갔나 보죠."

의심스러운 눈초리로 보던 아주머니가 도시락통을 들어 보였다.

"반찬을 좀 해왔는데 사람이 없고 문도 잠겼고, 그냥 두면 쉴 것 같아서. 컨테이너에 냉장고가 있으면 거기 좀 넣어두라고……."

문이 잠겼다고? 도시락을 데우러 갔으면 허탕칠 뻔했잖아. 보름이 일어났다. 오랫동안 앉아 있어서인지 허리가 잘 펴지지 않았다. 다리도 반듯하게 펴지지 않았다. 아주머니가 앞장서서 걸어갔고 보름은 밭일을 오래 해서 자세마저 굳어버린 시골 할머니들처럼 엉덩이를 빼고 어기적거리며 따라갔다. 걸음을 옮길수록 허리가 펴지면서 진화과정을 그린 도표 속의 인간들처럼 점점 몸이 꼿꼿해졌다. 걸음이 반듯해졌다.

보름은 컨테이너로 가서 냉장고에 먼저 들어갔던 것을 빼내고 아주머니가 건넨 도시락을 넣었다.

"그게 왜 거기 있어?"

문턱에 앉은 아주머니가 놀라서 물었다.

"강비 씨가 안 먹겠다고, 버리겠다는 걸 제가 가져다 먹었는데, 그릇을 지금 비워 드릴까요? 온 김에 가져가실래요?"

아주머니가 대답 대신 푸념을 늘어놓았다.

"자식이 소갈머리하고는. 지가 세상에 다른 가족이 또 어디 있다고. 에미가 맘먹고 이것저것 해다 주면 고맙습니다, 하고 받아 처먹을 일이지 그걸 갖다 버리네 어쩌네, 참 뇌깔스러워서…… 얼마나 고집이 세고 내찬지 이뻐하려고 해도 도대체가 정이 안 가."

아주머니 말이 길어질 것 같았다. 보름은 가스레인지에 물을 끓여서 찬합의 남은 밥 위에 부었다. 아주머니가 파란 새도우가 발린, 핏발 서린 큰 눈으로 방 안에 흩어진 여행 가방과 옷가지들을 훑었다. 보름은 밥을 한술 떠서 문밖에 던지고 천천히 먹기 시작했다.

"진짜 둘이 결혼하는 거 맞아?"

아주머니 눈에 의구심이 가득했다. 쪼그라든 오이무침을 먹으며 보름이 반문했다.

"왜, 아닌 것 같아요?"

"혼자만 일하는 것도 이상하고 잠도 따로 자는 것 같고……."

참새들이 문밖으로 몰려왔다. 분주하게 밥알을 찍으며 명랑하고 날카롭게 짹짹거렸다. 대꾸하기 싫지만 아직 며칠 남았다. 보름은 머뭇거리다가 입을 뗐다.

"따로 자는 건 저도 그렇고 저희 부모님이 좀 보수적이라 혼전순결을 중요하게 여겨서 그런 거고 일은 제가 생각할 게 많아서, 몸을 쓰면 좀 나아질까 싶어서 하는 거예요. 그리고 제 생각에 오늘 가져온 음식들도 안 먹겠다고 할 것 같은데 그냥 가져가실래요?"

"이왕 해온 거 먹든지 안 먹든지 일단은 줘야지. 한두 번은 싫다고 거절해도 결국은 먹게 되겠지."

아주머니는 음식을 또 해 올 모양이었다. 그러거나 말거나. 보름이 생각할 때 아주머니가 말을 이었다.

"먹지 않는다고 해도 계속 가져다주면 성의는 좀 생각해주겠지."

뇌꼴스럽지만 강비가 자신의 성의를 알아줄 때까지. 성의의 대가로 피씨방이 떨어질 때까지 조공처럼 바치겠다는 말 같았다.

보름은 알이 작은 연갈색 포도 송이를 집었다. 새끼손톱만 한 포도알을 따서 입에 넣다 아주머니에게도 권했다. 아주머니는 씨 발라 먹기 귀찮아서 싫다고 고개를 저으며 말했다.

보름은 포도까지 다 먹고 나서 그릇을 씻었다. 가방에 담아 아주머니 앞에 내밀었다.

"여기서 강비 씨가 올 때까지 기다리실래요? 저는 밭에 나가봐야 해서요."

보름은 장화를 신었다. 아주머니가 소리쳐 준열을 불렀다. 의자에 퍼져 있던 준열이 뚱한 표정으로 마당을 걸어 내려왔다. 얼굴에는 벌써 송골송골 땀이 맺혀 있었다.

"아씨 엄청 덥잖아. 어떻게 일을 하라고……."

"봐라. 저 누나가 열심히 해서 얼마 안 남았잖아. 조금만 더 하면 되겠다. 형이 금방 올지 모르니까 얼른 가서 하는 척이라도 하고 있어."

아주머니가 아들의 등을 두드렸다. 가죠. 보름의 고갯짓에 준열이 못마땅해하며 따라왔다. 아주머니가 빠른 걸음으로 밭을 빠져나갔다.

준열이 괭이를 집었다. 마지못해 땅을 팠다. 보름은 던져두었던 호미를 들었다. 준열이 몇 번 괭이질을 하다 땅바닥에 주저앉았다. 낮게 드리운 하늘 아래서 오래 물을 마셨다. 애초에 많은 일을 할 거라는 기대를 접었으므로 보름은 신경쓰지 않았다. 호미를 들고 풀을 공략하는데 열중했다. 뽑은 풀은 조금 전까지 자신을 키워온 햇볕에 말라 죽도록 눕혀두었다.

"좀 쉬었다 하세요."

준열이 다리를 쭉 펴고 말했다. 혼자 쉬는 게 미안한 모양이었다. 그 말을 듣자 갑자기 목이 말랐다. 보름은 풀 무더기 위에 앉아서 물을 마셨다.

"원래 이런 일하신 건 아니죠?"

준열이 투실한 손으로 해를 가리며 말했다.

"설마요."

말해놓고 보름은 웃었다. 어릴 적 엄마를 보면서 가졌던 의문이 떠올라서였다. 나이를 먹은 사람들에겐 알지 못할 어떤 힘이, 강단이나 끈기 같은 게 저절로 생기나, 참을성이 생기나 했던.

어릴 때 수건 하나, 양말 한 짝이라도 빨 일이 생기면 팔이 떨어질 것 같아서 많은 빨래를 손으로 척척 해내는 엄마를 경이로운 눈으로 보곤 했다. 굵지 않은 저 팔로 어떻게 많은 일을 할 수 있지? 어디서 저런 힘이 생기지? 마치 슈퍼우먼을 보는 느낌이었다. 이대로라면 나는 아무것도 못할 텐데, 커서 사람 노릇이나 할 수 있을까, 터무니없는 걱정도 했다. 어느 정도 나이를 먹고 세월이 던져준 과제들을 어설프게 해치우면서, 자신의 팔에도 약간 힘이 붙으면서, 엄마나 다른 어른들도 그 나이만큼의 과제를 해치운 사람들이라는 것을 알았다. 묵묵히 시간의 횡포를 견딘 사람들이라는 것을 알았다.

보름은 다시 일을 시작했다. 시간의, 스탬프의 횡포에 힘겹게 맞섰다. 준열이도 괭이를 들고 힘주어 땅을 팠다. 워낙 더운 날이라 얼마 지나지 않았는데도 목이 타고 갈라지는 느낌이 들었다. 보름은 탱자나무 그늘에 엉덩이를 내려놓았다.

준열이 가까이 와서 앉았다.

"형수님은 무슨 일 하는 사람이에요? 직업이 뭐예요?"

형수님 소리는 여전히 거슬렸다. 하지 말라고 해도 듣지 않을 터, 보름은 무시했다.

"글쎄, 뭐 하는 사람일까요?"

준열이 보름을 보며 머리를 굴렸다, 강비가 저만치 철길을 건너오는 게 보였다. 허름한 청바지에 커피색 티를 입은 그가 밭에 들어섰다. 얼굴을 잔뜩 구긴 채 둘 쪽으로 걸어왔다. 또 무슨 말을 하려고. 보름과 준열이 동시에 긴장했다. 얼른 일하는 척이라도 해야 하나 망설일 때 가까이 온 강비가 준열을 향해 일갈했다.

"그렇게 노닥거리려면 집에 가라. 남의 돈 거저먹으려 수 쓰지 말고."

"아, 씨발, 나 여태 일했다고. 지금 잠깐 쉬는 중이라고."

"잠깐 일하고 내내 쉬는 거겠지."

"이렇게 땀도 많이 났는데, 안 보여?"

"그 등치면 가만히 앉아만 있어도 땀나지 않냐?"

"아, 녜, 녜, 엄청 드럽게 잘 나셨어요."

빈정이 상한 준열이 비아냥댔고 보름은 물을 마셨다. 강비가 보름 쪽으로 시선을 옮겼다. 하늘을 향해 고개를 들었던 보름이 멈칫하고 물병을 내렸다. 자신에게 무슨 불똥이 튈까 싶었다. 강비가 시선을 걷고 말없이 돌아섰다. 제 집을 향해 걸어갔다.

"아 씨발 새끼, 진짜 개빡쳐!"

어차피 욕먹은 거 더 쉴 심산 같았다. 준열은 씩씩대면서도 일어날 생각을 하지 않았다.

"형수님은 저런 싸가지 어디가 좋아요? 아는 척도 않는고만……."

보름이 웃으며 말했다.

"좀 부끄러웠나 보죠."

"부끄럽기는 개뿔…… 돈도 많은 새끼가 완전 쫌생이에다, 근데 저런 인간을 어디서 만났어요? 어떻게 가까워졌어요?"

보름은 피식 웃고 나서 말했다.

"영화관에서요."

윤주가 동혁을 만난 장소였다.

"거기서 어떻게요?"

준열이 관심을 보였다. 듣는 이의 관심이 말하는 이의 혀를 재촉한다던가? 보름은 익히 아는 얘기를 풀었다.

"남동생하고 영화관에 갔을 때였어요. 동생이 화장실에 가더니 세면대 위에 있었다며 웬 휴대폰을 들고 왔어요. 두고 오자니 찝찝해서 직접 주인을 찾아주겠다고. 마침 시간이 돼서 영화관에 들어갔는데 한 시간쯤 지나 영화가 끊긴 거예요. 사방은 깜깜해졌고 느닷없는 상황에 사람들이 웅성거릴 때 직원이 와서 죄송하다고 시스템이 갑자기 초기화되어서 복구하는 중이라고 말했죠, 잠시 뒤에 직원이 다시 와서 영화가 어디서 끝났냐고 물었고, 사람들은 주인공이 까만드레스를 입고 카지노에 있는 장면에서 끝났다고 외쳤어요. 사람들이 영화가 시작되기를 기다리는데 뒤쪽에서 한 남자가 소리쳤어요. 혹시 영화관에서 휴대폰 주운 사람 계세요? 하고. 강비 씨였죠. 상영 시간이 임박해서야 휴대폰이 없어진 걸 안 그 사람은 점심 먹은 식당에 놓고 온 줄 알고 달려갔는데 당연히 없죠. 오가느라 시간을 보내고 막 영화관에 들어온 참이었어요. 영화가 끝난 뒤에 물어보려고 했는데 마침 중간에 끊겨서 잘됐다 하고 소리친 거죠. 나중에 강비 씨가 밥을 샀어요. 서로 인상이 나쁘지 않아서 계속 만나게 됐고……."

엊그제 처음 본 사람한테, 얼굴도 몇 번 보지 않은 사람에게 주절주절 얘기를 늘어놓다니, 보름은 약간 어이가 없었다. 말이 고팠던 거지. 힘든 시간을 같이 견딘다는 게 위로가 되었던 거지. 보름은 그래도 나쁘지 않다고 생각했다.

"대체 저 인간의 어디가 마음에 들었어요? 뭐가 좋아서 결혼하려고 해요?"

작은 눈을 빛내며 준열이 물었다. 보름이 웃으며 대답했다.

"전부 다요."

"아, 대박, 진짜 쩐다! 보니까 형수님도 졸라 띠껍게 보던데……."

준열은 진심으로 놀랐는지 벌린 입을 다물지 못했다. 생각보다 충격이 큰가? 보름은 장난스럽게 말을 이었다.

"그러는 거 멋있잖아요. 쿨하잖아요."

"저게 멋져요? 쿨해요? 아, 이제 보니까 형수님 엄청 독특하시다."

"준열 씨가 잘 몰라서 그러는데 강비 씨가 사실은 엄청나게 다정해요. 자상하기도 하고……."

"그럴 리가요."

이왕 시작한 거, 보름은 아예 신파를 쓰기로 했다.

"진짜라니까. 둘만 있을 때 저 사람은 완전 실크스카프예요. 보드랍고 따뜻하고 섬세하고 또 돈은 얼마나 잘 쓰는지……."

"도저히 믿을 수 없어. 저 인간 절대로 그럴 사람이 아냐."

준열이 고개를 흔들었다. 검고 통통한 볼이 좌우로 흔들렸다.

"세상엔 겉보기와 다른 사람이 얼마나 많은데요? 갑자기 생각났는데 준열 씨 어릴 때 동물원에 가본 적 있죠?"

"당연히 있죠."

"나도 여러 번 갔거든요. 아주 어릴 때는 해자 너머로 어슬렁거리는 사자나 '어흥'이라는 단어에 다 담지 못할 깊은 울림을 가진 호랑이의 울음에 놀라기도 했지만, 놀이기구나 솜사탕 같은 것에 정신이 팔려서 특별히 기억에 남는 동물은 없었어요. 그런데 열두 살이 되어 갔을 때 사막여우와 족제비 같은 것들이 눈에 들어왔고 그러다 기러기를 봤는데 그때 엄청 놀랐어요. 목이 길고 다리는 짧고 거기다 펑퍼짐한 엉덩이로 뒤뚱거리는 걸음걸이. 그런 우스꽝스러운 몸을 가진 기러기가 그렇게 하늘을 맵시 있게 난다는 게 믿기지 않았어요. 끼룩거리며 푸른 겨울 하늘을 줄지어 날아가는 날씬하고 우아한 새. 그러나 가까이에서 보면 볼품없는 잿빛 오리."

"그래서 그 오리가 뭐 어쨌다고요?"

"바로 강비 씨라고요. 겉은 냉랭해 보여도 속이 멋진 사람."

"아, 미친, 진지하게 듣고 있었잖아요."

준열이 야유했고 보름이 정색했다.

"진짜예요. 그 사람이 얼마나……."

그때였다. 보름의 등 뒤에서 낯선 목소리가, 아니 익숙한 목소리가 들려왔다.

"너, 지금 여기서 뭐 하니?"

보름의 심장이 쿵 내려앉았다. 온몸의 솜털이 곤두섰다.

쉽지 않은 변명, 설명

보름은 조심스레 뒤를 보다 용수철처럼 튕겨 일어섰다. 해든이었다. 이곳에 절대 나타나서는 안 될 그가 옆에 와 있었다. 경악과 불신이 뒤엉킨 눈으로 보름을 쏘아보고 있었다.

"오, 오빠가 어떻게 여길……?"

보름의 심장이 세차게 요동쳤다. 하늘색 셔츠에 베이지색 면바지를 입은 해든은 밭을 가로지르느라 신발에 묻은 약간의 흙을 빼곤 깨끗했다. 늘 그렇듯 허옇고 말끔하면서 기품 있었다. 그 얼굴에 당혹감이 역력히 보였다. 분노 섞인 혼란이 가득했다.

보름은 자신을 보았다. 햇볕에 그을어 검고 초췌해진 얼굴, 땀과 노동에 함몰되어 비루해진 몸, 촌스럽고 조야한 옷. 이 거칠고 상스러운 꼬락서니와 상황을 어떻게 설명해야 할지

난감했다. 어떻게 납득시킬 수 있을지 막막했다. 뒤따를 비난이 두려우면서 한편으론 해든을 보니 반갑기도 했다.

보름이 울먹거렸고 해든은 이 불가해한 장면에 말을 잇지 못했다. 옆에서 준열이 싱글거리며 끼어들었다.

"이분이 형수님 오빠예요? 와 존나 잘 생겼다. 멋지시다!"

해든의 얼굴이 다시금 경악으로 벌어졌다.

"아냐, 아냐, 그거 아냐."

보름은 손을 저으며 준열이 생각 없이 투척한 말을 필사적으로 부정했다. 그리곤 준열을 향해 소리쳤다.

"지금 무슨 소리를 하는 거예요? 누가 누구 형수라는 거예요?"

준열이 매우 혼란스럽다는 듯 얼빠진 표정을 짓다가 반박했다.

"조금 전에도 그랬잖아요. 우리 형이 좋다고, 얼마 안 있으면 결혼도 한다고…… 그러면 나한테 형수 아니에요?"

해든의 얼굴이 처참하게 일그러졌다. 당황한 보름이 새된 소리를 질렀다.

"지금 누가 결혼한다는 거예요? 그 말도 안 되는 소리 집어치우고, 저리 가세요. 썩 꺼져요!"

준열은 자신이 뭘 잘못했는지, 보름이 뭣 때문에 화를 내는지 알 수 없었다. 약간 맹한 얼굴로 해든과 보름을 번갈아 보다 쭈뼛쭈뼛 물러갔다. 무거운 걸음을 옮겼다.

그때 동혁이 눈에 들어왔다. 해든의 등 뒤로 몇 걸음 떨어진 곳에 그가 보였다. 보름은 금방 알아챘다. 전날 그가 뒤를 밟았구나. 강비의 차가 특별해서 따라잡기도 쉬웠겠지. 그 생각을 확인시켜주려는 듯 동혁이 앞으로 나왔다. 흐뭇하고 거만한 표정으로 해든에게 말했다.

"그렇게 안 믿더니, 보세요, 내 말이 거짓말 아니잖아요."

해든의 얼굴이 수치로 붉어졌다. 동혁이 흡족해하며 떠벌렸다.

"저 람보르기니 타는 남자가 윤주 사촌오빠라고 하는데 아무래도 진짜는 아닌 것 같고, 이 사람 없고 한적한 곳에서 둘이 뭐 하고 있었는지 아까 보니까 결혼할 사이라는 말도 나오는 거 보니 보통 사이가 아닌 것 같은데 잘 알아보세요. 매우 흥미진진하지만 나는 이만 빠져줄 테니까 두 분이 잘 얘기해 보세요."

과장된 정중함과 격식을 갖춘 조롱으로 동혁이 인사했다. 비열한 웃음을 물고 돌아서서 경사진 밭을 느릿느릿 걸어 올라갔다. 보름이 그의 뒤통수를 조용히 노려보았다.

해든은 눈을 감았다. 천천히 심호흡을 하며 치솟는 화를 눌렀다. 달궈진 수치를 가라앉혔다. 마주 선 해든과 보름의 머리 위로 한낮의 태양이 작열했다. 뜨겁고 묵직한 여름이 둘을 에워쌌다. 준열은 멀찍한 곳에서 느리게 괭이질을 하며 이쪽을 흘깃거렸다.

철도 앞까지 간 동혁이 양발을 차례로 굴러 신발에 묻은 흙을 털었다. 잠시 뒤 바람에 자동차 소리가 실려 왔다. 해든이 눈을 떴다. 감정을 누르며 또박또박 말했다.

“네 입으로 직접 말해봐. 호찌민에 있어야 할 네가 왜 여기 있는지…… 날마다 맛있는 것 먹으면서 여기저기 놀러 다닌다고 문자 보내고 사진 보낸 사람이 여기서 대체 뭔 짓을 하고 있는지…….”

“오빠가 생각하는 것만큼 큰일은 아니야. 사소한 일이 꼬여서 이렇게 된 거지.”

“그러니까 그 꼬인 일이 뭔지 말을 해보라고. 도대체 뭔 짓을 어떻게 했길래, 뭔 일을 어떻게 당했기에 이 꼴이 됐냐고…….”

해든의 목소리에 힘이 들어갔다. 평소의 그에게서 한 번도 보지 못한 모습이었다. 갑자기 서운한 생각이 들었다.

“당한 거 아냐.”

“그럼 뭘 어떻게 했는데……?”

해든이 낮고 날카롭게 소리쳤다. 지금까지 견딘 시간이 왈칵 밀려왔다. 보름은 괜히 서럽고 화가 났다.

“오빠는 지금 내 꼴이 안 보여? 이 초라하고 더럽고 지저분해진 꼴이? 오빠가 나를 조금이라도 생각한다면 그동안 얼마나 고생을 했냐, 힘들었냐, 그 말부터 해야 하는 것 아냐? 내가 죽을죄를 진 것도 아닌데…….”

그 말이 해든을 더욱 화나게 했다. 쌍꺼풀 없는 큰 눈에 힘을 주며 그가 빠르게 말했다.

“네가 사람을 기만했잖아. 며칠 동안 계속 거짓말했잖아. 무책임하고도 습관적으로…… 함동혁 씨 아니었으면 아직 나를 속였을 테고. 어쩌면 죽을 때까지 숨길 생각이었는지도 모르지. 갑자기 무서워진다. 네가 정말 이런 사람이었니?”

해든이 고개를 잘게 흔들었다. 보름은 풀이 죽어서 말했다.

“원래 속이려고 했던 건 아냐.”

“속이려고 하지 않았는데 사진이 저절로 전송되어 왔어? 즐겁고 재밌다는 말이 저절로 내게 날아왔어?”

“그건 아닌데…… 내가 베트남에 가서 신나게 노는 대신 여기서 일했다고 생각하면 달라지는 건 없어. 큰 틀에서 보면 일주일간 편하고 즐겁게 놀았냐, 힘들게 고생했냐만 달라지는 거지. 그래도 사실을 알면 오빠가 기분 나빠할까 봐 말을 안 했어. 선의의 거짓말을 했어.”

“큰 틀에서 보면 달라지는 게 없다고? 또 기껏 한다는 변명이 선의야? 네가 벌인 이 큰일이 선의라는 말로 포장이 돼? 위장이 돼?”

해든의 얼굴에 한심하다는 표정이 어렸다. 보름은 서둘러 말했다.

"그날 베트남에 가려고 공항에 갔는데 비행기를 못 탔어."

"왜? 뭣 때문에?"

"출국 체크인을 하는데 내가 몇 년 전에 찍은 기념스탬프을 보더니 공항 직원이 그랬어. 이 여권 가지고 가면 입국을 거절당할 수도 있다고……."

"그게 말이 되니?"

"그지? 나도 처음에는 말이 안 된다고 생각했어. 하지만 사실이야. 베트남이 아직 사회주의 국가라서 때론 아무것도 아닌 일로 트집을 잡기도 한대. 작년에 어떤 사람도 같은 이유로 입국을 거절당해서 돌아왔대. 그러면서 잘 생각하라고 하는데 갈 수가 없었어."

"나한테는 비행기 탔다고 했잖아."

"사소한 일로 오빠가 신경 쓰는 게 싫어서 그랬지. 어차피 다음 날 임시여권을 만들어서 갈 거였으니까."

"그런데 왜 여기 있어?"

"공항에서 노숙할 수는 없어서 집으로 가다가 사고를 냈어. 드레스숍에서 오빠가 말했던 그 비싼 차를 추돌했어. 너무 무섭고 겁이 나서 제발 신고만 하지 말아 달라고 빌었더니 차 주인이 여기 데리고 와서 풀을 뽑으라고 했어. 그래서 뽑고 있는 중이었어."

얼굴을 급격히 일그러뜨리며 해든이 소리쳤다.

"너 바보니? 나이를 어디로 먹었어? 사고를 냈으면 보험사 부르고 경찰에 신고하는 게 기본 아니야? 그 쉽고 단순한 걸 제대로 못 해서 일을 이 지경으로 만들어?"

"알아. 알아. 나도 잘 알아. 그런데 너무 무서웠어. 그날 저녁에 윤주랑 맥주를 한 잔씩 했거든. 음주운전한 게 드러날까 봐, 학교에 알려져서 징계받고 또 우리 엄마랑 오빠까지 알게 될까 무서웠어. 일이 이렇게 커질 줄은 진짜 몰랐어. 그런데 이제 거의 다 끝났어. 내일모레면 집에 갈 수 있어."

"음주, 운전을 했다고? 너는 대체……."

말문이 막힌 해든이 깊은 한숨을 내쉬었다.

"원래 그러려고 한 게 아니라……."

"아무튼 술 먹고 운전한 건 사실이잖아. 교육도 받을 만치 받고 분별력도 있는 애가 왜 그랬니? 징계 받을만한 일을 했으면 마땅히 받아야 하는 것 아냐?"

내비게이션의 도움으로 단속을 피하는 것조차 비양심적이라고 생각하는 해든에겐 음주운전을 한 것도 모자라 신고를 하지 말아 달라고 빈다는 것 자체가 이해되지 않을 터였다.

"후폭풍이 너무 클 것 같아서…… 그땐 진짜로 무서웠어."

보름은 발끝을 보며 중얼거렸다. 해든의 빳빳한 목소리가 보름의 귓전을 흔들었다.

"사실대로 말하는 게 그렇게 힘들었니? 그랬으면 일을 이렇게까지 만들지는 않았을 거 아냐?"

보름은 아무 말 하지 못했다. 해든이 물었다.

"아까 결혼 어쩌고 하던데, 그건 또 무슨 말이야? 상대가 람보르기니 탄다는 그 사람인가?"

"아냐, 아냐, 그건 절대로 아냐. 내가 결혼할 사람이 오빠 말고 누가 더 있겠어. 저 사람이 헛소리한 거야. 말도 안 돼."

상상만으로도 끔찍하다는 듯 보름이 팔과 머리를 동시에 저었다. 그런 보름을 미심쩍게 바라보다 해든이 말했다.

"그렇게 비싼 차라면 수리비도 적지 않을 텐데……, 풀 뽑는 일로 대신하라고 했다는 것도 말이 되니?"

"그것도 안 믿기겠지만 진짜야. 맹세코 사실이야. 오빠, 여기서 잠깐만 기다려봐. 아니 나를 따라와 봐."

보름이 날듯이 컨테이너를 향해 달려갔다. 방 안으로 뛰어들어가 여행 가방 깊숙한 곳에서, 이런데 써먹으리라고 전혀 생각지 못했지만 지금은 유용한 증거물이 될 수첩을 꺼냈다. 허둥지둥 밖으로 나왔다. 준열이 멀찍이서 이쪽을 보며, 건성으로 괭이를 휘둘렀다. 보름은 들고 온 수첩을 해든 앞에 펼쳐 보였다.

"봐. 여기 각서에 써 있잖아. 나 박강비는 아무 날 아무 시 아무 곳에서 본인의 차 람보르기니를 추돌당했다. 쌍방 합의 하에 사고 신고를 하지 않기로 하였으며……."

"그 사람이 누군데? 지금 어디 있는데?"

"저쪽 집에……."

해든이 성큼 걸음을 옮겼다. 보름은 종종걸음으로 따라갔다. 나무 마당으로 올라선 해든이 강비의 창문을 두드렸다. 잠시 뒤 강비가 밖으로 나왔다. 한바탕 멱살잡이라도 한 듯 목이 늘어난 티셔츠에 후줄근한 반바지와 슬리퍼 차림의. 보름은 약간 의기양양한 기분으로 해든의 곁에 섰다. 황망한 중에도 배불뚝이 중늙은이가 아니라 이 사람이 내가 결혼할 사람이라고 강비에게 보여줄 기회가 온 게 기뻤다. 해든은 속으로 놀랐다. 그 형이라는 사람이 준열의 푹 퍼진 외양과 거무튀튀한 얼굴, 맹한 눈빛과 전혀 닮지 않아서였다.

"김해든이라고 합니다."

해든이 예의 바른 동작으로 명함을 내밀었다. 강비가 손안의 그것을 내려다보다 해든을 보았다. 햇빛 때문인지 눈살을 잔뜩 찌푸렸다. 해든이 말했다.

"얼마 전에 이 친구가 사고를 냈다던데……."

"그랬죠."

"수리비 대신 풀을 뽑으라 했다고요?"

강비가 딱딱하게 되물었다.

"그게 뭐 잘못됐나요?"

"일반적인 경우가 아니라서요. 왜 그랬는지 이유가 궁금한데요?"

"이유라, 그런 건 딱히 없고, 그날 내 마음이 그렇게 시켜서요. 김해든 씨와 결혼할 이분이 신고를 하지 말아 달라고 빌기도 했고……."

해든이 얼굴을 찡그렸다. 자신이 무릎이라도 꿇은 것처럼 불쾌했다.

"그 이유뿐인가요? 다른 의도 같은 건 없나요?"

"뭘 얘기를 하고 싶은데요? 내게서 어떤 얘기를 듣고 싶어요?"

"제 상식으로는 이해가 잘 안 돼서요. 말이 안 되잖아요?"

"뭐가 상식이고 어떻게 해야 말이 되는데요? 설마 사고의 규모와 금액에 비해 벌이나 대가가 약하다는 뜻인가요?"

강비가 믿기지 않는다는 얼굴로 해든을 보았다. 햇빛과 노동으로부터 유리된 삶의 강력한 증거인 희고 부드러운 피부의. 해든이 어깨를 으쓱해 보였다.

"그건 아니지만."

강비가 잠시 해든을 응시하다 입을 뗐다.

"이 밭의 풀을 없애려면 어차피 사람이 필요한데, 예기치 않게 비싼 인부를 얻게 됐다면 이해가 되시려나? 돈은 내게 큰 의미가 없지만 그렇다고 내 재산에 명백한 손실을 입힌 사람을 그냥 보낼 수는 없지 않겠어요? 그리고 아까부터 이유와 의도를 묻는데 굳이 의도를 찾자면 자신이 저지른 일의 무게를 온몸으로 느껴보라는 것? 눈물과 어리광으로 통하던 시절의 종말을 직접 목도하고 체득하라는 것?"

해든이 얼굴을 찡그린 채 물었다.

"수리비는 얼마나 나왔는데요?"

강비가 퉁명하게 대답했다.

"그건 알아서 뭐 하시게요?"

해든은 강비의 말투가 거슬렸다. 피와 땀과 눈물 없이 큰돈을 거머쥔 자의 오만이 역겨웠다. 잘난 척이 꼴사나웠다.

"그거야……."

"뭐, 이제라도 돈으로 갚으시게?"

해든이 무슨 말을 하려 했지만 강비가 빠르게 말문을 막았다.

"그러면 나야 고맙지만 젊은 급여생활자가 감당하기 쉽지 않은 금액일 텐데요. 그리고 일도 거의 끝나가는 마당에 굳이 그럴 필요가 있을까요? 여자친구분의 여태까지의 고행을 굳이 헛되게 할 필요가 있을까요?"

해든의 얼굴이 벌게졌다. 급여생활자, 감당하기 힘든 돈, 같은 말이 그를 자극했다. 어릴 때부터 해든은 총명하고 반듯했다. 영특하다는 이유만으로도 많은 사람으로부터 예쁨 받고 보호받고 칭찬받았다. 덕분에 그는 자존감 높은 청년으로 성장했다. 주위의 영향으로 선민의식이 아주 없지 않았으나 자신이 선택한 직업에 자부심과 성취감도 남달랐다. 그런데 그의 남다른 재능과 노력과 성취가 단칼에 부정되었다. 저열한 자본주의적 관점에서 평가절하되었다. 해든이 강비를 노려보았고 보름은 어쩔 줄 몰라 했다. 그를 모욕과 수치로 참담케 한 사람이 바로 자신이었으므로. 달래듯이 보름이 말했다.

"그래, 이제 와서 금액이 얼만지 굳이 알 필요는 없잖아."

말없이 강비를 노려보다 해든이 입술을 비틀었다.

"박강비 씨는 같은 말을 기분 나쁘게 하는 재주가 있네요."

냉소적인 웃음으로 강비가 받았다.

"김해든 씨는 말투와 행동은 굉장히 예의 바르신데 눈빛과 표정이 재수가 좀 없네요."

허공에서 둘의 시선이 날카롭게 부딪쳤다. 잠시 뒤 해든이 화제를 바꿨다. 불필요한 언쟁으로 자신에게 수치를 더할 필요가 없었다.

"블랙박스와 녹음기록이 있다는데……."

순간, 보름의 얼굴이 하얘졌다. 성폭행당할 뻔한 영상까지 공개되면, 미수에 그치긴 했지만 해든은 더 불쾌해할 것이다. 애초 그런 상황을 만든 자신을 이해하지 못할 것이다. 온몸의 피가 일시에 빠져나는 것 같았다. 보름은 쓰러지지 않으려고 안간힘을 썼다. 그런 그녀의 귓등으로 차분한 강비의 소리가 들렸다.

"별건 아니고, 사고 뒤에 협상하는 과정을 녹음한 거예요. 풀을 뽑기로 하기까지……."

"좀 들을 수 있을까요?"

"어디 뒀는지 기억이 잘 안 나는데, 중요한 것도 아니고…… 꼭 봐야겠다면 한 번 찾아는 볼게요."

찾아보겠다는 말이 그러기 싫다는 말처럼 들렸다. 해든이 짜증 섞인 얼굴로 다시 강비를 노려보았다. 강비가 그 시선을 외면하며 보름에게 말했다.

"그동안 고생 많았어요. 이제 풀도 얼마 남지 않았고 마침 남자 친구도 왔으니까 일은 그만하고 같이 돌아가도록 하세요."

갑작스러운 통고였다. 보름은 뛸 듯이 놀랐다.

"정말이에요?"

강비가 고개를 끄덕거렸다. 보름은 믿기지 않아서 몇 번이나 물었다.

"정말 가도 돼요? 지금, 이대로, 그냥 가도 된다 그 말이죠? 나중에 딴말하는 거 아니죠?"

"가도 된다고요. 지금 바로 짐 싸서 돌아가세요."

보름의 그을린 얼굴이 환해졌다. 온몸이 주체 못 할 기쁨으로 떨렸다. 드디어 강제노역의 종말이다. 고된 노동의 종결이다. 이 며칠 동안 얼마나 꿈꿔왔던 순간인가. 보름은 떨리는 목소리로 말했다.

"이렇게 편의를 봐줘서 너무너무 고맙고…… 지금까지 발생된 경비는……."

말을 하다 보름은 울컥했다. 참혹했던 지난 며칠이 떠올라서였다. 그때였다. 해든이 싸늘하게 말했다.

"그러면 안 되죠."

딱딱한 신의

보름은 깜짝 놀라서 해든을 보았다. 강비 역시 더 커진 눈으로 그를 보았다. 그때 허공에 몽둥이를 휘두르듯 해든이 내뱉었다.

"남은 풀을 마저 뽑아야죠."

보름은 잘못 들은 줄 았았다. 해든은 자신을 사랑하는 남자였다. 자신이 사랑하는 남자이고 그래서 평생을 같이 하기로 한 사람이었다. 강비가 일을 더 하라고 붙잡아도 그만하게 해달라고 부탁해야 마땅한 사람이었다. 그런데 이 무슨 심술인가, 아니면 오기인가. 보름은 어리둥절했고 해든이 굳어진 턱을 내밀며 말했다.

"안 그러니? 약속을 지켜야지. 사람이라면 당연히 신의를 지켜야지."

온몸을 들뜨게 한 기쁨이 순식간에 사라졌다. 환희가 삽시간에 증발되었다. 보름은 이 당황스러운 전개가 몹시 언짢았다. 일을 더 해야 한다는 사실이 끔찍했고(조금 전까지는 당연하다고 여겼지만) 머리끝까지 짜증이 치솟았다. 하지만 화를 내지는 못했다. 왜 그래야 되냐고 반박도 하지 못했다. 해든의 완강한 표정이 입을 막았기 때문이었다. 옳고 그름을 안다면 이게 자연스러운 귀결이지, 안 그래? 하는. 눈물이 쏟아질 것 같았다. 보름은 눈물을 참느라 떨리는 목소리로 겨우 말했다.

"맞아, 약속했으니까 남은 일을 다 해야지. 그래야 사람이지."

해든의 표정이 조금 풀어졌다. 강비가 입술을 비틀며 소리 없이 웃었다. 글로 세상을 배우고 진리를 깨우친 사람 특유의 자의식이 우스꽝스러웠다. 경직된 신념과 분별없는 객기가 가소로웠다. 그 신념과 객기는 여자친구뿐 아니라 결국 자신까지 고통스럽게 할 따름이었다.

비웃는 강비를 쏘아보다 해든이 돌아섰다. 성큼성큼 덱을 내려갔다. 보름이 급하게 뒤쫓아갔다. 강비는 돌아가는 둘의 뒷모습을 보다 몸을 돌려 안으로 들어갔다.

해든은 밭의 끄트머리에서 걸음을 멈췄다. 보름이 따라가 옆에 섰다. 조심스레 해든을 올려다보았다. 상처 입은 자존심과 가시지 않은 분노, 불만이 그의 얼굴에 완강하게 떠 있었다. 눈치를 살피다 보름이 말했다.

"정말 미안해. 일이 이렇게 될 줄은 꿈에도 몰랐어."

해든은 아무 대꾸 없이 걸음을 옮겼다. 물이 없는 작은 도랑을 넘어 철길을 건너고 또 하나의 도랑을 넘어 시멘트 길에 내려섰다. 길가에 세워둔 자신의 투싼 옆으로 갔다. 문을 열려다 보름을 돌아보고 말했다.

"그럼, 일 다 마치고 와라."

해든이 차에 올랐다. 시동을 걸고 액셀러레이터를 밟았다. 곁눈도 주지 않고 앞으로 달려갔다.

보름의 눈앞이 흐려졌다. 가슴으로 많은 감정이 휘몰아쳤다. 슬픔과 허무와 비참함이, 답답하고 쓸쓸한 절망감이 보름의 안에서 거세게 소용돌이쳤다. 삐이익, 끼이익, 어디선가 낯선 새가 기이하고 큰 소리로 울었다. 보름은 흐린 눈으로 오래 서 있다가 돌아섰다. 터덜터덜 밭으로 돌아왔다.

잡초가 무성했던 휴경지는 아랫부분을 제외하고는 대부분 붉은 흙이 드러나 있었다. 흙의 표면은 지난겨울에 동사해서 거무죽죽하게 썩어가는 풀줄기와 자잘한 돌멩이와 보름이 일하면서 떨어뜨린 이파리들이 말라가며 아무렇게나 흩어져 있었다. 그것들로 인해 철도 바로 옆의 밭처럼 깨끗하지는 않았다.

준열은 아래쪽 탱자나무 그늘에 앉아 있었다. 자신이 뱉은 말의 파급을 모르지 않는지, 애매한 미소로 보름을 바라보았다. 강비는 파라솔 밑에서 레고를 조립하고 있었다. 조금 전에 무슨 일이 있었느냐는 듯한 표정이고 자세였다. 사실 해든의 방문은 두 남자에게 잠깐의 헤프닝일 뿐이었다. 보름에게는 참담하고 참혹한 실제지만.

이곳에 온 첫날 아무 일도 하지 않고 하루를 허비한 것이 뼈저리게 후회되었다. 그날부터 시작했으면, 오늘 해든과 같이 갈 수 있었다. 아니 해든이 도착하기 전에 이곳을 빠져나갔을 것이다. 기세 좋게 온 동혁의 확신을 무색케 하고, 해든의 불신은 무력하게 했을 것이다. 속에서 비명이 터져 나올 것 같았다. 보름은 치솟는 감정을 눌러 삼켰다. 호미를 들고 준열의 반대쪽으로 가서 풀을 뽑기 시작했다.

좀처럼 손에 힘이 주어지지 않았다. 보름은 손을 쥐었다 폈다 몇 번 반복하다가 다시 호미를 잡고 의지를 다졌다. 밤을 새워서라도 남은 일을 오늘 안에 끝마치겠다고.

묵직해진 하늘이 더욱 아래로 내려왔다. 보름은 쪼그려 앉아서 일을 계속했다. 그녀의 머릿속에서 해든의 목소리가 다시 들려왔다. 남은 풀을 다 뽑아야 한다는. 단호하던 그 발언은 정의의 단순한 발현일까? 아니면 자신을 기만한 행위에 대한 단죄일까?

해든의 어머니가 처음 입원을 했을 때 보름은 해든과 함께 병문안을 갔다. 병실에는 이미 그의 누나와 조카가 와 있었다. 어른들이 얘기하는 동안 초등학생인 조카는 병실 한쪽에서 단어장을 들여다보았다. 삼십 분 뒤에 영어학원에 간다고 했다. 그 모습이 기특하기도 하고 안돼 보이기도 해서 보름이 물었다.

"숙제를 안 해가면 학원 선생님께 혼나니?"

그제야 단어장에서 눈을 떼며 조카가 말했다.

"혼나진 않아요. 대신 신뢰를 잃지요."

"그렇지, 사람은 신뢰를 잃지 않는 게 무엇보다 중요하지."

해든이 흡족한 표정으로 조카를 보았다. 보름은 신뢰를 깨트렸다. 순수한 의도였고 그때는 최선이라고 여겼지만 어쨌든 거짓말을 했다. 바쁜 사람을 먼 곳에 불러들인 것도 모자라 또래 남자들로부터 조롱과 비웃음을 사게 했다. 모욕과 수치를 감당케 했다. 그 감정은 구겼다 편 종이처럼 그의 마음에 오래 남을 터였다. 가슴에 아릿한 통증이 왔다. 보름은 자리에서 일어섰다.

뜬금없이 꿩의 안부가 궁금했다. 지금쯤 작고 보드라운 새끼들이 태어났을 것 같았다. 뾰족하고 작은 입으로 먹이를 받아먹을 것이다. 보름은 둥지 쪽으로 갔다. 고개를 빼서 안을 들여다보았다. 둥지 안에는 꿩이 보이지 않았다. 새끼가 한 마리도 없었다. 흐트러진 둥지 안에 깨지고 곯은 알들만 이리저리 뒹굴고 있었다. 보름은 놀랍고 두려운 눈을 떼지 못했다. 한동안 아래를 내려다보다 그 무참함의 원인을 알아차렸다. 자신이었다. 풀을 뽑느라 주위에 머물며 꿩의 신경을 자극했고 또 풀의 겹을 얇게 만들었다. 가려줄 벽을 부실하게 만들어서 포란을 중단케 한 것이었다. 알고 한 짓은 아니었다. 쪼그리고 앉아서 눈앞의 풀을 해치우느라 정신이 없었고, 둥지를 발견했을 때는 이미 안이 설핏 보일 정도로 풀을 뽑아낸 뒤였다. 뽑은 것을 다시 심을 수는 없었다. 깨진 것들은 뱀의 소행일까. 자연적인 훼손일까. 아니면 포란을 포기하면서 어미가 한 짓일까. 보름은 환원이 불가능한, 깨지고 곯은 알들을 망연히 바라보았다. 악의 없이 저지른 행위의 결과를 아프게 내려다보았다.

깨지고 곯은 알들이 머릿속에서 사라지지 않았다. 제 삶의 우울한 전조 같았다. 보름은 깜짝 놀라서 불온한 생각을 세차게 털어냈다.

다시 풀과의 고투를 시작했다. 보름이 남은 일을 오늘 안에, 밤을 꼬박 세워서라도 해치우겠다는 의지를 불태울 때 이마에 서늘한 점 하나가 찍혔다. 흙이나 작은 벌레가 튀었겠지. 아니면 빗방울이거나. 보름이 생각하는 사이 또 하나의

점이 볼에 찍혔다. 보름은 하늘을 올려다보았다. 우중충한 하늘에서 너덧 개의 점이 얼굴로 떨어졌다. 준열이 밭을 가로질러 가는 게 보였다. 어느 때보다 빠른 걸음이었다. 비가 내리기 시작했지만 보름은 밭을 떠나지 않았다.

그래도 꿋꿋이

누렇고 미끈한 물체가 보였다. 동시에 온몸에 소름이 돋았다. 가슴 깊은 곳에서 혐오감이 일었다. 징그럽기는 햇볕에 몸을 뒤트는 벌겋고 두툼한 지렁이나 손가락만 한 굼벵이도 마찬가지였다. 게다가 호미에 찍혀 꿈틀거리는 것이라면 더욱더. 썩은 쥐 속에 바글거리는 구더기 역시 속을 뒤집었다. 그런 날이면 밥알을 삼키기가 힘들었다.

뱀과의 대면도 처음이 아니었다. 그것들은 그냥 두면 소리 없이 제 길을 갔다. 그러나 지금은 유난히 길고 통통한 것이 똬리를 틀고 앉아서 꼼짝하지 않았다. 보름은 다른 데로 옮겨갈까 하다 주위를 보았다. 긴 나뭇가지를 주워들고 떨리는 손으로 가지에 뱀을 걸었다. 힘주어 멀리 던졌다. 나뭇가지까지 멀찍이 던졌다. 눈물이 차올랐다. 보름은 얼굴까지 흙이 튀도록 호미질을 했다.

까치가 낮고 작은 소리로 울었다. 비에 젖은 참새 서너 마리가 작고 초라해진 몸을 전깃줄에 싣고 있었다.

어두컴컴해진 하늘에서 부슬부슬 비가 떨어졌다. 빗물에 얼굴이 젖고 머리카락에 작은 물방울들이 맺혔다. 보름은 손등으로 얼굴을 훔쳤다. 강비는 보이지 않았다. 조립하던 레고는 비닐로 덮어 둔 것 같았다. 파라솔 아래 희뿌연 것이 봉긋하게 솟아 있었다. 준열은 진즉 사라지고 없었다.

보름은 비를 맞으면서도 일을 계속했다. 한시도 쉴 수 없는 상황에서 더위를 식혀주는 비가 오히려 고맙게 생각되었다. 빗줄기는 조금씩 거세어졌다.

검측측한 하늘에서 채찍 같은 빗줄기가 쏟아졌다. 굵어진 비가 보름의 눈 앞을 가리고 몸에서 온기를 빼앗고 발을 떼기 힘들 정도로 흙의 점성을 높였다. 보름은 버티고 버티다 도저히 참을 수 없을 정도가 되어서야 몸을 일으켰다. 사나운 빗줄기에 몸을 맡기며 컨테이너를 향해 걸음을 뗐다. 비에 젖은 몸이 무거웠고 신발이 무거웠고 마음이 더없이 무거웠다.

보름은 컨테이너로 돌아왔다. 장화와 연장 포대를 세면실 안에 들여놓고 휴대폰부터 보았다. 집에 도착하기 충분한 시간이었지만 해든에게서는 연락이 없었다. 아직도 화가 가라앉지 않았나? 보름은 흙투성이가 된 몸을 씻고 쓰러질 것 같은 몸으로 일복과 양말을 빨아 욕실을 가로지른 비닐줄에 널었다. 머리의 물기를 닦으며 송곳처럼 땅에 박히는 비를 보았다. 물안개를 동반한 비가 휴경지 위로 끊임없이 떨어졌다. 가끔 날카롭고 기괴한 실금이 허공에 그어졌다. 거대한 폭음이 그 뒤를 따랐다.

보름은 격렬하게 쏟아지는 비가 제 삶의 물꼬를 다른 데로 틀지 않기를 바라며 오래도록 바라보았다.

해든에게선 계속 소식이 없었다. 보름은 망설이다 전화를 걸었다. 해든은 받지 않았다. 몇 번을 걸어도 마찬가지였다. 보름은 메시지를 보냈다. '오빠, 집에는 잘 갔어? 바쁜 사람을 여기까지 오게 하고, 정말 미안해.' 기다려도 해든에게서는 답이 오지 않았다. 보름은 우울한 눈으로 문밖을 보았다. 비는 그치지 않고 쏟아졌고 떨어지는 빗방울이 튀어 오르면서 땅 위에 무수히 많은 왕관을 만들었다. 서늘한 기운에 보름은 문을 닫았다. 그때 전화벨이 울렸다. 반가워하며 보니 윤주였다. 목소리가 어느 때보다 밝고 환했다. 어느 때보다 기운찼다.

"발은 좀 어때? 많이 좋아졌니? 마음대로 돌아다니지 못해서 답답하지?"

보름은 목소리를 끌어올리며 대답했다.

"가서 함동혁을 만나 달라고 애걸복걸했던 사람이 할 말은 아닌 것 같은데?"

"아 미안 미안, 그때는 정말 급했어. 너 아니면 부탁할 사람도 없었고."

"발은 많이 좋아졌는데 덥거나 비가 와서 잘 안 돌아다니고 있어. 그런데 웬일이니? 또 무슨 일 생긴 거야?"

"아니, 아무 일도 없어. 그냥 전화했어. 네가 보고 싶기도 하고 오랜만에 수다도 좀 떨고 싶어서. 오늘 여기에 비가 엄청나게 많이 왔어. 마치 하늘이 구멍이라도 난 것처럼."

"여기는 지금도 비가 오고 있어."

"그러니? 갑자기 폭우에 천둥, 번개까지 몰아치는데 번쩍번쩍 우르르쾅쾅, 난리도 아니더라. 내가 평소에 그런 걸 안 무서워하는데도 쉴 새 없이 몰아치니까 좀 무섭긴 했어. 우산도 없이 얇은 원피스를 입고 나갔다가 삼십 분 만에 쫄딱 젖었잖아."

"창피했겠다."

"여기 사람들 원래 우산 잘 안 갖고 다니고 비 오면 건물 밑에서 피하다가 개면 다시 갈 길 가는 사람들이야. 자기들도 늘상 비 맞는 사람들이라 이상하게 보지도 않더라. 그래선지 별로 창피하지는 않았어. 건물 처마 밑에 서 있다가 비가 그친 뒤에 걸어서 집에 왔어."

"서울에서 그렇게 다니면 알몸으로 활보하는 것 못지않게 시선을 끌겠지. 많이 이상하게 보겠지."

"맞아, 나 그때 생각했어. 우리 삶이 피곤한 건 그런 눈들 때문이 아닌가 하고. 교양과 배려를 앞세워서 타인의 행동을 제어하고 소리 없이 추궁하잖아. 은근히 간섭하면서 사고와 행동을 획일화시키고……."

보름은 속으로 말했다. 지금 내가 있는 이곳은 땀과 흙이 얼룩진 얼굴, 땀과 흙이 범벅된 옷이어도 흉볼 사람이 없어. 아무 데나 주저앉거나 드러누워도 되고 심지어 아무 데나 엉덩이 까고 대소변을 봐도 돼.

그새 윤주가 덧붙였다.

"건물 처마 밑에 서서, 그 요란한 천둥 번개를 보면서 내가 무슨 생각을 했게?"

"집에 있을 걸."

"노 노."

큰 걱정을 덜어내서인지 윤주 목소리는 한없이 가벼웠다. 국제전화비 따위 아깝지 않은 것 같았다. 팔천만 원까지는 아니겠지만 그 일부라도 함동혁한테 바칠 뻔한 걸 생각하면 전화비쯤 아까울 리 없었다. 윤주가 쾌활하게 말을 이었다.

"지금도 여러 나라에서 인공적으로 구름을 만들고 비를 만들잖아. 그런 것처럼 인공 벼락을 만들어서 섬세하게 가공한

다음 나쁜 사람한테 쏘는 거야. 레이저처럼. 비 오는 날 자연 번개로 위장해 사람을 죽이는 거지."

"살상 무기네? 죽은 사람은 운 나쁘게 벼락 맞은 사람이 되고……."

"그렇쥐."

윤주가 운율을 섞어 대답했다. 예전의 낙천적인 활기를 찾은 것 같았다. 보름은 더 엉켰다고밖에 볼 수 없는 자신의 일 때문에 마음이 무거웠다. 그렇다고 티를 낼 수도 없었다. 모든 상황을 말했다가는 흥분한 윤주와 긴 얘기를 나눠야 할 터였다. 지금은 그럴 기분이 아니고 기운도 없었다. 보름은 억지로 소리를 끌어올렸다.

"첫 번째 대상은 당연히 함동혁이겠지?"

"두말하면 잔소리. 함동혁한테 전화 왔을 때, 그 새끼가 동영상 유포한다고 개지랄 떨 때, 옆에 있으면 정말 목 졸라 죽이고 싶었어."

"헐, 교사 입에서 저토록 아름다운 어휘가……."

"왜, 뭐, 교사는 사람 아니니?"

"호찌민이 인생 하나 구했네. 강력 사건 하나를 미연에 방지했어."

"다 네 덕분이지."

다시 윤주의 톤이 올라갔다.

"근데 이 아이디어 괜찮지 않니? 세상의 나쁜 놈들을 다 죽이고 정의로운 세상을 구현하는 거야."

"좋지, 새로운 히어로의 탄생!"

보름이 치켜세웠다. 탄력을 받은 윤주가 더 신이 나서 얘기했다.

"일반 사무실처럼 위장해놓고 점조직으로 은밀하게 고객을 모집하는 거야. 내가 훗날 투자자를 확보하고 이 아이디어를 현실화하는 날이 오면 제일 먼저 너한테 기회를 줄게. 공짜로."

"눈물 나게 고맙다. 하지만 엄격한 도덕률이 없으면 사회가 혼란에 빠지지 않겠니? 개인적인 감정으로 죄 없는 사람을 죽일 수도 있잖아."

"그럴까?"

하하하 웃더니 윤주가 말했다.

"아무튼, 그렇게 되면 너는 누굴 없애고 싶니?"

강비? 그가 없으면 이 고생을 하지 않았겠지. 하지만 내가 차를 추돌하지 않았다면 이 밭으로 데려오지 않았을 거다. 해든을 데려온 함동혁? 그는 윤주가 없앨 것이고. 그 황망한 순간에 욕구를 채우려 들던 중늙은이?

"생각 좀 해봐야겠다."

보름은 상상 속 살인 행각을 멈췄다. 윤주가 행복에 겨운 수다를 한동안 더 떨다가 전화를 끊었다.

으슬으슬 한기가 들었다. 보름은 여행 가방에서 비치타월로 쓰려던 넓은 타월을 꺼내 어깨에 둘렀다. 간단한 식사를 마치고 침대에 누웠다. 굵은 빗줄기가 세차게 창문을 때렸다. 불안은 가시지 않았고 몸의 온기도 쉽게 돌아오지 않았다. 보름은 냄비에 물을 뜨겁게 끓여서 마시고 다시 침대 위로 몸을 던졌다.

피곤해서 죽을 것 같은데도 잠이 잘 오지 않았다. 침대에 누우면 몸이 나른해지면서 의식도 몽롱해지다 잠에 빠져야 하는데 잠이 들기 직전에 누가 꼬집기라도 한 것처럼 의식이 살아났다. 너무 명료해서 당황스러울 정도였다. 스르륵 잠이 들려다가 불길한 덩어리가 눈앞을 덮쳐 화들짝 깨기도 했다. 거센 빗소리는 계속 들려왔다. 시간의 우울한 통곡 같았다. 보름은 잠이 들려다 깨기를 반복하다 새벽녘에야 겨우 빠져 들었다.

아침에 눈을 뜨니 몸 여기저기가 아팠다. 보름은 밤새 두들겨 맞은 것 같은 몸을 겨우 일으키고 휴대폰을 보았다. 해든에게서 문자가 와 있었다.

'집엔 잘 왔어. 가는 길에 연락이 와서 바로 병원으로 갔는데 담당했던 환자가 갑자기 악화되는 바람에 정신이 없었고.'

보름을 짓눌렀던 불안이 순식간에 사라졌다. 부드러운 안도감이 그녀를 휘감았다. 환자의 생명과 직결되는 일이니 당연히 뛰어갔어야겠지. 또 나 때문에 몇 시간을 탕진했으니 벌충해야 했겠지. 보름은 통증이 느껴지는 손가락으로 키보드를 눌렀다. '여긴 아직 비가 오고 있어. 그래서 일이 좀 늦어질 것 같아' 가벼운 마음으로 전송 버튼을 누르고 여행 가방에서 상비약으로 준비했던 몸살약을 찾아 먹었다. 여벌로 챙겼던 긴팔 티셔츠와 긴바지를 꺼내 입었다. 앓는 소리를 내며 침대로 돌아가 누웠다. 보름은 열에 시달리며 이리저리 뒤챘다. 그때마다 낡은 침대가 삐거덕거렸다.

끄느름한 하늘에서 비가 계속 내렸다. 약을 먹어도 열은 쉽게 떨어지지 않았다. 침을 삼킬 때마다 목이 찢어질 것처럼 아팠고, 온몸의 뼈마디 마디, 등허리, 팔다리 어디 하나 아프지 않은 데가 없었다. 심지어 손톱 발톱 끝까지 아리고 아팠다. 보름은 격렬한 통증에 속절없이 몸을 맡겼다. 며칠 동안 자신에게 혹사당했던 육신의 보복, 육체의 혹독한 반격을 이를 악물고 견뎠다. 견디는 것밖에 다른 도리가 없었다.

보름은 열에 들떠서 잠들었다가 깨기를 반복했다. 약을 먹으면 열이 조금 내리는 듯하다 서너 시간 지나자 다시 올랐다. 보름은 또 약을 삼키고 고통스러워하며 침대로 들어갔다. 비몽사몽 중에 남은 풀을 걱정했다. 해든의 얼굴과 어머니 얼굴이, 윤주와 동혁의 얼굴이 뒤엉켜 떠오르다 사라졌다.

어디선가 문 두드리는 소리가 났다. 누가 왔나? 보름은 꿈결에 생각했다. 잠에 빠져드는데 다시 소리가 들렸다. 전보다 크고 선명한 소리였다. 꿈이 아닌가? 혹시 해든이 왔나? 이곳에 혼자 두고 간 게 못내 걸렸나? 보름은 몸을 반쯤 일으키고 잠긴 목소리를 쥐어짰다. 오빠야? 뱃살이 심하게 당겼다. 밖에서 남자 소리가 들렸다. 나예요. 강비였다. 방 안은 어두컴컴했다. 실망한 보름이 도로 누우려다 목청을 돋웠다. 무슨 일인데요? 강비가 다시 소리쳤다. 잠깐 문 좀 열어보세요. 보름은 몹시 귀찮았다. 할 말이 있으면 나중에 다시 오라고 하려다 열에 들뜬 몸을 일으켰다. 소리 지르는 게 더 힘들 것 같아서였다. 보름은 바늘 판을 밟듯 걸어서 불을 켰다. 천천히 문 앞으로 걸어갔다.

보름은 기운 없는 몸을 문설주에 기대고 서서 문을 열었다. 방에서 번져나간 빛에 강비의 얼굴이 드러났다. 주변이 흐릿했고 그가 든 우산 위로 가늘어진 비가 떨어지고 있었다.

"벌써 밤이 되었네."

보름이 힘겹게 목소리를 끌어냈고 강비가 시계를 보았다.

"아직 다섯 시밖에 안 됐는데, 비도 오고 구름이 많이 껴서……."

아, 보름이 짧게 대응한 뒤에 물었다.

"그런데 왜……?"

"이거 드시라고."

강비가 도시락 가방을 보름의 발치에 놓았다. 그의 어머니가 또 다녀간 모양이었다. 당장은 생각이 없지만 받아둬야 할 것 같았다. 뭐든 먹어야 기운을 차릴 터였다. 땀에 젖은 머리카락을 떼며 보름이 고맙다고 말했다.

"오히려 내가 고맙죠. 안 그러면 처치도 곤란한데……."

돌아서려던 강비가 물었다.

"어디 아프세요?"

"그냥, 몸살이 좀 난 것 같아요."

강비가 그럴 만도 했지, 하는 표정으로 바라보다 말했다.

"약은?"

"먹었어요."

"그럼 얼른 나으세요."

그래도 티끌만큼의 인정은, 인류애는 있나 보다 보름이 생각할 때 강비가 덧붙였다.

"혹시라도 여기서 죽으면 나만 골치 아파지니까."

그럼 그렇지. 눈으로 욕을 퍼붓고 보름은 문을 닫았다. 도시락을 꾸역꾸역 냉장고에 밀어 넣고 침대로 돌아가 몸을 부렸다. 저절로 신음이 터졌다.

잠시 뒤에 또 문 두드리는 소리가 났다. 몹시 귀찮고 성가셨다. 보름은 못 들은 척 꼼짝하지 않았다. 강비가 더 세게 문을 두드렸다. 계속 못 들은 척하려다 보름은 배에 힘을 주고 짜증스럽게 외쳤다.

"또, 왜요?"

"이것 좀 쓰라고요."

"뭔데요?"

"일단 문을 열어보세요."

보름은 마지못해 일어나서 문을 열었다. 강비가 투명한 비닐로 싼, 덩치에 비해 가벼워 보이는 물건을 내밀었다. 이불이었다.

"사놓고 한 번도 안 쓴 건데, 덮어요."

보름은 해열진통제를 한 알 더 먹었다. 한숨 자면 몸이 좋아져 있기를 바라며 침대로 들어갔다. 강비가 준 이불을 덮었다. 가볍고 포근했다.

계속되는 비

강비는 침대로 들어갔다. 지붕을 때리는 빗소리를 들으며 휴대폰을 보았다. 아무 때나 호출이 가능한 현대판 지니는 외딴곳에서도 그가 사회적 인간으로 살기 부족하지 않게 했다. 그는 손가락으로 여기저기를 쏘다녔다. 멀리서나마 친구들의 얼굴을 보고 최근 행적을 살핀 다음 답이 느린 안부를 몇 마디 건넸다. 다른 건축사들과 건축사 지망생들이 하는 일과 하고 싶어 하는 일들을 엿보았다.

하릴없이 이곳저곳을 떠돌다가 한 뜨내기와 조우했다. 감기약을 일주일분 지었는데 이틀 만에 나아서 남은 약을 팔고 싶다는 남자였다. 쩨쩨하고 졸렬한 놈이네. 그는 혼잣말을 하고 지나갔다. 그때 얼굴이 벌겠던 보름이 떠올랐다. 다시 돌아가서 남자에게 약을 살까 하다 그만두었다. 약을 먹었다던 보름의 말이 생각나서였다. 많이 아파 보이던데 남자 친구에게 알려야 하지 않을까. 강비는 명함을 찾아들고 문자를 보내려다 그만두었다. 괜한 오지랖 같았고 보름이 벌써 했을 것 같았다.

보름은 한밤중에 일어나서 강비가 가져온 찬합을 열었다. 파프리카와 토마토와 리코타 치즈가 들어간 샐러드를 몇 입 먹고 약을 먹었다. 다시 침대로 가서 누웠다.

다음 날도 비는 계속 왔다. 비가 오는 중에도 참새가 알람 기능을 착실히 수행해서 보름은 일찍 눈을 떴다. 누군가가 주리를 트는 것처럼 온몸이 쑤시고 아팠다. 보름은 고통스러워하며 몇 시간마다 몸살약과 해열진통제를 번갈아 먹었다. 와중에 윤주가 전화를 걸어왔다. 윤주는 혜진의 스쿠터를 타고 한국인이 운영하는 네일숍에 다녀왔다고 했다. 그 많은 오토바이 떼 속을 어떻게 뚫고 갔냐, 무섭진 않았느냐고 보름이 작게 물었고 윤주는 혜진이 알려준 대로, 사이드미러를 안 보고 무조건 앞만 보고 달렸다고, 사실은 목적지가 가까웠으며 한산한 길이었다고 말했다.

윤주가 유쾌하게 덧붙였다. 외부인들은 길에 우글우글한 오토바이 떼들이 사고가 없다는데 놀라지만 제법 사고도 있으며 대부분은 경미해서 서로 말다툼하다 갈 뿐이라고. 종아리에 문신한 여자들은 머플러에 화상을 입어서 상처를 가리려고 한 것들이라고. 보름은 아프다는 말도 못 하고 윤주 얘기를 들었다. 간간이 추임새를 넣어주고 웃었다. 힘은 들었지만 비 오는 들판 속 컨테이너에서 혼자 끙끙 앓기만 하는 것보다는 나았다. 덜 외롭고 덜 쓸쓸했다. 덜 우울하기도 했다.

그다음 날도 비가 왔다. 계속 쏟아지는 비는 풀 뽑는 일이 가혹하지만 삶의 친절한 이벤트라 믿고 싶었던 보름의 의지를 처참하게 부수었다. 거세게 쏟아지다 약해지다 잠시 쉬기도 하면서, 한 시간도 허투루 보낼 수 없는 보름의 일정을 참혹하게 어그러뜨렸다. 보름은 억지로 밥을 몇 술 입에 떠 넣고 마지막 남은 약을 먹었다. 침대로 가서 땀을 쏟으며 잤다. 깊은 잠을 자고 나니 열이 조금 내린 듯했다. 지독히 쑤시고 아리던 팔다리와 허리도 견딜 만해졌다. 보름은 오래도록 침대에 누워 있었다. 비가 쉬지 않고 내렸고 할 일이 없었다. 며칠을 앓았던 몸이라 기력도 없었다. 근육과 뼈마디에 힘이 들어가지 않았다.

컨테이너 속에 있는 일도 뙤약볕 아래서 일하는 것 못지않게 힘들었다. 비가 쏟아지는 들판 가운데, 외따로 떨어진 컨테이너 속에 고립돼 있다는 것이 끔찍할 정도로 무섭고 외로웠다. 들려오는 소리라곤 시끄러운 빗소리와 그 빗소리를 뚫고 가끔 들리는 종소리와 기차 소리, 비가 소원해졌을 때 들리는 참새와 매미 소리, 그리고 이따금 들리는 이름 모를 새들의 소리뿐이었다. 드물게 들을 수 있는 사람의 소리도 먼데서 확성기를 통해 들려오는 일방적인 것들뿐이었다. 고물을 팔라거나 동태와 새우젓과 과일을 사라는. 그마저 빗줄기에 묻혀 지금은 들리지 않았다.

보름은 SNS로 친구들의 근황을 살폈다. 취업을 한 친구들은 직장에 다니느라, 그러지 못한 친구들은 취업 준비를 하느라 얼굴 보기가 힘들었다. 느슨하고 막역했던 시간이 가고 지금은 촘촘하고 빡빡한 시간, 서로 다른 시간만 놓였다. 애써 맞추지 않으면 공유가 힘든. 해든의 시간도 항상 촘촘하고 빡빡했다. 공유가 쉽지 않았다. 가끔 보름이 투정하면 해든은 미안해하며 말하곤 했다. 아직 레지던트잖아. 조금만 봐줘라.

보름은 해든에게 전화를 할까 하다 문자를 보냈다.

'원래대로라면 오늘 집에 가야 되는데, 비가 와서 일을 못 끝냈어. 하루나 이틀 정도 더 늦어질 것 같아.'

어머니에게도 문자를 보냈다. 온 김에 며칠 더 놀다 가겠다고. 어머니에게서 곧바로 답장이 왔고 해든은 몇 시간 뒤에 동그라미 두 개만 보내왔다.

줄기차게 쏟아지던 빗줄기가 약해졌다. 전신의 오한과 통증도 확연히 줄었다. 보름은 이때다 하고 밭으로 나갔다. 비 때문에 흙이 부드러워져서 풀이 잘 뽑혔다. 뿌리에 흙도 많이 달라붙지 않았다. 하지만 물이 흥건한 밭이 발을 먹었고 풀에 남은 물이 옷을 적셨다. 발이 무겁고 옷이 무거웠다. 긴 시간의 비에 기세등등해진 풀도 무거웠다. 보름은 발을 빼다 앞으로 거꾸러지고, 풀을 뽑다 뒤로 넘어지면서 엉덩방아를 찧었다. 비 오는 들판에 흙투성이가 된 채 나자빠져 있는 제 처지가 서러웠다. 갑자기 울음이 터졌다. 보름은 흙바닥에 퍼더버리고 앉아서 울었다.

비는 다시 무섭게 쏟아졌다. 흙 바닥에 앉아 한바탕 울고 나니 속이 시원했다. 땡, 땡, 땡, 땡 종소리가 들렸다. 종소리를 따라온 기차가 레일에 바퀴를 굴리며 지나갔다. 밭으로 나간 지 이십 분도 못 돼서 보름은 흙감태기가 되어 컨테이너로 돌아왔다.

비는 짜증스럽게 계속 내렸다. 보름은 몸을 씻고 흙범벅이 된 옷을 발로 밟아서 빨았다. 그것을 빨랫줄에 걸어놓고 침대에 기대앉았다. 우중충한 회색 하늘 아래 멀리 마을이 보였다. 보이는 풍경이라곤 단조로운 녹색뿐이었다. 보름은 무료한 풍경을 오래도록 바라보았다. 종류를 알 수 없는 밭작물과 나무들 틈으로 띄엄띄엄 보이는 지붕들이 그나마 색다른 풍경이었다. 부챗살처럼 펼쳐진 마을 왼쪽에 몇 개의 컨테이너 박스가 보였다. 그중 한 개는 가지런히 자란 작물에 밑 부분이 가려졌지만 몇 개의 글자가 박혀 있었다. 오래 바라본 뒤에 보름은 유추했다. 그게 '이삿짐보관'이라는 글자라고. 보름은 한동안 더 바라보았다. 자신도 이 컨테이너에 보관된 이삿짐처럼 여겨졌다. 지금으로선 언제 옮겨질지 기약조차 어려운.

그다음 날도 무거운 하늘에서 비가 떨어졌다. 날씨 앱에서는 삼 일 동안 온다고 했지만 비는 사 일째도 쉬지 않고 쏟아졌다. 보름은 거의 공황상태가 되었다. 일주일이고 열흘이고 비가 그치지 않을 것 같았다. 집에 갈 시간이 영영 오지 않을 것 같았다.

비는 계속 내리고 남은 풀은 더욱 억세어졌다. 벌거벗겨진 땅에서는 새 풀이 돋아났다. 매시간 자랐다.

대낮인데도 하늘은 캄캄하고 어두웠다. 빗줄기가 맹렬하게 땅을 두드렸다. 가끔 번개가 화들짝 지구를 밝히면 천둥이 뒤따라와 지축을 흔들었다. 조명탄을 쏘아 올린 뒤 대형 포탄을 퍼붓는 전쟁영화의 한 장면 같았다

오늘도 일은 틀렸다. 집에 가는 시간이 또 하루 늦춰졌다. 보름은 멍하니 앉아 밖을 보았다. 예전에는 비를 좋아했다. 비 오는 날의 침침함과 고즈넉함이 좋았다. 밤이 오기 전의 쓸쓸한 어둠과 달리 비 오는 날 낮의 적당한 어둠은 마음을 차분하게 만들었다. 내면에 침잠하도록 했다. 보름은 일부러 우산을 쓰고 나가서 비에 젖은 거리와 나무와 건물들이 뿜어

내는 우수에 젖곤 했다. 그러나 지금 쏟아지는 비는 보름을 감금하는 비였다. 컨테이너에 수족을 얽매는 비였다.

부옇게 쌓인 먼지가 눈에 들어왔다. 방바닥과 방 안의 물건들에 흙먼지가 쌓이고, 거미가 안팎으로 많은 줄을 쳐놨지만 (세상에 거미가 그렇게 많고 또 그렇게 왕성하게 줄을 치는지 예전에는 몰랐다), 청소는 한 번도 하지 않았다. 며칠 동안 앉은 자리의 먼지만 물티슈로 겨우 닦아내고 지냈다. 보름은 일어나서 이불을 털었다. 구석구석 쳐진 거미줄을 걷고 작은 식탁과 냉장고 등에 도포되다시피 앉은 먼지를 닦았다. 흙모래가 서걱거리는 바닥을 닦았다. 내친김에 세면기와 변기도 닦았다. 마음이 한결 가벼워졌다. 내일이든 모레든, 떠나는 날 가볍게 청소만 하면 이곳에 자신의 머리카락 한 올 남지 않을 터였다. 보름은 재활용 쓰레기들인 캔과 플라스틱을 구분하여 담아두었다.

청소를 마친 보름은 도로 침대에 누웠다. 휴대폰을 보다 검색창에 여름 잡초, 라고 써넣었다. 여태 뽑아낸 풀들의 이름을 거의 모른다는 사실이 생각나서였다. 그러자 그동안 뽑혀나간 풀들이 제 이름을 외치며 모습을 드러냈다. 보름의 풀에 대한 지평을 단박에 넓혀주었다.

살 오른 지렁이처럼 붉고 굵은 줄기로 땅바닥을 기던 것은 쇠비름이었다. 뿌리가 단순해서 그나마 뽑기는 쉬웠던. 굵직한 줄기와 가지에 주름 잡힌 동그란 잎을 매달고 안 뽑히겠다고 버티던 것은 비름이었다. 한해살이풀이라고는 믿기 힘들 정도로 크고 굵게 자라서 한바탕 몸싸움을 해야 했던 것은 가볍고 단단해서 옛날 선비들이 지팡이로 만들어 썼다던 명아주였다. 가슴까지 자란 것을 뽑기 위해 온몸으로 삽질을 하거나 많은 호미질, 혹은 수십 번의 낫질을 해야 했던 풀은 돌피였다. 한때는 구황작물이었다가 지금은 반드시 제거할 대상으로 변한 그것은 벼들 사이에서 소심하게 자라는 논피와 달랐다. 성장이 아주 좋아서 어깨가 떡 벌어진, 무식하고 힘만 센 깡패 같았다. 제 영역을 쉽게 내주지 않았다. 보름은 그밖에도 자잘한 흰 꽃이 많은 개망초와 바랭이, 방동사니들을 보았다. 강아지풀과 달개비와 그령, 수크령을 보고 개쉽싸리, 며느리밑씻개, 소경불알 같은 독특한 이름의 풀도 보았다. 보름이 많은 풀들과 조우하고 있을 때 문 앞에 검은 그림자가 드리워졌다. 보름은 깜짝 놀라 일어섰다.

더 한심해 보이지 않으려면

윤주가 우산을 던지고 들어섰다.

"너 발 다쳤다고 했잖아. 그래서 집에서 쉰다더니 왜 여기 있어? 이 꼴은 또 뭐고?"

보름을 끌어안은 윤주가 소리 내 울었다. 친구의 핼쑥하고 초췌해진 모습을 가슴 아파했다. 보름은 청소를 해서 그나마 다행이라고 생각하며 윤주의 팔을 풀었다.

"내 꼴이 뭐 어때서? 까맣게 타고 야윈 건 너도 마찬가지고만. 언제 왔니?"

윤주가 꺽꺽거리면서 대답했다.

"오늘 아침. 집에 가방만 던져 놓고 왔어."

"얼굴 보니까 반갑다. 근데 나 여기 있는 건 어떻게 알았니? 해든 오빠가 알려줬어?"

"아니, 함동혁. 그 인간이…… 내가 정말 기가 막혀서…… 너의 사촌오빠라는 사람하고 네 잘난 친구가 지금 어디서 뭐 하고 있는지 아느냐면서 친절하게 주소까지 찍어 보내줬어. 며칠 전에 보냈는데 그때는 내가 씹었거든, 그랬더니 어제 다른 번호로 다시 보내왔어."

해든 오빠가 아니었구나. 보름은 씁쓸하게 웃었고 윤주가 울음기 가신 소리로 말했다.

"그 인간 말이 네가 해든 오빠랑 절대 결혼 못하고, 곧 파혼하게 될 거라고 하던데, 그동안 무슨 일이 있었던 거니?"

"내가 거짓말을 좀 했어, 그렇다고 설마 파혼까지 가겠니?"

그 사람이 거짓말에 좀 예민하긴 하지만. 속으로 생각하며 보름은 그간의 일을 얘기했다. 얘기를 다 들은 윤주가 침울한 표정으로 말했다.

"진짜 미안하다, 내 부탁만 아니었으면 해든 오빠까지 알게 되진 않았을 텐데. 일이 이렇게 꼬이진 않았을 텐데. 너는 이 궁벽한 데서 제대로 먹지도 못하고 일만 했는데 나만 신나게 놀러 다녔어. 재밌다고 날마다 생중계까지 했어."

"요 며칠 몸살을 앓아서 더 마른 거야. 그래도 밥이 아주 나쁘지는 않았어."

"여기까지 음식이 배달돼? 아니면 직접 해 먹었어?"

윤주가 눈이 둥그레져서 물었다.

"이 밭 주인 어머니가 가끔 도시락을 싸다 줬어. 맛있는 것들로 골고루."

"너 먹으라고? 진짜 고마우신 분이시다."

"아니, 자기 아들 먹으라고, 근데 그 아들이 먹기 싫다고 내게 줬어."

"뭐야, 그 사람 혹시……?"

"아냐, 절대 흑심 아냐."

보름은 단호히 선을 그었다.

"아무튼 정말 미안하다. 내가 하루라도 빨리 왔어야 했는데, 너랑 같이 일했어야 했는데, 늦었지만 지금부터라도 내가 할게."

벌떡 일어서는 윤주를 보름이 끌어앉혔다.

"하고 싶어도 지금은 못해. 비가 와서. 너는 놀다가 어둡기 전에 집에나 가."

"그건 아니지. 나도 여기서 먹고 자면서 같이 일해야지. 너랑 같이 돌아가야지. 안 그러면 그게 사람이니? 금수지."

"내가 벌인 일이니까 마무리도 내가 지을게. 네가 도운 걸 알면 해든 오빠가 나를 더 한심하게 생각할 거야. 내 얼굴 다시는 안 본다고 할지도 몰라."

"그 오빠라면 충분히 그럴 수 있겠다. 여기 왔을 때 화는 많이 안 냈어?"

"약간."

"함동혁 그 인간, 이제 정말 욕도 아깝다. 아무튼 그 인간 이렇게까지 야비할 줄은 몰랐어. 그동안 나를 괴롭히는 일로 삶의 동력을 얻어왔는데 네가 다른 사람을 데리고 나타나서 한 방에 제압했으니 얼마나 열 받았겠니? 속수무책으로 당한 게 분해서 그따위 몹쓸 짓을 꾸몄나 봐. 너한테 정말 미안하다."

"처음부터 내가 잘못 끼운 단추고 숨기고 싶었는데, 숨기려고 했는데 드러난 것뿐이야. 또 아까도 말했지만 일도 이제 거의 끝났어. 한나절 정도만 더 하면 돼."

"이 밭 주인 남자가 젊고 돈도 많다던데 해든 오빠, 그 남자와의 관계는 의심 안 했어?"

준열의 순진한 폭로가 신경 쓰이긴 했을까? 하지만 그런 직접적이고 천박한 이유보다 신뢰의 부재라는 고상한 이유가 그를 더 힘들게 했을 것이다.

윤주가 아쉬워하며 말했다. 전에 보름이 했던 생각이기도 했다.

"몇 년 전에 그 기념스탬프만 안 찍었어도 이런 일은 없었을 텐데, 아니면 우리가 여행지를 다른 데로 했거나."

"앞일을 아는 사람이 세상에 누가 있겠니? 또 우리가 아는 게 세상의 몇 퍼센트나 되겠니? 내가 처음 왔을 때 이 밭은 잡초만 무성한 땅이었어. 차를 타고 가면서 본 많은 풍경 중의 하나였지. 일을 하면서 보니까 밭은 셀 수 없이 많은 곤충들의 서식처더라. 뱀과 개구리, 새들이 사람과 뒤엉켜 사는 생존경쟁의 살벌한 전쟁터이고……."

"오, 지난한 고통 속에서도 나름 사유하고 철학을 찾았어. 여기 완전히 나쁜 곳만은 아니었네."

"웃기는 게 몸이 고될수록 마음은 편해지더라."

윤주가 장난스러운 표정을 지었다.

"그렇게 좋은 곳이면 아예 여기 눌러사는 건 어때?"

그럴 생각은 전혀 없다. 문화시설은커녕 인가와 동떨어진 들판 가운데의 풀밭. 시도 때도 없이 내리는 폭우. 한낮에도 거침없이 침을 박아넣는 모기와 아무 때나 출몰해 혼을 빼놓는 곤충, 뱀들. 밤이 되면 찾아오는 질식할 것 같은 어둠. 어느 것 하나 정이 가지 않았다. 보름은 고개를 세차게 저었고 윤주가 큰 소리로 웃었다.

둘은 지난 일을 서로 얘기했다. 보름은 모든 것을 녹여버릴 것 같던 이곳의 태양과 무더위와 자주 내리는 비, 그리고 비 오는 날의 지저분함과 끈적거림과 힘든 일, 많은 모기와 벌레들, 또 편의점 도시락의 편리함을 못 따라잡는 질에 대해서 얘기했다. 윤주는 역시 숨이 막힐 것 같던 호찌민의 후텁한 날씨와 길마다 빼곡한 오토바이와 숙소 근처의 로컬 시장에서 마신 사탕수수 음료, 콩카페의 코코넛 스무디 커피, 그리고 반미를 먹으러 간 식당에서 식탁에 놓인 물티슈를 썼다가 꼼짝없이 값을 지불해야 했던 일과 천장과 벽뿐 아니라 도시 곳곳에 나타나던 작은 도마뱀들을 얘기했다.

흰 양말 신은 애꾸눈 고양이가 어슬렁어슬렁 문 앞으로 다가왔다. 비에 젖은 털이 비루먹은 것처럼 초라했다. 니야옹, 고양이가 보름을 보고 울었다. 뭔가를 내놓으라는 말 같았다. 보름은 냉장고에서 고등어 한 조각을 꺼내 문밖에 놓았다. 고양이가 고등어 조각을 물고 사라졌다. 날이 더 어두워지기 전에 돌아가라는 보름의 성화로 윤주가 돌아갔다.

윤주와 오랜만에 수다를 떨어서인지 보람 있는 일이라곤 전혀 하지 않은 하루였는데도 보름은 왠지 뿌듯했다. 기쁨이 충만했다.

외식

밤새 비가 그쳤다. 비좁은 케이지 속의 사자처럼 컨테이너 안을 돌던 보름은 밖으로 나갔다. 대기는 미처 증발하지 못한 수분으로 가득 찬 데다 태양의 열기로 후끈했다. 발에도 아직 물기가 남아 있었다. 오후가 되면 좀 고슬고슬해지려나.

보름은 컨테이너 뒤로 갔다. 모아둔 종이 쓰레기에 불을 붙였다. 노란 불길이 쓰레기들을 야금야금 먹어치웠고 보름은 멍청히 서서 그것을 보았다. 그때 큰 소리가 들려왔다.

"노보름!"

윤주가 활짝 웃으며 철길을 건너오고 있었다. 보름도 웃으며 철길 쪽으로 갔다. 가까이 온 윤주가 들고 온 쇼핑백을 쳐들었다.

"같이 일은 못해도 얘기하고 노는 건 괜찮지? 맛있는 걸 나눠 먹을 수는 있잖아."

윤주가 소풍 나온 듯한 얼굴로 커다란 비닐 쇼핑백에서 종이 박스들을 꺼냈다.

"어제 생각해봤거든. 내가 오지에 한 열흘 고립된다면 무엇이 제일 먹고 싶을까 하고. 그래서 낸 결론은 바로 이거!"

윤주가 납작한 박스 뚜껑을 열었다. 그 안에는 치킨이 다른 하나에는 피자가 들어 있었다. 윤주가 피자 한 조각을 보름에게 건넸다. 보름은 아직 온기가 남은 그것을 받아 한입 베어 물었다. 도톰하면서 풍미가 깊은 도우와 토마토소스, 모차렐라 치즈와 페퍼로니, 살라미가 어우러진, 달큰하면서 짭짜름하고 느끼한 듯 고소한 피자의 맛이 혀에 감겼다. 그동안 고팠던 속세의 맛. 도시의 맛. 보름은 허겁지겁하지 않으려고 애쓰면서 그것을 먹었다.

둘이 피자를 먹고 콜라를 마시는 사이 마른하늘에서 번개가 쳤다. 다른 어디에선가 지금도 비가 오는 모양이었다.

"이제 정말 비가 지겨워."

보름이 질색하는 표정을 지었다. 윤주가 이번엔 토실한 닭다리를 건넸다. 자신도 남은 다리를 들고 먹기 시작했다. 티슈로 입가에 묻은 기름을 닦았다.

둘은 피자와 치킨을 먹으며 콜라를 마시며 이야기를 계속했다. 몇 번을 말하고 들어도 질리지 않는 함동혁을 통쾌하게 물리친 얘기와 자주 못 만난 친구들의 안부와 주변의 가십을 신이 나서 떠들어댔다. 함동혁이 마지막에 저지른 일에 대해서는 함께 분통을 터뜨렸다.

보름은 얘기를 하고 또 들으면서 밖을 보았다. 맥주를 마시며 조급증을 내려놓고 보는 풍경이 새로웠다. 공기는 후더웠지만 구름 걷힌 하늘에서 내려꽂히는 햇빛이 쨍했고 눈에 들어오는 모든 것이 평화롭고 복잡하지 않으면서 따사롭게 느껴졌다. 벌건 살을 드러낸 흙밭도 흉하지 않았다. 이따금 적요를 깨는 새들의 우짖음도 정겨웠다. 보름은 잠시 눈을 감고 고요와 평화 속에 제 숨을 섞어 넣었다. 황량했던 영혼에 온기가 스미는 것 같았다. 내일이면 집에 갈 수 있고 윤주가 옆에 있어서 더 편안한 것 같았다.

한참 얘기를 하던 윤주가 문밖을 가리켰다.

"저 남자 내 사촌오빠, 맞지?"

보름은 윤주 쪽으로 몸을 기울였다. 저만치서 밭을 왔다 갔다 하는 강비가 보였다. 느릿느릿 걸어 다니며 빈손을 한 번씩 허공으로 뻗었다. 보름이 웃으며 고개를 끄덕거렸다.

"지금 뭐 하고 있는 거니?"

"씨 뿌리는 것 같은데……."

"저 남자 여기서 농사진대?"

"몰라, 지금은 아마 꽃씨 뿌릴걸. 내가 땅을 빈 채로 두면 다시 풀이 나니까 꽃씨라도 뿌려두면 좋지 않겠냐고 했어, 나중에 꽃이 피면 나쁠 것 없고. 그랬더니 지금 하는가 봐."

"둘 사이에 정말 아무것도 없는 것 맞지? 함동혁 혼자 오버한 거 맞지?"

윤주가 진지한 표정으로 물었다. 보름은 어이가 없어서 웃었다. 그때 허공에서 날카로운 소리가 들렸다.

"너 이 새끼 이리 와봐. 너 이리 나와봐!"

보름과 윤주가 깜짝 놀라서 밖을 보았다.

뻔뻔하게, 교묘하게

아주머니는 밭 끄트머리께 서서 씩씩거렸다. 밭 주인 어머니? 그 도시락 갖다 줬다던? 윤주가 속삭였고 보름이 고개를 끄덕였다. 와, 기가 장난 아니다. 윤주가 다시 속삭였고 보름은 건성으로 고개를 끄덕이며 강비를 살폈다. 그는 아주머니를 본 척도 하지 않았다. 하던 일만 계속했다. 기다리다 안 되겠던지 아주머니가 성큼성큼 밭으로 들어갔다. 위쪽 땅은 많이 꾸덕해진 것 같았다. 내일 아침엔 아래쪽도 고슬고슬해지겠지. 보름이 흙에 정신을 쏟는 사이 강비 앞으로 간 아주머니가 까랑까랑하게 외쳤다.

"너, 집 팔려고 내놨다며?"

강비는 들리지 않는 척 천천히 걸음을 옮겼다. 꿋꿋이 씨뿌리는 일을 계속했다. 그 모습에 부아가 치미는지 아주머니가 더 크게 소리쳤다.

"너 부동산에 집 내놨다면서?"

강비는 여전히 하던 일을 놓지 않았다. 야, 말해봐. 너 이 새끼 말 좀 해봐. 아주머니가 악다구니를 썼다. 강비가 씨 뿌리던 팔을 거두고 자기 집 쪽으로 걸음을 옮겼다. 아주머니가 쫓아가 그의 팔을 사납게 잡았다.

"대답해. 너 집 내놓은 거 사실이야?"

달라붙는 아주머니의 성화에 강비가 걸음을 멈췄다. 보름의 컨테이너에서 멀지 않은 곳이었다. 보름과 윤주가 안쪽으로 몸을 숨겼다. 강비가 싸늘하게 물었다.

"그랬는데 왜요?"

"그랬는데 왜요? 너는 애가 어쩜 그렇게 싹퉁박머리가…… 내가 지금 살고 있는데……."

아주머니는 금방이라도 거품을 물 기세였다. 강비가 짙은 눈썹을 모으며 따졌다.

"그 집 살 때 아줌마가 한 푼이라도 보탰어요?"

저 사람들 정말 모자 맞니? 윤주가 물었고 보름은 또 고개를 끄덕였다.

"한 푼도 안 보탠 사람이 남이 집 파는데 왜 열을 내고 그러실까? 싹퉁박머리가 어쩌니, 좆같은 소리나 해대고."

강비의 냉정하고 과격한 발언에 윤주가 헐, 하고 몸을 앞으로 내밀었다. 보름이 윤주의 어깨를 잡아당겼다.

"그래도 명색이 에민데 상의 한마디쯤은 했어야지. 네 아버지 그렇게 갑자기 가고 너를 돌보느라 내가 얼마나 고생을 했는데, 얼마나 정성을 쏟았는데……."

강비가 어이없다는 듯이 콧방귀를 뀌었다.

"지금 누가 누굴 돌봐요, 내 나이가 몇인데…… 그 말 하니까 갑자기 궁금해지네, 이십오 년 동안 없던 모정이 몇 달 새에 왜 갑자기 생겼을까? 우리 아버지가 돌아가시자마자 샘솟듯이 솟았을까?"

"전에도 말했잖아. 네 아버지 살아있을 때 아무것도 못해줘서, 그것이 너무 가슴 아파서……."

"아줌마!"

강비가 소리를 빽 질렀다. 아주머니에게 한 발 다가가 윽박지르듯이 말했다.

"좀 솔직해져 봐요. 내가 아줌마의 그 잘난 아들처럼 학벌 후지고, 직업 변변찮고, 무엇보다 돈 한 푼 없는 거지였다면 아는 척도 안 했을 거잖아요. 그러면 절대로 생기지 않았을 모정이잖아요."

"무슨 말이야. 잘났건 못났건 내 속으로 낳은 내 자식인데, 부모한테 안 아픈 손가락이 어딨다고?"

"아, 그래서 사춘기가 된 아들이 어렵게 연락돼서 한번 만나 달라고, 같이 살자는 것도 아니고 얼굴 한 번만 보자고 했는데도 싫다고 했구나."

"그게 무슨 소리야? 아무려면 내가 자식이 보자는데 싫다고 했겠어? 그런 천벌받을 짓을 했겠어?"

"그럼 말을 전해준 그 이모가 거짓말한 거네? 만나고 싶지 않다고, 여태 그런 것처럼 각자 살자고, 할 일 없어서 지어낸 거네?"

타령조로 읊조리던 강비가 단호하게 말했다.

"지난 일은 이미 지나갔으니까 더 말할 것 없고, 아줌마! 남이야 집을 팔든 말든 상관 말고 가서 짐이나 싸세요. 당장 비우세요."

아주머니가 갑자기 소리를 낮추어 말했다.

"비워주면 나도 좋지. 그런데 갈 데가 없어."

"갈 데가 왜 없어요? 전에 살던 집으로 가면 되잖아요?"

"얼마 전에 정리했어. 준열이 합의금 때문에……."

"그러니까 내 집에 눌러살기로 작정하고 온 식구가 쳐들어온 거라 이 말이네. 그러면서 그동안 못해준 밥을 해먹이네 돌봐주네 쇼를 하고, 뒤통수를 제대로 후려 까시네. 암튼 그건 그쪽 사정이니 내 알 바 아니고 집이나 빨리 비워주세요."

"갈 데가 없다는데, 넌 애가 어쩜 그렇게 인정머리가 없니?"

"내가 왜 인정머리가 있어야 되는데요?"

"그렇게 에미도 못 알아보고 막되게 굴다 절대 좋은 꼴 못 본다."

"에미를 못 알아본 자식이 험한 꼴을 본다면 몇십 년 동안 자식을 외면한 사람은 더 험한 꼴을 당할 테니 그걸로 위안 삼죠."

"이 더운 날 갖은 정성 들여서 도시락까지 싸 날랐는데……."

"누가 도시락을 싸달랬어요? 그 도시락 나는 한 입도 안 먹었고 앞으로도 절대 안 먹을 테니까 가져오지 마세요."

"그래, 말 나온 김에 물어보자. 왜 먹기 싫은 거니? 음식이 무슨 죄가 있다고, 무슨 오기로 안 먹는 거니?"

"그걸 내가 어떻게 먹겠어요?"

"왜, 대가로 뭘 내놓으라고 할까 봐?"

"아뇨. 대가는 내가 무시하면 그만이지만, 혹시 알아요? 그 속에 약이라도 쳤을지."

헉, 보름의 입이 저절로 벌어졌다. 윤주가 돌아보며 작게 뇌까렸다. 불쌍한 노보름, 그동안 기미 상궁이었어. 아줌마가 강비를 매섭게 노려보다 말했다.

"너 그러다 진짜 천벌받는다."

"내 걱정은 마시고 아줌마나 벌받을 짓 하지 마세요. 죄짓고 나서 봐 달라고 울며불며 매달리지 말고, 내가 다 창피하고 쪽팔려서."

"뭔 소리야?"

아주머니가 날카롭게 외쳤다.

"뭔 소린지 당사자가 더 잘 알 거 아녜요?"

"좀 알아듣게 말해!"

"옛날, 마트 다닐 때 삥땅 오지게 해쳐 먹었다면서요?"

"누가 그런 말도 안 되는 소릴 해? 생사람 잡는 소리를 함부로 지껄여?"

"지금처럼 카드를 많이 쓰지 않을 때 아줌마가 그랬다면서요. 손님이 오만 원짜리를 내면 꼬깃꼬깃 구겨서 쓰레기통에 던졌다가 퇴근할 때 꺼내 가는 수법으로 삥땅쳐서, 그전에는 만 원짜리를 그런 식으로 빼돌려 집도 늘리고 차도 바꾸고 잘 먹고 잘 살았다면서요. 십오 년을 장사한 마트 사장이 매출에 비해 수익이 적다고, 고생한 거에 비해 이익이 별로 안 난다고 다른 사람에게 넘겼는데 아줌마가 그 버릇 계속하다 걸렸다면서요. CCTV에 제대로 찍혔다면서요."

"하늘이 알고 땅이 아는데 누가 그런 말도 안 되는 헛소리를 해? 얼토당토않은 말로 애먼 사람을 모함해?"

"모함이라고? 모함을 해서 얻을 게 있어야 하든지 말든지 하지. 그리고 그게 누군지 알면 가서 따지려고요? 따져봤자

개 쪽만 더 당할 텐데? 잘못했다고, 손이 발이 되도록 빌어서 경찰서까지는 가지 않았다던데 벌써 까먹었나 봐요."

"그니까 그 말을 한 사람이 누구냐고, 어떤 벼락 맞을 놈이 말도 안 되는 소리를 씨부렸냐고?"

"됐고요. 진짜 쪽팔리니까 어디 가서 누구 어머니네, 하는 소리는 절대 하지 말고 빨리 짐이나 빼세요."

"그게 누군지 대라고!"

"집을 비우라고요."

"누군지 말하라고!"

"아줌마를 잘 아는 사람이, 됐어요?"

"이름을 대!"

강비가 경멸이 가득한 눈으로 쏘아보다 걸음을 옮겼다. 아주머니가 붉으락푸르락해서 뒤쫓아갔다. 그 말한 놈이 대체 누구냐고, 누가 생사람을 잡냐고, 외장을 쳤다. 한참 뒤에 아주머니의 툽상스러운 소리가 들렸다.

"나 그 집 못 비워줘. 부동산에서 와도 절대 문 안 열어줄 거고!"

모자의 쇼는 끝났다. 윤주가 돌아앉아 잠시 뜸을 들이다 말했다.

"전부터 물어보고 싶었는데, 해든 오빠와 결혼해야겠다는 마음 지금도 변함없니?"

"당연하지."

보름의 눈을 들여다보다 윤주가 다시 말했다.

"두 번이나 식이 연기되었는데도?"

"어쩔 수 없는 사고 때문이었잖아. 설사 그게 두 번이 아니라 세 번이라고 해도 결혼을 하지 못할 이유가 되진 않지."

"물론 이유가 되진 않아. 불순한 의도가 개입하지 않았다면……."

"무슨 의도?"

"어떤 사람들은 작은 사고를 확대하거나 아픔을 과장하기도 해. 쉽게 말해서 엄살을 피워. 환자의 지나친 엄살은 과잉진료로 이어질 수도 있고. 솔직히 말해서 나는 그 오빠 어머니의 증상이 변칙을 써가면서 장기 입원할 정도인가 싶었어. 결혼식을 연기할 수밖에 없을 정도의……."

"괜히 그럴 필요가 없잖아."

"정말 그럴까?"

"그분이 뭣 때문에 그런 일을 꾸미겠어. 얼마나 교양 있고 품위 있고 고상한 분인데. 누구보다 믿음도 좋고……."

"믿음? 좋지. 신성하고 강력하고 아름답지. 우리 엄마가 그러더라. 예전에는 그 믿음이 사람들을 소박하고 건전하고 경건한 삶에 천착케 했는데 요즘 믿는 사람들은 비틀린 욕망에 휘둘리고 끌려다니면서 전혀 부끄러워하지 않는다고. 며칠 전에 같은 모임의 목사 사모가 못 보던 백을 들고 나왔었대. 무슨 백이냐니까 어디 가서 소문내지 말라면서 그러더래. 얼마 전에 운전하다 추돌사고를 당했는데 멀쩡해서 그냥 왔더니 다른 사람들이 후유증이 있을지 모르니 입원하라고 부추겨서 입원했다가 합의금 받아서 산 백이라고."

"믿는 사람 일부의 위선과 비상식이 오빠 어머니하고 무슨 상관이니? 그분 그 목사 사모처럼 천박한 분 아니야. 그렇게 통속적인 분 아니야."

확신에 찬 보름의 표정을 잠시 보다 윤주가 말했다.

"이건 순전히 가설이지만, 속물적인 내 편견일 수도 있는데 그 오빠 어머니 입장에서는 너보다 더 나은 조건의 며느리를 보고 싶어 할 수도 있지 않을까? 그래서 네 말처럼 교양 있고 품위 있고 고상한 사람이 할 법한 방식으로 결혼을 방해하는 걸 수도 있지. 조용하고도 끈질기게."

"내가 지쳐 떨어질 때까지?"

"아니, 자기 아들이 지쳐 떨어질 때까지. 물론 아닐 수도 있고."

한 번도 생각하지 못했다. 보름은 머리가 띵했다. 보름의 근심 어린 이마와 햇빛에 반들거리는 콧날에 시선을 주며 윤주가 말을 이었다.

"요즘 결혼식에서 시어머니가 몸쓸 일이, 힘쓸 일이 뭐가 있겠니? 예식장에 가서 두어 시간 정도 서 있거나 앉아 있는 것밖에. 서 있기가 정 힘들면 양해를 구하고 휠체어를 써도 되는데 거동을 전혀 못할 정도가 아닌데도 아프다는 이유로 아들 결혼을 두 번이나 연기하니까 좀 의아하잖아. 그래서 그런 생각까지 해봤어."

진지하게 듣던 보름이 상처 입은 표정으로 물었다.

"해든 오빠 신붓감으로 내가 부족해 보이니?"

"사실 너 하나만 보면 절대 부족하지 않지. 그 고고하시다는 분보다 네가 훨씬 더 예쁘고 똑똑하고 인성이 좋을 수 있어. 하지만 예나 지금이나, 동양이나 서양이나 할 것 없이 결혼적령기의 남녀는 본인 하나로만 평가되지 않잖아? 부모와 가족, 친지의 사회적 지위와 명성, 경제력 같은 것, 이른바 배경이란 것들을 종합해서 값이 형성되지."

"사람이 상품이니? 값을 매기게. 그리고 한 인간의 배경이나 경제력보다 됨됨이를 더 보는 사람도 많아."

해든의 부모님처럼, 하고 덧붙이려다 보름은 그만두었다. 윤주가 눈을 가늘게 뜨고 물었다.

"너 그 작은 아파트, 전세대출금 많이 꼈다고 했지?"

"해든 오빠는 괜찮다고 했어. 둘이 살면서 갚아나가면 된다고. 오빠 어머니도 그러는 게 좋겠다고 했고."

한참 보름을 바라보던 윤주가 물었다.

"너 그 오빠의 어디가 그렇게 좋니?"

"생각이 바르고 스마트하잖아. 또 나를 많이 사랑하고."

"그 생각이 바르다는 사람이, 널 많이 사랑한다는 그분이 이 험한 곳에 너를 혼자 두고 갔구나."

"내가 잘못을 많이 했잖아. 워낙 도덕적인 데다 원리원칙에 민감한 사람이라 어쩔 수 없었을 거야. 용납하기 힘들었을 거고."

"그래서 연인을 이런 험지에 팽개치고 갔다고? 어제 널 여기 두고 가서 나는 밤새 잠이 잘 안 오던데. 그동안 네가 했을 고생이 너무 마음 아파서."

"오빠도 마음 아팠겠지. 나를 두고 가서 많이 괴로웠을 거야."

보름은 기운 없이 대답했다. 윤주가 자기 의견을 한참이나 더 피력하다 돌아갔다.

보름은 혼란스러웠다. 윤주의 말이 어느 정도 타당해 보였다. 그 말의 타당성에 기대면 여태 자신에게 보인 해든 어머니의 친절한 말과 미소는 다 가짜였다. 그러나 해든 어머니의 평소 성격이나 행동거지를 보면, 그 온유한 태도 속에 가식적인 꼼수가 절대 있을 리 없었다. 그토록 치밀하게 연기를 할 사람이 못되었다. 그렇다고 윤주의 말이 전부 헛소리 같지도 않았다. 윤주의 말에 힘을 실으면 해든 어머니가 자신을 기만한 것이고 해든 어머니가 옳으면 윤주의 말은 치기 어린 편견이었다. 생각은 꼬리에 꼬리를 물었다. 목에 가시가 걸린 느낌이었다. 보름은 한참 만에 자리에서 일어나 강비의 집으로 갔다. 미리 해둘 일이 생각나서였다.

어느새 추가된 죄목

강비의 창문을 두드려놓고 기다렸다. 잠시 뒤 창문이 열리고 강비가 얼굴을 내밀었다. 아직 화가 가시지 않은 얼굴이었다.

"잠깐 얘기 좀 해요."

보름의 말에 강비가 순순히 창문에서 떨어졌다. 보름은 몇 걸음 물러가서 원탁 의자에 앉았다. 그가 나오기를 기다리며 무심히 하늘에 시선을 던졌다. 갈색 새 한 마리가 허공에 떠서 꼼짝하지 않고 있었다. 날개를 편 채 한곳에 붙박여 있었다. 보름이 아는 새는 전부 날아오르는 순간 어디론가 이동했다. 그런데 허공에 떠서 날지 않는 새라니. 보름은 눈을 감았다가 다시 떴다. 연이나 풍선 같은 걸 잘못 보았나 싶었지만 아니었다.

새는 핀이 꽂혀 표본실에 전시된 곤충처럼, 누군가 박제해

놓은 것처럼, 하늘에 둥실 떠 있었다. 마취시켜서 허공에 힘껏 던져 놓은 것 같기도 했다. 보름은 놀라서 눈길을 떼지 못했고 곁에 온 강비가 말했다.

"황조롱이에요. 지금 정지 비행 중이고……."

"아, 정지 비행……."

"호버링이라고도 하는데 공중 한곳에 머물면서 먹잇감을 찾는 거죠."

"저 높은 곳에 떠서 먹잇감을 찾다니, 대단한 시력이고 기술이네요."

보름이 말하는 순간, 마취가 풀린 것처럼 새가 날아갔다. 보름의 상식 이면의 거대한 구멍을 뚫고 유유히 사라졌다.

강비가 맞은편 의자에 앉았다. 할 말을 하라는 표정으로 보름을 보았다. 얼떨떨해서 새가 지나간 자리를 보던 보름이 눈앞의 강비에게 시선을 옮겼다.

"아주 특별한 일이 생기지 않는 한, 내일은 일을 다 끝낼 것 같아요."

강비가 조용히 고개를 끄덕거렸다.

"내가 일을 다 끝냈을 때 강비 씨가 밖에 나가 있을 수도 있어서 미리 인사를 해두려고요. 그동안 고마웠습니다."

고마웠다는 말은 진심이었다.

"보름 씨도 더운데 고생 많았습니다."

강비의 말투는 특별히 어둡거나 까칠하지 않았다. 보름이 다시 말했다.

"처음 일 시작할 때, 내게 들어가는 경비는 내가 부담해야 한다고 했잖아요. 여태까지 쓴 돈이 제법 될 것 같은데 계산해서 알려주면 좋겠어요. 송금할 수 있게 통장 번호도 주시고……."

"그러죠."

"효력을 거의 상실한 내 차의 블랙박스 칩도 돌려주면 좋겠고요."

"알았어요. 영수증을 확인한 다음에 금액을 알려줄게요. 블랙박스 칩도 그때 주고. 노보름 씨 차는 다 고쳐놨다니까 나중에 공업사 가서 결재하고 찾아가세요."

여러모로 고마웠습니다, 하고 보름은 다시 인사했다. 앞으로도 항상 건강하길 빈다거나, 좋은 일만 생기기 바란다는 등의 의례적 인사를 더 해야 하나 하다 갑자기 다른 생각이 떠올랐다.

"사실은 아까 많이 놀랐어요. 도시락에 약을 탔을지 모른다는 말, 꽤 충격이었거든요."

"아, 그거라면 미안해요. 하지만 내가 억지로 먹게 한 건 아니잖아요. 보름 씨가 먹겠다고 빼앗아 간 거지."

"안 죽고 이렇게 살아있으니까 미안해할 것까진 없는

데…… 그보다 정말 약이 들었을 수 있다고 생각한 거예요? 아님 괜히 억지소리를 해본 거예요?"

"어떤 쪽 같아요?"

"글쎄요. 그런데 어머니한테 왜 그리 모질게 굴어요?"

"어머니가 아닌 사람이 어머니처럼 구니까, 어머니처럼 구는 목적이 너무 빤해서 역겨우니까."

"생물학적인 어머니는 확실하죠?"

강비가 잠시 망설이다가 얘기했다.

"얼마 전까지는 얼굴도 몰랐어요. 길에서 마주쳐도 서로 모르고 지나쳤을 걸요. 그런데 아버지가 돌아가시자마자, 그것도 돈을 많이 남기고 가자마자 어떻게 알았는지 찾아와서 안 가고 있어요. 지겹게 들러붙으면서 동생 사업자금 대줘라, 뭐 해줘라. 그리고 조금 전에 봤죠? 내 아파트 팔겠다니까 길길이 뛰는 거."

"괜한 오지랖일 수도 있지만 그 집에서 살게 하면 안 돼요? 명의는 그대로 두고. 더 무리한 부탁은 안 할 수도 있잖아요."

"혹시 아라비아 상인과 낙타 얘기 아세요?"

"대충."

"조금만 방심하면 내가 그 상인처럼 될걸요."

"설마요."

"양심 없고 뻔뻔해서 충분히 그러고도 남을 사람이에요. 요즘 내가 가장 스트레스받는 게 뭔지 아세요?"

강비가 차가운 눈을 빛내며 물었다.

"뭔데요?"

"혹시라도 내가 일찍 죽게 되면, 운 나빠서 비명횡사라도 하게 되면, 내가 가진 것들이 전부 그 사람들에게 간다는 것, 내 돈으로 뻔뻔하고 야비한 그들이 잘 먹고 잘 살게 될 거라는 것. 그것을 생각하면 못 견디게 화가 나요. 요즘은 정보가 워낙 좋으니까 그 사람도 자기가 내 유일한 상속인이라는 걸 알아요. 그래서 저렇게 진드기처럼 달라붙는 거죠. 배우자가 생기기 전에 나를 없애고 싶어할 수도 있고, 어떤 경우에도 나는 내 돈이 그 사람들에게 가지 않게 하고 싶어요."

보름이 고개를 끄덕거리다 말했다.

"그래서 처음 본 날 결혼해달라고 했구나. 차라리 일면식도 없는 사람에게 돈을 주고 싶어서……."

"……."

"그렇게 어머니를 보는 게 힘들면 몇 년 외국에 나가 있어도 되잖아요. 돈이 없는 것도 아니고 어디 메인 몸도 아닌데, 아니면 제주도 가서 몇 달 살다 와도 좋고……."

"여러 가지 생각 중이에요."

강비의 표정이 많이 부드러워졌다. 무심하고 냉정했던 시선도 사라져 평소의 우울하고 까칠한 인상이 아닌 예의 바르고 친절한 그 나이 대의 청년처럼 보였다. 그가 피식 웃더니 말했다.

"결혼하자는 말 아직도 유효하니까 마음 바뀌거든 언제든 전화하세요. 직접 찾아와도 좋고……."

"그럴 일은……."

보름이 대답할 때 전화벨이 울렸다. 윤주였다. 보름은 이따 걸겠다고 말하고 전화를 끊었다. 강비에게 계산 끝나면 문자해 달라고 얘기하고 일어섰다. 컨테이너 앞을 지나 밭의 경계까지 갔다. 소나무 밭 한쪽에 얌전히 주차된 강비의 차가 보였다. 보름을 이 밭으로 끌어들인. 이 여름 고역의 단초인.

"뭐 하고 있었니?"

윤주가 전화기 너머에서 물었다.

"얘기하고 있었어. 네 사촌 오빠랑……."

"너 그 사람이랑 그러는 거 해든 오빠가 알면 어쩌려고?"

윤주가 놀라서 소리쳤다. 그 사람이 결혼하자고 했다는 걸 알면 윤주가 얼마나 더 놀랄까. 보름은 웃음이 나왔다.

"밤중에 음침한 데서 만나는 것도 아니고 대낮에 다 터진 공간에서 얘기 하는데 그게 뭐 어때서?"

"혹시라도 해든 오빠가 왔다가 보면 더 화내지 않겠어?"

보름은 시름없이 말을 던졌다.

"바쁜 사람이 어떻게 또 오니?"

"그럴까?"

윤주가 미안하다며 말했다.

"아까 내가 한 얘기 신경 쓰지 않았으면 좋겠어. 나 혼자의 상상이고 억측일 수 있으니까."

"알았어. 괜찮으니까 너도 마음 쓰지 마."

보름이 대답했다.

해가 기울면서 서쪽 하늘이 거대한 캔버스로 변했다. 노을에 물든 하늘이 구름과 뒤섞이면서 다채로운 색의 향연을 펼쳤다. 파랑과 보라, 회색, 진회색이 어우러지고 노랑과 주황과 주홍이 절묘하게 섞이면서 강렬한 빛을 뿜어냈다. 장엄하면서 휘황하고 아름다웠다. 어디서도 쉽게 보지 못할 장관이었다. 보름은 휴대폰을 꺼내 사진을 찍었다. 기기가 실상을 제대로 구현하지 못함을 아쉬워하며 해든에게 보냈다. 전화를 걸었다. 몇 번의 신호가 가고 저쪽 끝에서 해든의 목소리가 들렸다. 얼마 만에 듣는 소리인가. 반가워서 보름은 목이 멜 지경이었다.

"어쩐 일이야 이렇게 전화를 빨리 받고, 오늘은 좀 한가해?"

"여태 눈코 뜰 새 없이 바빴어. 겨우 시간이 나서 이제 막 자리에 앉은 참이었고."

해든이 갈라진 목소리로 느리게 말했다.

"그랬구나. 나는 아직 밭이야. 저번에 보낸 문자 봤지? 비가 와서 계속 풀을 못 뽑았어. 지금 하늘이 황홀할 정도로 예뻐. 오빠도 봤으면 좋겠다 싶어서 보냈어."

"그랬니? 이따 볼게. 그리고 나 오늘 미국 간다. 밤 비행기로."

저번에 왔을 때 그런 말 없었잖아. 왜 내가 전화를 건 지금에야 말해? 하고 말하려다 보름은 그만두었다. 그간 자신이 해온 일이 켕겨서 짧게 물었다.

"무슨 일로?"

"학회."

"며칠이나 체류하는데?"

"일주일."

"그렇구나. 건강 조심하면서 잘 지내다 와."

"……."

"오빠! 아직 화가 덜 풀렸어?"

"아니."

아니라는 해든의 대답이 가볍지 않았다. 흔쾌하지 않았다.

"정말 미안해."

대꾸가 없었다. 괜히 초조해져서 보름이 물었다.

"요즘 어머님은 좀 어떠셔? 많이 안 아프셔?"

"그냥 그러시지."

해든이 심상하게 대꾸하다 잠시 틈을 두고 말했다.

"사실 네가 여행 간다고 했을 때 우리 엄마가 병원에 입원 중이셨잖아. 그때 그 말이 좀 그랬어. 내가 워낙 바쁜 사람이니까 방학하면 네가 나 대신 엄마를 더 자주 찾아봐 줬으면 했거든. 옆에서 잘 돌봐줬으면 했어. 그런데 방학하자마자 외국에 놀러 간다고 하고……."

한두 번 입원한 게 아니잖아. 학교와 병원을 오가느라 나도 많이 힘들었어. 방학한 김에 좀 쉬고 싶었다고. 보름은 속엣말을 삼키고 혼잣말처럼 중얼거렸다.

"그러게, 그때 내가 왜 그랬을까."

"내가 너라면, 네 엄마가 그렇게 다쳐서 입원했다면 나는 안 그랬을 거야. 매일 찾아가서 진심으로 보살피고 돌봐줬을 거야."

물론 그러겠지. 도리를 잘 아는 사람이니까. 하지만.

"시간이 없잖아, 오빠는."

"그러니까 네 입장이면이라고 하잖아. 너처럼 일찍 퇴근하고 방학이 있는 직장인이라면 그랬을 거라는 거지."

"미안해."

보름은 빠르게 사과한 뒤에 덧붙였다.

"여기 일 다 끝나면 가서 우리 엄마처럼 잘 돌봐드릴게."

"또 호출이다. 끊자."

휴대폰 너머로 해든이 사라졌다. 보름은 침대에 걸터앉았다. 거짓말한 것만 잘못이라 생각했는데 해든은 여행을 떠난 것 자체가 사려 깊지 못한 행동이었다고 말했다. 생각지 못한 죄목이 추가되고 양형이 커진 느낌이었다. 당황스러웠다.

일은 다 끝났는데

참새 소리에 잠을 깼다. 이곳에서의 마지막 아침이 시작되었다. 보름은 자리에서 일찍 일어나 시원할 때 일을 마쳐야겠다고 생각했다. 하지만 전날 윤주가 던져 놓은 말과 비난 섞인 해든의 말이 밤새 뇌리를 어지럽히는 바람에 잠을 거의 자지 못했다. 물에서 건져놓은 해파리처럼 몸이 무거웠다. 기운 없이 늘어졌다. 보름은 멍한 시선으로 천장의 얼룩을 보았다. 일찍 가서 해든을 볼 수 있는 것도 아니므로 서둘 까닭은 없었다. 어차피 오늘 안에 끝낼 일이기도 했다. 보름은 무기력하게 누워서 밀려오는 생각의 홍수에 그대로 몸을 맡겼다.

보름의 많은 생각들 사이로 새가 울었고, 바람이 지나갔고, 큰 소리를 내며 기차가 지나갔다. 간간이 자동차 엔진 소리도 들렸다. 날은 더워지고 기운이 없는 보름은 침대 위에 널

브러졌다. 집에 갈 시간이 늦춰지고 있었다.

보름은 해든에게 전화를 걸고 싶었다. 어머니가 혹시라도 나를 못마땅해 한 적 있는지. 흡족한 며느릿감이 아니라는 언질이 조금이라도 있었는지 알아보고 싶었다. 시계를 보았다. 해든이 비행기에 실려 미국으로 가고 있을 시간이었다.

불쑥 상견례 때 일이 떠올랐다. 두 번째로 식장을 예약하고 청첩장 인쇄까지 들어갔는데도 상견례는 하지 못했다. 해든 어머니가 입원과 퇴원을 반복하느라 마땅한 날을 잡지 못해서였다. 결혼식이 이 주 뒤로 다가왔을 때 해든 어머니가 어렵게 해법을 제시했다. 아직은 긴 시간 앉아 있는 게 무리니 간단하게 병원에서 하는 건 어떠냐고. 보름의 어머니는 흔쾌히 그러자고 했다. 사부인이 편하시다면 어느 것도 좋다고 말했다. 햇빛이 화창한 날, 소수의 양가 가족이 병원 건물 밖의 퍼걸러에서 만났다. 인스턴트커피를 마시며 짧고 어설픈 대화를 나누었다. 그것으로 상견례를 갈음했다. 보름은 해든 어머니가 고마웠다. 몸이 아파서 힘들 텐데, 사돈 앞에서 환자복 차림이 부끄러울 법도 한데, 선뜻 용기를 내준 그녀에게서 깊은 가족애와 남다른 인간애를 느꼈다. 진정성을 느꼈다.

지금은 윤주의 말 때문일까? 다른 생각도 들었다. 해든 어머니는 잘 차려입고 격식을 갖춰서 하는 상견례가 싫었던 건 아닐까. 사람들 오가는 병원에서 대충 해치울 만큼 나와 우리 가족이 못마땅했나. 그게 사실이라면 해든 어머니야말로 엄청난 위선자이고 교활한 모사꾼 아닌가. 나와 우리 가족에 대한 큰 무시 아닌가. 멸시 아닌가. 보름은 믿기지 않았다. 그간 자신이 보아온 그녀의 성정이나 성품이 믿음을 거부했다. 윤주의 말에 본질을 왜곡할 수 있었다. 보름은 갈피를 잡지 못했다. 두 생각들 사이를 두서없이 오가다 까무룩 잠에 빠졌다.

잠깐 눈을 붙이고 나니 몸이 한결 가벼웠다. 시간은 열 시 반이었다. 보름은 해든에게 톡을 보냈다.

— 미국엔 잘 도착했어?

해든에게서는 답이 오지 않았다. 아직 비행기 안인가?

보름은 자리에서 일어났다. 컵라면에 뜨거운 물을 부어 먹고 세수도 하지 않은 얼굴에 선크림을 듬뿍 발랐다. 후줄근한 일복을 입고 밖으로 나가 연장 포대를 챙겼다. 투벅투벅, 밭의 아래쪽으로 걸어갔다. 일단 일을 마쳐야 했다.

덜 마른 땅이 가끔 장화를 끌어당겼지만 풀은 쉽게 놓아주었다. 어떤 의미에서 비가 가져온 삼사 일간의 진정한 휴가를 보낸 뒤라 몸이 가벼웠다. 기운이 충만했다.

밭의 끝쪽에는 잎이 넓고 키가 큰 식물이 무더기로 자라고 있었다. 예전에 공원에서 보았던 해바라기와 비슷했다. 보름은 장갑 낀 두 손으로 빽빽하게 자란, 제 키를 감당하지 못해 일부 쓰러지기까지 한 풀 중의 하나를 잡았다. 거친 털이 송송 박힌 줄기를 힘주어 당겼다. 풀은 어렵지 않게 뽑혔다. 순간, 이거 뭐지? 하는 생각이 들 정도로. 다리를 높이 들었는데 낮은 계단을 밟았을 때와 같은.

보름은 제 키보다 높게 자란 다른 줄기를 잡았다. 그것 역시 전력을 다하지 않았는데도 쉽게 뽑혔다. 큰 키를 버티기에 부실하다 싶을 정도로 뿌리가 깊지 않았고, 땅이 물러서인지 뽑는 일이 어렵지 않았다. 줄기가 굵고 튼실한 것은 뿌리도 깊긴 했다. 두어 번 힘을 써야 뽑혔다. 하지만 종일 오리걸음도 부족해서 가슴까지 올라온 풀 한 포기를 뽑기 위해 온몸으로 삽질을 하거나 수십 번씩 호미질을 하던 것에 비하면 장난 같았다. 더군다나 군락을 이룬 순하고 키가 큰 이 식물은 그 큰 키로 태양을 가리면서 다른 잡초의 성장을 방해하고 있었다. 바닥에 다른 풀이 거의 없었다. 보름은 빽빽하지만, 순한 적들을 하나씩 제거해 나갔다.

처음 며칠 동안 심하게 아팠던 뼈와 근육은 이제 제법 쓸만한 일꾼이 되었다. 비를 밀어낸 태양은 여전히 우군이 아니었다. 때를 만난 붉은 지렁이들과 달려드는 벌레와 모기도 잠시 의욕을 떨어뜨렸다. 그래도 보름은 가열 차게 키가 크고 번식력 강한 풀을 뽑아냈다.

얼마 지나지 않아서 보름은 이 일 역시 만만치 않음을 알았다. 세상에 쉬운 일이 없다는 걸 알았다. 두 손으로 줄기를 잡고 뽑다 보면 온몸의 근육이 다 동원되었다. 상대를 바꿔가면서 계속 줄다리기를 하는 기분이었다. 하나를 쓰러뜨리면 다른 하나가 나타나고 그 하나를 쓰러뜨리면 또 다른 하나가 나타나는. 의욕만으로 견디기 힘든 시간이 되어서야 보름은 컨테이너로 돌아왔다. 장화 신은 발을 문밖에 둔 채 팔을 뻗고 바닥에 누웠다, 어차피 오늘 안에는 끝날 것, 무리할 필요가 없었다.

해든에게선 계속 연락이 없었다. 왜 연락을 안 하지? 보스턴에 도착하지 못했나? 보름은 해든에게 톡을 보냈다.

— 풀을 거의 다 뽑았어. 오늘은 집에 갈 수 있겠어. 오빠가 많이 보고 싶고, 눈물 난다.

해든은 계속 무응답이었다. 보름은 응답 없는 휴대폰을 바라보다 주머니에 넣었다. 밭으로 가서 다시 줄다리기를 했다. 폭우와 바람에 쓰러진 것들은 최대한 뿌리와 가까운 부분을 낫으로 쳐서 눕혔다.

열심히 일하다 보름은 낫을 놓았다. 눕혀놓은 풀줄기 위에 앉아 쉬다가 휴대폰을 꺼내 검색했다. 키가 큰 식물은 돼지감자였다. 전에 공원에서 봤던 해바라기는 개체 간에 적당한 거리를 유지하면서 키가 엇비슷하고 꽤 굵은 줄기 끝에 위태로울 정도로 큰 꽃을 피웠다. 돼지감자 줄기는 대체로 가늘고 삼 미터 가까이 되는 큰 것과 작고 여린 것이 뒤섞여 자랐고 여름인데도 꽃이 하나도 피지 않았다. 가끔 뿌리 끝에 달려 나오는 작고 울퉁불퉁한 덩이줄기는 이눌린 성분이 많아서 당뇨에 좋다고 나와 있었다. 보름은 덩이줄기 하나를 장갑으로 닦고 생수로 헹군 뒤에 입안에 넣었다. 두어 번 깨물었지만 아무 맛이 안 났다. 게다가 딱딱하지도 무르지도 않은 것이 씹는 맛조차 없었다. 보름은 몇 번 더 씹다 뱉었다.

멀리 강비의 집 앞에 아주머니가 보였다. 아주머니가 뭐라고 소리쳤고 잠시 뒤에 강비가 나왔다. 아주머니와 강비가 번갈아 가며 큰 소리를 냈다. 둘의 언쟁이 계속되었다. 아파트 때문인지, 아니면 피씨방 문제인지, 보름은 자기 어머니와 해든의 어머니가 저 아주머니 같지 않아서 얼마나 다행인가 하고 생각했다. 욕망을 무례하고도 노골적으로 표출하는. 일말의 양심도 부끄럼도 없이. 그러다 고개를 갸웃했다. 윤주의 추측 혹은 가설에 따르면 해든 어머니야말로 비뚤어진 욕망의 결정체가 아닌가?

보름은 천연 사우나 속에서 줄다리기를 계속했다. 땀을 흘리고 물을 마셔가며 연승의 행진을 이어나갔다. 방광이 차면 큰 풀 뒤로 가서 비웠고 피로가 쌓이면 뽑은 풀 위에 앉아서 쉬었다. 문득 인생이 줄다리기 같다는 생각이 들었다. 어떤 사건, 사물, 사람과 계속 힘겨루기를 하는. 어떨 때는 끌려

가고 어떨 때는 당겨오고, 강한 상대를 만나서 끌려가다 엎어지기도 하고 약한 상대를 만나 힘껏 당기다 뒤로 나자빠지기도 하는…… 나는 지금 강비와 줄다리기 중인가? 해든과 줄다리기 중인가? 아니면 해든의 어머니? 그도 아니면 시간? 돈? 땀? 나는 끌려가는 중인가? 당겨오는 중인가? 보름은 다시 힘을 썼다.

드디어 마지막 풀을 뽑았다. 준열이 미미한 힘을 보탰지만 열하루 만에 이 넓은 밭의 풀을 혼자 다 뽑아냈다. 속이 메스꺼울 만큼 물을 마셔가며 두 손으로 해치웠다. 코끝이 찡해지면서 온몸으로 기쁨이 차올랐다.

보름은 뜨거운 태양 아래 서서 전화를 걸었다. 열두어 번의 기계음이 허공으로 사라질 때까지 해든은 나타나지 않았다. 보름은 전화를 끊고 문자를 보냈다.

— 오빠! 이제 정말 다 끝냈어. 진짜 홀가분하고, 미칠 듯이 기뻐.

보름은 숙소 쪽으로 걸어갔다. 언성을 높였던 아주머니는 보이지 않았다. 자신의 욕구를 충족시켰는지, 아니면 몇 걸음이라도 가까이 갔는지. 문득 교묘하고 은밀하게 상대의 숨통을 조이는 것보다 저 아주머니처럼 욕망을 원초적으로 드러내는 것도 나쁘지 않다는 생각이 들었다. .

보름은 세면장으로 갔다. 샤워를 끝내고 나올 때까지 해든은 연락이 없었다. 많이 바쁜가. 아니면 진짜 화가 덜 풀린 건가. 보름은 윤주에게 전화했다. 일을 다 끝냈다고. 전화기 너머의 윤주가 환호성을 질렀다. 그 많은 일을 혼자 다 해내다니 대단하다고 추켜세웠다. 보름은 이따 데리러 와달라고 말하고 전화를 끊었다. 가볍게 화장을 하려고 파우치를 들고 바닥에 앉았다.

문밖으로 파란 하늘이 달려와 있었다. 밭 너머의 논들과 밭, 멀리 떨어진 마을의 지붕과 나무들이 푸른 하늘 아래 빛나고 있었다. 보름은 눈앞의 풍경을 잠시 바라보았다. 마음이 편안했다. 동시에 불안했다. 왠지 초조한 기분도 들었다. 이 기쁨이 충만하면서 불안한 느낌이 낯설어서 보름은 자신에게 물었다. 일이 다 끝났는데, 나는 즐거운가? 즐겁지 않은가? 몹시 즐거운 것도 같고 그렇지 않은 것도 같았다.

배가 고팠다. 보름은 냉장고에서 전날 남겨둔 치킨을 꺼내 먹었다. 차가운 치킨을 씹는 동안에도 불안은 가시지 않았다. 도리어 증폭되었다. 해든으로부터 답이 없어서인가? 계속되는 그의 말 없음이 불편해서인가?

보름은 여행 가방을 꾸렸다. 여태 입었던 일복은 어떻게 할까 하다 불에 태우기로 했다. 누렇게 흙물이 든 모자와 장갑, 운동화와 양말 몇 개도 같은 방식으로 처리하기로 하였다. 보름은 태울 것들을 한쪽에 모아 놓고 냉장고에 남은 식품들은 전부 비닐봉지에 담았다. 밭 한쪽에 구덩이를 파고 그것들을 묻었다. 고양이가 파헤치지 않도록 발로 밟아놓고 다시 방으로 들어갔다. 침대를 정리하고 물티슈로 식탁과 방바닥 등을 닦았다. 자신이 머문 흔적을, 기념스탬프에 약탈당한 시간을 깨끗이 지웠다.

보름은 가방을 끌어다 문 앞에 놓았다. 문턱에 앉아서 장화를 신었다. 태우려고 모아둔 옷과 자잘한 쓰레기를 들고 일어서다 다시 앉았다.

해든은 왜 연락을 안 하지? 보름은 다시 생각에 잠겼다. 그의 무응답이 분주한 시간의 가볍고 단순한 결과인지. 그가 거짓말의 충격에서 아직 벗어나지 못한 반증인지. 그것도 아니면 자기 어머니의 욕망에 어느새 전이된 건지. 굴복한 건지. 생각들이 꼬이면서 머리가 아팠다.

보름은 자리에서 일어섰다. 여태 입었던 일복과 쓰레기를 들고 컨테이너 뒤로 갔다. 그것들을 바닥에 놓고 작은 종이에 불을 붙였다. 옷가지를 들추고 불붙은 종이를 밀어 넣다 주춤했다. 해든이 오려면 육 일이나 남았다. 이대로 연락이 되지 않는다면, 연락이 되더라도 먼 데 있는 사람에게 시시콜콜 물어볼 수 없으니 지금 흔들리는 것이 그인지, 윤주의 말에 현혹된 나인지 알기 힘들 것이다. 결혼을 할 수 있을지, 해든 어머니의 조용한 방해로부터 자유로울 수 있을지 묻기 힘들 것이다.

불붙은 종이가 손끝에서 다 탔다. 보름은 생각을 이어갔다. 훗날 비슷한 상황이 또 생겼을 때, 내가 생각지 못한 일에 휘말렸을 때, 그때도 해든은 자기 신념을 우선할까? 자기 소신에 나를 매몰시킬까? 슬프게도 아니라는 확신이 없었다. 보름은 다른 종이에 불을 붙여 옷가지들을 전부 태웠다. 가방을 끌고 컨테이너를 나섰다.

갈치처럼 긴 밭 앞에 서니 윤주의 차가 보였다. 막 도착한 것 같았다.

보름은 가방을 불끈 들고 도랑을 건넜다. 철길에 한 발을 올렸다. 그때 크고 날카로운 소리가 들려왔다. 빵, 빵, 빠앙! 보름은 깜짝 놀라서 주위를 보았다. 저만치서 기차가 빠른 속도로 달려왔다. 다급하게 경적을 울리며 오고 있었다.

반사적으로 발을 뒤로 물렸다. 황급히 몸을 돌려 도랑 아래로 내려갔다. 가방이 발밑에서 나뒹굴고 육중한 화물열차가 눈앞을 빠르게 스쳐 갔다. 검고 긴 기차가 바람을 가르며 지나갔다. 차가 지나간 자리 뒤로 경악한 윤주의 얼굴이 보였다. 보름은 한동안 움직이지 못하다 다시 고랑을 건넜다. 가방을 들고 발밑에서 파쇄석이 와그락대는 철길을 건넜다.

작가의 말

작가의 말

주기적으로 절망과 체념과 아쉬움이 우리를 몰아쳤다. 그래도 우리는 한 달에 한두 번 모였다. 열띤 토론을 하고 불안을 누르며 술을 마셨다.

젊은 사장이 손님상에 낼 북어를 사납게 두드리던 술집에서 누군가가 말했다. 이토록 치열하게 공부하고, 습작하고, 합평하는 것이 소설가로 살고 싶어서인지, 제대로 소설을 쓰는 사람이고 싶어서인지.

무리 중 하나가 망설이지 않고 말했다. 나는 '소설가'의 삶을 살고 싶어.

다른 하나가 말했다. 알아주는 사람이 없어도 죽을 때까지 소설을 쓰겠다는 자세가 먼저 같아.

긴 시간이 지난 지금, '가' 의 삶을 간절히 원했던 사람은 소설가로 활발히 활동하고 있고, 소설 자체에 집중해야 한다고 한 사람은 속세와의 접촉을 최소화하며 쓰는 일에 매진하고 있다.

그때 두 가지 다 괜찮겠다고 생각했던 나는 신이 주신 부실한 재능과 게으름의 응원으로 '가'의 삶도 문학에 천착하는 삶도 제대로 살고 있지 못하다. 지나간 얘기를 새삼 들추는 것은 변명이 필요해서다. 끈기와 노력의 부족을 시인하지 않을 수 없다.

그래도, 새 인물을 가공하는 작업을 아주 놓을 수는 없는 터, 오래 갇혔던 파일 속 존재들을 세상 밖으로 꺼내 놓기로 했다. 이런 일은 매번 부끄럽지만, 내 글이 누군가의 마음에 작은 울림이나 위로를 줄 수 있었으면 하고 희망한다.

글을 쓰는 데 도움을 준 사람들에게 감사한 마음 전한다. 나를 아는, 내가 아는 모든 사람들이 행복하기 바란다.

세상 사람들과 세상이 건강하기 바란다.

2024년 8월

차선우